고지인 ❷

최지영 장편소설

고지인

2

arte

차례

양귀(洋鬼)

　염일규는 한양 쪽으로 발걸음을 돌렸다. 품에는 화방(畫房)에 들러 그린 흑도와 아리의 용모파기(容貌疤記)가 몇 장 들어 있었다. 역참(驛站)과 원(院)[1]에 들를 때마다 사람들에게 그림을 보이며 목격자를 찾아보았다. 마침내 조치원에서 만난 보부상으로부터 희망적인 답을 얻을 수 있었다. 보부상은 흑도와 생김새가 꼭 닮은 사내를 본 적이 있고 억지로 끌려가는 배부른 처자까지 함께 목격했다고 했다.

　'천만다행이다. 아직 살아 있구나.'

　염일규는 다시 걸음을 서둘렀다. 안성 부근에서 마주친 놋그릇

---

1 공무 수행자에게 숙식 편의를 제공했던 공공 여관.

장수들도 그들을 보았다고 했다. 만일 흑도가 이 길을 똑같이 밟았다면 필시 놈 역시 한양을 향했으리라는 확신이 들었다. 과연 짐작대로 한양에 가까워질수록 놈과 아리를 목격했다는 사람들의 수가 점점 더 많아졌다.

한강을 건너 이태원쯤에 이르자 가슴이 벌렁거리며 심장이 마구 뛰기 시작했다. 이제 도성이 바로 코앞이었다. 흑도는 도성 내외 어딘가에 숨어 있는 게 틀림없으리라. 하지만 당장은 도성 안으로 들어갈 수가 없었다. 호패가 없기 때문이었다. 게다가 여전히 수배자 신분이었고 죄목은 오히려 더 늘어나 있었다. 때문에 성문 부근을 얼쩡대다 군관이 얼굴을 알아보기라도 하면 괜한 말썽이 날 수 있었다.

아무튼 아직까지 아리가 살아 있다는 걸 봤다는 목격담이 한둘이 아니었으므로 경솔하게 조바심을 낼 까닭이 없었다. 일단 아리가 무사할 것이라 믿으며 요긴한 정보가 모일 때까지 숨어 있을 장소를 찾아야 했다.

도성 인동에서 안전하게 은신할 장소를 물색하기란 도통 쉬운 일이 아니었다. 일반 여염집에 몸을 의탁한다는 건 어림도 없었고 그래서 예전에 자주 출입하던 단골 색주가 따위를 생각해보기도 했다. 하지만 그곳도 안전하지 않기는 매한가지, 몸 파는 술집 계집들은 하나같이 포청 나그네 혹은 감영 군관들에게 이런저런 신세를 지며 끈을 대고 있는 터라 끄나풀 노릇을 할 우려가 있었다.

술집 말고는 또 어디가 있을까. 궁리 끝에 문득 뇌리에 떠오른 것이 삼각산 뒷자락에 있는 절 은련사(恩蓮寺)였다. 형 염일주의 천도재(薦度齋)[2]를 지내면서 안면을 텄던 그곳 주지라면 염일규를 조건 없이 받아줄 터였다.

날이 다 저물 무렵 염일규는 은련사에 당도했다. 법당 문을 열고 어둑한 안으로 들어서자 주지가 가까운 벗을 만난 듯 반갑게 그를 맞았다.

"홍모이들 일로 제주도에 내려가셨다 들었는데, 이렇게 생각지도 못하게 다시 뵙습니다."

"그간 무탈하셨소?"

염일규가 합장을 하며 인사를 건넸다.

"중놈이 무탈해야지 탈 날 것이 뭐 있겠습니까? 그나저나 종사관 몰골이 말이 아니십니다."

주지가 염일규의 아래위를 찬찬히 훑으며 걱정스런 표정을 지어 보였다. 사실 오랫동안 먼 길을 걷느라 스스로가 보기에도 행색이 꾀죄죄하고 볼품이 없었다.

"대답이 궁색하니 더는 묻지 마시오. 그보다 한양에 괴이한 살변이 연이어 벌어지거나 하는 일은 없었소?"

염일규는 대뜸 살변 여부부터 물었다. 흑도의 자취를 찾자면 그것부터 확인해야 했기 때문이었다. 녀석은 끓어오르는 피의 허기에

---

2 죽은 이의 넋을 극락으로 보내는 의식.

인명을 해치지 않고는 얌전히 견디지 못할 것이었다. 설사 갈증 때문이 아니더라도 녀석은 영기를 모으는 데 급급한 흉수이니 십중팔구 무고한 인명을 이리저리 해치고 다닐 가능성이 높았다.

주지는 염일규의 손을 잡고 법당 안 깊은 곳으로 안내하더니 작은 소리로 속삭이며 답했다.

"실은 장(葬)을 치르러 산을 내려갔다 보고 들은 소식이 있긴 합니다만…."

주지가 말끝을 흐렸다. 그러면서 기억조차 떠올리기 싫은 듯 미간을 좁게 찡그렸다.

"어서 말해보시오. 들은 대로 본 대로 모조리."

염일규는 더는 못 기다리겠다는 듯 강하게 채근했다. 그러자 헛기침만 거듭하며 고개를 가로젓던 주지가 마지못해 입을 열어 이야기를 들려주기 시작했다.

염불을 위해 몇 차례 장례에 불려갔던 주지는 염하는 시신의 형체가 괴이한 경우를 여러 차례 직접 목격했다고 했다. 피가 모조리 빠져나간 형체가 마치 마른 명태포 같았고 색깔은 핏기 하나 없이 허옇게 떠 있었다고 했다.

"세상에 어찌 그런 일이 있을 수 있는지. 구미호에게 당해 피를 죄 빨린 것 같았지요."

주지는 그때 봤던 시신의 모습이 재차 눈앞에 생생하게 떠올랐는지 몸을 소스라치게 떨었고, 얼른 아미타불 명호(名號)[3]를 외 웠다.

주지의 말에 거짓이 섞이지 않았다면 그것은 고지인에게 당한 흔적이 확실했다. 물론 흑도의 짓이라고 단정할 단계는 아직 아니었다. 다른 고지인의 짓일 가능성도 없지는 않았다. 이고르가 조선 땅에 들어와 목덜미를 문 이가 어디 한둘이겠는가. 이고르는 물론이고 흑도의 무분별한 흡혈로 발생한 고지인의 수도 이미 상당한 수에 이르고 있는 게 사실이었다. 실제로 염일규가 한양으로 올라오는 도중에도 그런 놈들을 여럿 맞닥뜨렸었다.

흥미로운 사실은 그들이 보이는 공통점이었다. 대부분 기괴한 열병을 앓고 고지인이 된 지 얼마 안 된, 이른바 초짜들이었는데 그들은 하나같이 칼이나 창을 들고 설치는 무뢰배 출신이다. 화적 떼 꼬리를 따라다니던 놈, 사당패 거사질하던 놈, 빚쟁이 대신 돈 받아주던 놈 등 대개가 주먹질과 칼질에 익숙한 시골 왈짜들로서, 그런 사실로 미루어보면 고지인에게 목덜미를 물리고도 살아남은 자들은 대개 일정 정도 완력을 지닌 무골이라 할 수 있었다.

그러다 보니 녀석들은 자신의 변해버린 몸을 옳게 다스리지 못했다. 치미는 흡혈 갈증을 견디지 못해 힘없는 백성들을 무작정 해쳤다. 그쯤 되면 고을 수령 되는 이들은 고지인의 정체를 알아채거나 그렇지 못하더라도 의심을 두어야 맞았다. 그러나 염일규

---

3 이름과 호칭으로. 여기서는 불보살의 이름.

가 지나쳤던 고을의 수령들은 사건 해결이나 범인 체포에 힘을 쏟기는커녕 쉬쉬하며 속만 끓일 뿐이었다. 그저 악귀의 소행 따위로 탓을 돌리며 무당을 불러 굿판을 벌이는 등 살변을 은폐하려고만 들었다.

다행히 놈들은 마침 해당 고을을 지나던 염일규에 걸려 죄 목이 잘렸다. 그들은 사나다의 공력을 얻은 염일규 앞에 상대조차 되지 못했고 염일규가 휘두르는 칼에 추풍낙엽처럼 떨어져나갔다. 그렇게 베어낸 수급의 수가 이미 열댓을 넘어서 이십여 개에 이르렀다. 게다가 목을 벨 때마다 그들의 몸뚱이에서 취할 수 있었던 영기는 놈들을 단죄한 데 따른 부상(副賞)이었다.

그럴수록 염일규는 더욱 강해졌다. 사나다의 희생으로 얻은 고강한 공력 위에 무뢰배들의 공력을 계속해 보태 쌓을 수 있었다.

물론 영기를 노리고 한 행위들은 정녕코 아니었다. 놈들을 벨 때마다 마음은 몹시 아리고 불편했다. 엄밀히 따지면 그들 역시 똑같이 억울한 피해자들이 아니던가. 원치 않게 목덜미를 물렸고 다만 운 좋게 살아났을 뿐이었다. 그러나 다른 도리가 없었다. 고지인이 된 뒤 놈들은 무자비한 살육을 서슴지 않았으며 무엇보다도 그들은 일반인이 감당할 수 있는 존재가 아니었다. 오직 놈들보다 강한 고지인만이 그들을 제압할 수 있었으니 염일규가 어쩔 수 없이 나서야 했다. 더 이상 무고한 희생자가 발생하는 일을 막기 위한 선택지는 오직 하나뿐이었다.

그런데 은련사 주지의 말대로 작금 한양 주변에서도 유사한 흉변이 연이어 발생하고 있다니 가만 손 놓고 두고 볼 일이 아니었다. 설사 범인이 흑도가 아니라 할지라도 염일규 자신이 제일 먼저 해결에 팔 걷고 나서야 할 것만 같은 의무감이 느껴졌다. 물론 범인이 흑도라면 더 말할 나위도 없는 일이다.

"장례를 치른 곳이 주로 어디요?"

"삼개나루⁴ 부근이 잦았고, 홍제원 인동도 몇 번 있었습니다."

"그곳이라면 가까운 다른 사찰도 많을 텐데 굳이 은련사 승려를 부른단 말이오?"

"시신의 형체가 워낙 괴이하여 다른 절의 중들은 죄 거절을 놓은 모양입니다. 그 통에 소승에게까지 일이 넘어온 것이지요."

염일규는 주지로부터 장례를 치렀던 위치들을 세세하게 적어 받았다. 당장 내일부터 한 곳 한 곳 직접 돌아볼 작정이었다. 터럭이라도 단서 될 것이 남아 있다면 흑도의 짓인지 여부부터 가려낼 참이었다.

주지가 내준 요사채(寮舍寨)⁵에 곤한 몸을 누이고 손가락을 꼽아 보니 벌써 다음 달이면 아리의 산달이었다. 아차 싶었다. 애초 계획보다 많이 서둘러야 했다.

---

4 마포나루.
5 절에 있는 승려들이 거처하는 집.

훈련도감 군사들이 삼남 지방에서 훈련을 마치고 복귀한 지 얼마 되지 않은 때였다. 한양에 돌아온 어영대장 이완의 얼굴도 볼 겸 효종이 몸소 군기시에 행차했다. 임금의 예고 없는 방문에 군기시 전체가 한껏 긴장했다.

"홍이포(紅夷砲)는 언제쯤 선보일 것이오?"

역시 효종의 관심은 홍이포에 있었다. 효종의 하문에 군기시를 안내하던 이완은 어깨를 살짝 으쓱해보인 뒤 공손하게 답했다.

"홍모이들을 독려하고 있으니 열무식쯤에는 백성들 앞에 당당히 선보일 수 있을 듯하옵니다, 전하."

효종과 이완이 말하는 홍이포란 제주섬에서 압송해온 홍모이들이 군기시에서 개량 중인 신형 화포를 가리켰다. 하지만 홍이포는 17세기 초 명나라가 네덜란드와 전쟁을 치를 때 네덜란드 사람들이 사용하던 대포를 말했다. 그리고 붉은 머리 오랑캐, 즉 홍모이가 사용하는 화포라 하여 붙은 이름이었다. 이후 유럽에서 수입한 포를 비롯해 중국에서 모방해 만든 포 모두를 아울러 홍이포라고 불렀다. 조선에서는 병자호란(丙子胡亂) 때 청나라 군대가 홍이포를 들여와 처음 사용하였으며, 작금에 이르러서는 박연과 하멜 일행이 기존 홍이포의 단점을 대폭 보완하고 개선하는 작업을 비밀리에 진행하고 있었다.

이완은 개량형 홍이포의 개선된 장점들을 지나치다 싶을 정도까지 자세히 설명해 올렸다. 효종은 짧지 않은 시간임에도 한 치의 흐트러짐 없이 온 정신을 집중해 들었다. 의문이 생기면 그때마다 이완의 말을 끊고 질문을 던졌으며 스스로 납득할 때까지 보충 설명을 요구했다. 이윽고 효종이 만면에 흡족한 미소를 띠며 말했다.

"경의 수고가 많았구려. 오랑캐에 치욕을 입었던 선왕의 원수를 갚을 날이 그리 머지않았소."

"그렇사오나 전하, 실전 사용을 위해서는 더 많은 시험 발사를 거쳐야만 합니다."

이완은 신중했다. 더구나 조선 조총 부대의 나선(羅禪) 출정 이후 청의 감시가 부쩍 심해진 터였다. 때문에 홍이포를 들판에 끌고 나가 시험하는 일조차 여의치 않았다. 그래도 효종은 만면에 그득한 미소를 거두지 못했다. 포 제작에 몰두하고 있는 홍모이들을 격려하는 어조에 패기가 넘쳤다.

"전하, 긴히 아뢸 일이 있사옵니다."

군기시 안 비밀 공장을 찬찬히 둘러보는 효종 곁에 이완이 바짝 붙더니 귀에 대고 속삭였다.

"편히 말해도 되오. 모두 믿을 만한 자들이니."

효종은 따르던 좌우 신료들을 둘러보고는 거리낄 것 없다는 듯 손을 휘휘 내저었다.

"전하, 사안이 워낙 괴이한지라 말이 샐까 두렵사옵니다. 좌우를 물려주십시오."

"이 대장답지 않게 오늘 참으로 유난하구려. 정히 그러하면 아예 자리를 옮깁시다."

효종이 선선히 동의하자 이완은 곧바로 도제조(都提調)[6] 집무실로 안내했다.

"이제 됐소?"

"전하, 주위부터 물려주셔야 소신이 어려운 말씀 올릴 수 있사옵니다."

이완은 여전히 고집을 부렸고 아예 지근의 내관조차 밖으로 물려 달라 재차 청했다.

"거참 사람도…. 다들 물러가 있거라."

내관들이 밖으로 쫓겨나듯 물러나가고 뒤이어 전례 없는 일이라며 반발하는 불만이 집무실 안까지 들려왔다. 하지만 이완은 아랑곳하지 않았다. 오직 목전의 임금에게만 집중했다.

"홍모이들이 주고받는 말 중에 수상쩍은 이야기가 있습니다."

첫 운을 뗀 이완이 잠시 뜸을 들였다.

"홍모이들이 수상쩍은 말을 하다니? 빠짐없이 고해보시오."

화제의 중심이 홍모이들이라고 여겨진 효종은 상체를 앞으로 기울이며 즉시 관심을 보였다. 임금의 재촉에 이완은 하멜 일행에게서 전해 들은 괴담을 상세히 고했다. 그 내용은 하멜 일행이 애초에 그들을 조사했던 심문관들은 물론이고 이후 어느 누구에게조차 털어

---

6 승문원, 봉상시, 사역원, 훈련도감 따위의 으뜸 벼슬.

놓지 못했던 제주도 표착의 자초지종이었다.

잠자코 듣기에만 집중하던 효종이 문득 손을 들어 이완의 말을 잠시 멈췄다. 그러고는 도저히 믿을 수 없다는 얼굴로 하나하나 확인하듯 다시 물었다.

"그러니까 홍모이들이 제주섬에 닿은 까닭이 저들의 배가 풍랑에 난파했기 때문이 아니었다, 경의 말씀은 그것이오?"

"맞습니다, 전하."

"난파가 아니라면 저들 스스로 내렸다는 말이 되는데?"

"홍모이들은 살기 위해 어쩔 수 없이 배를 버리고 탈출했다 하였습니다."

"어찌하여 그랬다는 거요?"

"저들의 배에 악귀를 태웠답니다."

"악귀라 하면?"

"산 사람의 생혈을 빨아먹는 양귀라고 했습니다."

"참으로 괴이하오. 그게 있을 수 있는 일이라는 말이오?"

효종은 고개를 흔들었다.

"소신이 직접 진위를 확인하지는 못한 바이오나 홍모이들이 굳이 그같은 거짓을 꾸며내 이를 까닭이 없지 않겠사옵니까?"

"맞아, 그럴 이유가 없겠지. 과인도 그리 여겨지는구려. 한데 왜 그런 사실을 여태 숨기고 자백하지 않았다 하오?"

"경황 중에 제주섬에 닿았기 때문이랍니다. 하지만 실은 일행중에 섞여 있을지도 모를 악귀를 채 가려내지도 못한 마당에 배 안에서 겪은 사실을 모두 심문관에게 그대로 고하기가 무척 곤란했겠지요. 그러기에는 자신의 안위가 매우 걱정되었던 모양입니다."

일리 있는 설명이었다. 홍모이들이 심문관에게 경위를 숨긴 까닭 역시 충분히 수긍이 갔다. 조선 관리들에게 함부로 입을 열었다가 혹여 일행 전부가 악귀로 몰려 죽임당할까 두려워 저들끼리 함구하기로 약조했던 것이다.

"그런데 그 악귀가 도성 부근까지 나타났다?"

"예, 전하. 작금 도성 부근에서만도 악귀의 소행으로 보이는 희생자가 벌써 여럿 나왔다고 합니다. 한데 경기 감영은 물론 포청, 한성부에서는 쉬쉬하기만 하니 소신이 전하께 직접 아뢰는 것이옵니다."

"도성 밖이면 감영 소관이고 안이라면 포청과 한성부이거늘, 형판도 한성 판윤(判尹)[7]도 과인에게 아무 이야기가 없었소. 괘씸한지고. 당장 불러다 추궁해야겠소."

"전하, 잠시만 시간을 두시지요."

이완이 노여워하는 효종을 말리며 진정시켰다. 가뜩이나 어려운 시국에 괴이한 흉변까지 연잇는다는 사실이 밖으로 알려져 봤자 효종에게 좋을 건 어느 하나 없었다. 흉변 소문으로 민심이 크게 동요

---

7 한성부의 정2품 으뜸 벼슬.

할 것이고 또 그 틈을 타 서인의 모략이 끼어들 소지도 다분했다. 서인들은 흉변의 주범으로 먼저 군기시의 홍모이들을 지목할 것이었다. 그런 뒤 효종과 이완에게는 군기시에 악귀를 숨겨두고 보호한다는 악랄한 누명을 뒤집어씌울 게 뻔히 보였다.

"그들은 필시 홍모이들에게 그 혐의를 돌리려 할 것입니다. 그리하면 전하께서 추진하시는 북벌의 대계를 크게 방해할 수 있을 테니까요."

"흠."

"전하, 결코 어떠한 빌미도 저들에게 주어서는 아니 되옵니다."

노여움이 채 가시진 않았으나 효종은 이완의 전망에 금세 수긍하는 기색이었다. 흉변을 저지른 악귀를 당장 잡아들인다면 모를까 그러지 못할 경우 흉문만 무성하게 퍼질 것이고, 의심의 시선은 당연히 홍모이들이 배속된 이곳 군기시로 향할 것이었다. 안 그래도 홍모이들의 이질적인 생김새 탓에 백성들이 양귀라 수군대며 경원시하는 마당 아닌가. 자칫하다간 서인들 선동에 흉변의 주범으로 몰려 성난 군중들 손에 모조리 살해당할 수도 있었다. 만일 사태가 그렇게 흘러가면 북벌을 위한 홍이포 제작은 좌초할 수밖에 없었다. 따라서 사안을 떠들썩하게 벌여서는 아니 되었다. 북벌의 대계를 위해서라도 반대파에 구실을 줄 경거망동은 금물이었다.

고심 끝에 효종은 이완에게 밀명을 내렸다. 도성 내외의 사법권을 상징하는 홍패(紅牌)를 내리면서 흉변을 일으킨 악귀를 비밀리에 색출하고 추포할 것을 명했다. 훈련도감과 어영청의 병권은 물론이고 도성 안팎의 치안 사법권까지 이완의 손에 쥐어준 셈이다. 이완은 그렇지 않아도 무거운 양어깨 위에 육중한 짐이 하나 더 보태진 듯 느껴졌다. 그러나 효종의 두터운 신임을 생각한다면 벗을 수도 내려놓을 수도 없었다. 무엇보다도 북벌을 위해서라면 어쨌거나 감당하고 가야만 했다.

  은련사 주지승이 일러준 대로 염일규는 살변이 일어났다는 현장들을 모두 찾아가 꼼꼼히 둘러보았다. 목격자가 있으면 수소문해 그들의 증언을 들어보고 의문 나는 사항들을 빠짐없이 묻고 확인했다.
  몇몇은 염일규의 그런 거동을 수상히 여겨 이쪽의 신분을 먼저 캐묻거나 관청에 고알(告訐)하려는 낌새를 내비치기도 했다. 하지만 대개는 오랜 군관 생활이 몸에 밴 염일규의 기세에 눌렸던 때문인지 그저 나랏일하는 관리이겠거니 하고 선선히 답하며 협조했다.
  아무튼 증언은 한결같았다. 살변의 희생자들은 술 취해 밤길을 배회하던 자였거나 홀로 외진 곳을 지나던 과객 혹은 인적 드문 개울에서 홀로 멱 감던 아녀자들이라고 했다. 물론 악귀에 당하는 살변의 순간은 어느 누구도 목격하지 못한 모양이었다. 다만 죽은 희생자 시신을 처음 발견했거나 장례를 지켜보았던 사람들은 시신에서 피가 모조리 빠져나간 듯 끔찍하고 괴이한 것이 마치 건어물과

흡사했다고 입을 모았다.

　대략 증언들의 내용은 대동소이했고 은련사 주지의 전언과도 크게 다를 바 없었다. 희생자들은 고지인에게 당한 것이 자명했다. 그러나 흑도의 소행인지 여부를 판가름하려면 시신에 관한 훨씬 전문적이며 세밀한 진술이 필요했다. 하지만 목격자들은 다들 다시금 기억에 떠올리는 것조차 몹시 꺼려했고 시간이 흘러 그들 뇌리에 남은 기억도 흐릿했다. 그들의 진술은 허술하기 짝이 없었다.

　차라리 희생자의 시신을 무덤에서 파내어 상흔을 두 눈으로 직접 면밀하게 살펴보는 편이 외려 훨씬 나을 성 싶기도 했다. 게다가 만일 흑도에게 당한 것이라면 시신 어딘가에 날카로운 검상이 남아 있을 게 틀림없었다. 놈은 상대의 목덜미를 물기 전에 반드시 검으로 숨을 먼저 끊어놓는 버릇이 있었다. 그러나 제주도에서처럼 무덤을 파고 시신을 꺼내 살피는 것은 수배자 신분으로서는 엄두조차 낼 수 없었다. 그런데 뜻하지 않은 정보가 제 발로 찾아들었다.

　"등에 칼자국이 있긴 했습죠, 선달(先達)님."

　주막 대청에서 국밥을 뜨며 다음 목격자를 수소문하던 염일규와 주모의 대화에 쉰댓쯤 되어 보이는 중늙은이가 느닷없이 끼어들었다. 뱁새눈에 날카로운 인상을 풍기는 자였다.

　"뉘시오?"

　"오작을 업으로 삼는 천것이니 선달님은 말씀을 낮추십쇼."

뱁새눈은 자신을 경기 감영에 속한 오작이라고 소개했다. 오작이란 지방 관아에 딸려 시체 조각을 주워 맞추거나 상흔을 세세히 살피는 천민이었다. 그는 며칠째 염일규를 따라다니며 주의 깊게 살펴왔다고 털어놓았다.

"모쪼록 이놈의 무례를 용서하십쇼, 선달님."

뱁새눈이 머리를 조아리며 용서를 구하자 문득 염일규 머릿속엔 제주목 오작이 이고르에게 죽어 수사 시작부터 벽에 부딪혔던 지난 일이 떠올랐다.

"한데 소인 선달님께 한 가지 여쭤 올려도 되겠습니까?"

"편히 물어보시오."

뱁새눈이 뒷머리를 긁적이며 조심스레 물었다.

"선달님은 도대체 어떤 분이시기에 흉하게 돼진 연놈들 사연을 줍고 다니십니까요? 그것도 쇠천 푼까지 뿌려가며 말입니다."

"그쪽 보기에 내 거동에 어디 수상쩍은 부분이라도 있었소?"

"뭐 꼭 그렇다기보다는, 아무래도 소인 손으로 직접 거둔 송장들에 대해 이것저것 캐묻고 다니시니 당연히 관심이 흐를 수밖에요."

"그러하오? 한데 살변의 시신을 모두 그쪽 손으로 거뒀다?"

"그랬고말굽쇼. 설마 소인이 망자를 두고 거짓을 아뢰겠습니까? 그나저나 선달님은 도대체 무슨 연유로…."

"으흠, 실은 억울하게 죽은 원혼들이 밤마다 나를 찾아와 통사정하기에 내 어쩔 수 없이 산문(山門)을 나섰다오."

뱁새눈이 의심스런 눈초리로 다그치듯 쳐다보자 염일규는 엉겁결에 자신을 도학(道學)을 익힌 퇴마사라고 둘러댔다. 그러나 뱁새눈은 영 믿지 않는 눈치였다.

"아, 그러니까 도사님이셨군요. 하긴 뒈진 송장들 꼬락서니가 원을 품어도 단단히 품을 만도 합지요."

겉으로는 맞장구쳤지만 뱁새눈은 속으로 코웃음을 쳤다. 도사라면 오랜 세월 책장만 넘겼을 테니 손이 기생년처럼 한껏 곱디고와야 할진대 지금 국밥을 뜨는 치는 손 마디마디마다 투박하게 옹이가 진 것이 거친 밭일을 하는 농사꾼 혹은 주먹질이나 일삼는 왈짜놈이 분명했다.

'얼토당토않은 거짓말이 분명해. 뭔가 구린 게 뒤에 숨어 있어.'

뱁새눈은 상대가 관청에서 나온 도포짜리[8]만 아니라면 애초부터 크게 상관하지 않을 작정이었다. 그저 묵직한 보수면 족했다.

"아무튼 오작이라 했으니 몇 가지 묻겠소이다. 피를 빨려 죽은 시신을 여태 몇 구나 치웠소?"

"여섯 구나 됐습지요. 죄 말린 명태포처럼 허여멀건 것이 꼴이 아주 흉측했습니다요. 이놈 그런 시신들은 생전 처음 봤지요, 암요."

"혹 목덜미의 치흔(齒痕) 말고 다른 상처는 보지 못했소?"

"헤헤, 소인 이미 도사님께 말씀 올리지 않았습니까요? 다들 등짝에 칼침이 한 차례씩 쓸고 지나갔다굽쇼."

---

8 도포 입은 사람을 낮잡아 이르던 말.

"칼자국이 분명 있었소? 확실하오?"

염일규가 눈을 부릅뜨며 다시 묻자 뱁새눈이 놀라 움찔하며 뒤로 몸을 젖혔다.

"한데 도사님, 중요한 건 칼자국보다 목덜미를 물어뜯은 짐승 새끼의 이빨 구녕 아니겠습니까요? 소인 짐작엔 필시 고 상처 구녕을 통해 피가 홀랑 빨려나간 것 같습니다."

뱁새눈은 상대가 괴이한 이빨 자국에만 관심을 가질 거라 짐작한 모양이었다. 얼른 화제를 그리로 돌리려 했지만 염일규에게는 검이 남긴 상흔의 유무가 더 중요했다.

"칼자국이 어떤 모양으로 나 있던가? 깊이는, 그리고 길이는?"

"글쎄요, 소인 기억을 더듬자면⋯."

뱁새눈이 잠시 뜸을 들이며 대답을 망설였다. 그러고는 염일규의 허리춤에 달린 염낭을 연신 흘끗거렸다.

"그러니까 고것이 어떻게 된 거냐므은⋯."

기억이 나는 듯 마는 듯 뱁새눈은 일부러 시간을 끌었다. 상대가 갑자기 조급한 반응을 보이자 돈 뜯어낼 궁리가 생겨난 탓이었다. 이윽고 뱁새눈의 속셈을 알아챈 염일규가 염낭을 꺼내들었다. 그리고 안에 들었던 쇠천 푼을 바닥에 좌르르 쏟더니 뱁새눈 앞으로 밀어주었다.

"이제는 기억나겠소?"

"어휴, 그럼요. 기억이 나고말고요. 이래서 자고로 늙으면 얼른 돼지란 말이 있는가 봅니다요, 도사님."

뱁새눈은 요란스레 너스레를 떨며 제 앞에 깔린 쇠천 푼들을 한 푼 두 푼 세기 시작했다. 그런데 놈은 시늉만 거듭할 뿐 도무지 대답을 내줄 기미가 없었다. 혹시나 돈을 더 뜯어낼 수 있을지 가늠하며 간을 보는 눈치였다.

"네 이놈!"

갑자기 염일규가 뱁새눈의 면전에 버럭 우레 같은 일갈을 쏟아냈다. 동시에 놈의 멱살을 강한 완력으로 꽉 부여잡았다.

"대체 왜 이러십니까요, 도사님?"

"가만 두고 보며 오냐오냐했더니 감히 네놈이 겁도 없이 날 희롱하려 드는구나!"

치미는 노여움에 염일규의 눈이 불처럼 이글거렸다. 마치 맹수처럼 당장에라도 상대를 잡아먹을 듯 파랗게 빛을 발했다.

느닷없이 멱살 잡힌 뱁새눈은 무섭게 돌변한 염일규의 모습에 몹시 놀라고 당황했다. 염일규가 뿜어내는 살기 어린 눈빛에 경기마저 일으켰다. 심지어 중치막[9] 바지춤 밑으로 오줌까지 누렇게 배어 나왔다.

뱁새눈은 한참이 걸려서야 간신히 정신을 추스르고 진정할 수 있었다. 굳어 겁에 잔뜩 질려 돌처럼 굳은 표정이었다. 뱁새눈은 그제

---

9 벼슬하지 않는 선비가 입던 긴 겉옷으로, 넓은 소매에 앞자락은 둘로 갈라지고 뒷자락은 하나로 붙어 있으며 양 겨드랑이부터 아래까지 길게 터져 있어 총 세 자락으로 갈라졌다.

야 비로소 염일규가 물었던 질문의 답들을 내놓기 시작했다.

"도사님 말씀대로 여섯 구 모두 도검에 등을 맞은 자국이 깊게 나 있었습지요. 날붙이가 한차례 지나간 자리로 살이 크게 벌어져 있었습니다. 상처의 깊이는 대략 일 촌[10]이었고 길이는 한 자 반 정도 되었던 걸로 기억합죠."

"그만한 상처라면 환도(還刀)[11]라기보다는 검계 놈들이 지니는 창포검[12]이 낸 흔적 같구나?"

"아무래도 그렇겠지요? 환도로 낸 상처치고는 모양새가 많이 길쭉한 데다 좌우로 살이 벌어진 꼴로 봐서도 도사님 짐작이 맞을 듯싶습니다만."

"등에 난 칼자국이 절명에 이를 정도의 치명상은 못 되었을 것이다. 기억나는 다른 상흔은 없더냐? 분명히 어딘가에 있을 터인데?"

염일규가 강하게 닦달하자 뱁새눈이 깜짝 놀란 표정을 지으며 짐짓 한 발자국 뒤로 물러앉는 시늉을 했다. 그러고는 감탄하듯 물었다.

"도사님은 대체 뉘십니까? 마치 송장들을 직접 본 듯 말씀하시니."

"과연 있었구나?"

"그럼요, 있었습지요. 치명상은 모두 왼편 겨드랑이 안쪽에 숨어

---

10 한 자의 10분의 1로 약 3.03센티미터.
11 군복에 갖추어 차던 군도.
12 칼과 창의 효과를 동시에 낼 수 있는 호신용 검.

있었습니다. 그 방향에서 칼날이 염통을 반으로 가르듯 비집고 들어가 단숨에 절명했을 게 확실합니다."

"솜씨는 어떻더냐?"

"두말할 것 없습니다. 칼을 제법 쓰는 고수 놈이 아니라면 누가 그런 상처를 내겠습니까요? 짐승 이빨 자국도 그렇고 송장 꼬락서니를 봐서도 악귀의 소행이라 여기는 게 당연지사일 테죠. 하나 소인이 검험[13]한 바로는 사람 놈 짓거리가 틀림없습니다요. 잘 생각해보십쇼. 만약 귀신이라면 지가 번거롭게 칼까지 들고 설치겠습니까?"

어느새 뱁새눈은 신이 났는지 묻지 않은 말까지 떠들기 시작했다. 그러더니만 아예 종이까지 빌려다 시신을 상세히 그리며 설명을 더했다. 검험하는 동안 가슴속에 꽁꽁 숨겨두었던 사실들을 뒤늦게라도 후련히 털어놓는 것이 픽 뿌듯하고 만족스러운 모양이었다.

아무튼 오작의 진술대로라면 흑도의 소행이 확실했다. 그렇다면 놈은 염일규로부터 그다지 멀지 않은 곳에 있는 셈이 된다. 아리 역시 가까운 곳에 있을 것이다. 기대와 설렘에 염일규의 심장이 빠르게 요동쳤다.

염일규는 뱁새눈의 국밥 값을 대신 치러주었다. 더불어 술과 닭

---

13 살인 사건이 일어났을 때 검관이 현장에서 피해자의 시체를 검사하고 사망 원인을 밝혀 검안서를 쓰던 일.

값까지 주모 손에 몰래 얹어주며 좋은 대접을 부탁했다. 물론 입단속도 빠트리지 않았다. 뱁새눈과 만나지 못했다면 야음을 틈타 무덤 파는 일마저 무릅쓸 판이었는데 천재일우(千載一遇)로 그의 협조를 얻은 덕분에 커다란 수고를 던 셈이었다.

이제 흑도와 맞닥뜨릴 일만 남았다. 피의 갈증에 몰린 흑도는 근시일 내 재차 살인을 저지를 가능성이 십중팔구였다. 장소는 도성 안팎 어딘가가 되리라. 지난 자취들을 돌아보자면 놈은 외딴 곳을 배회하는 취객이나 부녀자를 노려 손쉬운 먹잇감으로 삼곤 했다. 때문에 놈을 쉽게 잡으려면 먹잇감을 물색하는 놈의 습성을 이편에서 먼저 이용하는 게 현명한 방법이었다. 그래서 염일규는 미끼로 자기 자신을 내던져줄 참이었다. 먹이를 던져주는 척 놈의 목을 따버릴 생각이었다.

도성 안팎 곳곳에 관무재 실시를 알리는 방이 나붙었다. 묵빛 무복(武服) 차림의 한 사내가 방 앞에 못 박힌 듯 서서는 한참을 뚫어져라 쳐다보았다.

'이제 코앞이다.'

효종이 친람하는 관무재다. 흑도는 훗날을 따로 기약할 것 없이 관무재 당일 무과 현장에 나온 임금의 목을 취해버릴까도 생각해보았다. 호위가 삼엄하다고는 하지만 어느 누구도 관무재 중에 누군가가 군왕 시해를 도모할 것이라고는 예상치 못하리라. 방심한 틈을 타기에 더없이 좋은 기회였다.

관무재 복시(覆試)[14]는 낙산(駱山)[15] 아래 훈련원 마당에서 거행될 예정이었다. 흑도는 과장의 지리와 건물 배치 등을 사전에 파악하고자 훈련원을 찾았다. 이미 그 말고도 관무재에 응시하고자 하는 자들 같은 몇몇 건장한 사내들이 미리 과장 안을 훔쳐보려 애쓰며 문 앞에서 기웃대는 중이었다.

훈련원 정문은 활짝 열려 있었다. 군졸 일군(一群)이 당일 임금이 앉아 친람할 누대를 마당 북편에 가설하고 있었다.

눈대중으로 어림잡아 응시자들이 무예를 겨룰 대련장과 임금이 앉아 있을 누대 사이의 거리는 대략 삼십여 보, 누대의 높이는 다섯 척가량이었다. 대련장의 흑도가 누대 위 임금까지 도달하기에는 거리가 생각보다 꽤나 멀었다. 게다가 관무재 당일 효종의 사위는 내금위 군관들이 두서너 겹으로 호위하고 있을 것이며 그 외곽은 훈련원(訓鍊院)[16] 군사들이 잔뜩 포진할 터였다.

대련장을 벗어나 효종까지 접근하는 데 걸리는 시간은 호위진의 반격을 감안한다면 아무리 짧게 잡더라도 반 다경(茶頃)[17], 그동안 창검은 무릅쓴다 쳐도 목덜미를 노리고 날아오는 화살은 큰 문제

---

14 과거 초시에 합격한 사람이 2차로 시험을 보던 일 또는 그 시험.
15 종로구와 성북구의 경계를 이루고 있는 산.
16 군사 시재, 무예 연습, 병서 강습 따위를 맡아보던 관아.
17 차 한잔 마실 시간을 뜻하는 것으로 15분 정도.

였다. 특히나 작고 짧은 편전(片箭)[18]은 속도가 매우 빠르고 대응이 어려워 검으로 일일이 쳐내기는 무리였다. 만에 하나 편전 한 발이라도 놓쳐 경동맥이 꿰뚫린다면 흑도가 제아무리 불상불사의 고지인이라도 그 자리에서 끝장날 수 있었다.

흑도는 머릿속 계산이 복잡해졌다. 그래서 석상처럼 굳은 채 훈련원 마당 쪽을 잠자코 응시했다. 몇 번이고 그림을 다시 그려보아도 만족스러운 답이 도무지 떠오르지 않았다. 정문을 지키던 군관 한 명이 잔뜩 찌푸린 흑도의 얼굴을 서너 차례 흘끗대더니 이내 피식 소리가 다 들리도록 웃음을 흘렸다. 네놈 따윈 관무재에 어림없다는 비웃음이었다. 심사가 뒤틀렸지만 그래도 흑도의 거동에 아무 의심도 품지 않은 것은 차라리 다행이었다. 그곳에 더 머물렀다가는 불필요한 주목을 받을 수 있어 흑도는 얼른 등을 돌려 훈련원 앞을 빠르게 벗어났다.

만리재[19] 부근에 정해놓은 처소로 돌아와보니 행수 조란의 통기가 와 있었다. 화급한 일이라며 흑도더러 서둘러 수연옥으로 와달라고 청하는 전갈이었다. 흑도는 곧바로 북한산 홍지문[20]을 질러 홍제원 쪽으로 달렸다.

---

18 아기살이라고도 불리는 작고 짧은 화살로, 날쌔고 촉이 날카로워 갑옷이나 투구도 잘 뚫는다.

19 중구 만리동 2가에서 마포구 공덕동으로 넘어가는 고개.

20 서울 성곽과 북한산성의 방위 시설을 보완하기 위하여 세운 문.

이윽고 수연옥 앞에 다다르자 대문 너머 초조히 마당을 이리저리 서성이는 조란의 모습이 시야에 들어왔다. 그녀는 흑도를 발견하자 먼저 반색하며 쪼르르 달려들었다.

"오라버니, 큰일 났수!"

흑도가 채 기루 문턱을 넘기 전부터 조란은 요란스레 호들갑을 떨었다.

"웬 수선이냐?"

조란의 야단법석에도 흑도의 반응은 시큰둥했다.

"그 계집 말예요."

"계집이라니?"

"아리 년이요. 고 계집이 곧 애를 싸지를 것 같은데 어쩌지요?"

"아리가 애를 낳는다고?"

"어머머! 배가 산만 한 계집을 내맡겨놓고 지금 와 딴소리하는 거유? 정말 오라버니 씨 아녜요?"

흑도는 저도 모르게 이마를 손으로 짚었다. 젠장, 아이는 여태 계산에 넣지 않고 있었다. 출산을 예상치 못한 건 아니었지만 시간이 벌써 그리됐단 말인가. 자신처럼 인조에 의해 버림받았다는 연민에 여태 죽이지 못하고 살려두었건만 막상 아이까지 낳는다니 그녀를 처리할 적당한 방도가 떠오르지 않았다.

"오라버니 씨 맞지?"

조란이 눈을 찢어지도록 흘기며 다그쳤다.

"란이 네가 상관할 바 아니다. 애가 나올 것 같으면 받아야지 뭘 어떻게 해? 어서 잡생각 말고 산파부터 구해."

"내가 왜? 내가 왜 어디서 굴러먹다 왔는지도 모르는 그딴 년 밑구멍 건사까지 해야 하는데?"

"말본새가 영 사납구나."

"그럼 오라버니가 내 입장이 돼봐요. 말이 곱게 나오나."

"조란아!"

듣다 못한 흑도가 소리를 버럭 내지르고 짐짓 엄한 눈빛으로 정색하자 앙칼지게 달려들던 조란의 기세가 한풀 꺾였다.

"아우, 깜짝이야. 사람 귀먹게 왜 소리는 지르고 그래요?"

슬쩍 꼬리 내리는 듯했으나 구시렁대는 건 여전했다.

"오라버니는 내가 그리 비위 좋은 년인 줄 아우?"

"계속 고집 부릴 테냐?"

"아, 됐소. 기생년 팔자가 그렇지, 뭐. 그건 그렇고 오라버니, 내가 준 파초선(芭蕉扇)은 잘 지니고 다니는 거죠?"

약이 잔뜩 오른 조란이 뜬금없이 부채 이야기를 꺼냈다.

"파초선?"

본래 파초선이란 당나라 삼장 법사가 제자 손오공과 함께 서역을 향해 가던 도중 화염산을 만나 불길을 끄기 위해 우마왕의 처 칠선 공주에게 빌렸다는 전설 속의 부채다.

사실 조란은 타는 갈증에 빈번히 고통받는 흑도를 곁에서 지켜보며 무척이나 안타까워해왔다. 그 원인이 체내의 화기(火氣)를 옳게 다스리지 못해서인 줄 알았다. 그래서 병증을 의원에게 보이자고 간곡히 설득했지만 흑도는 꺼려 했다. 어느 때는 오히려 불같이 화를 내기도 했다. 어쩔 수 없이 조란은 열기를 식히라는 뜻을 담아 흑도에게 부채를 선물했고 그것을 파초선이라고 우겼다. 조란이 시장에서 구해 건넨 부채는 전설처럼 파초 모양을 한 원선(圓扇)[21]이 아니라 접어 쓰는 평범한 쥘부채였다. 그런데도 조란은 한사코 파초선이라 불렀다. 전설을 몰랐기 때문이 아니라 끓어오르는 흑도의 열기가 제발 식어 가라앉기를 바란 마음이 훨씬 더 큰 탓이었다.

"몸의 화기를 다스리라 내 특별히 구해다 준 것이니 꼭 지니고 다녀야 하우."

"란이 넌 대체 그게 어딜 보아 파초선이란 게야?"

"내가 그렇다면 그런 줄 아시우. 암튼 잃어버리면 그땐 정말 나랑 끝인 줄 알아, 오라버니!"

말을 마친 조란이 쌩하니 찬바람이 일도록 치맛자락을 추어올리며 몸을 돌렸다.

"쯧쯧, 명색이 행수라면서 계집 성깔머리하고는."

흑도는 종종걸음으로 자리를 뜨는 조란의 뒷모습을 바라보며 혀를 끌끌 차고는 아리를 가두어둔 광 쪽으로 걸음을 옮겼다.

단단히 걸어 잠근 자물쇠를 열고 흑도가 광 안에 들어서자 가늘

---

21 둥글부채.

게 졸던 아리가 기척에 눈을 번쩍 떴다. 그 기척이 흑도임을 알아보고는 엉덩이걸음으로 주춤주춤 물러나 앉았다. 조란이 말한 대로 과연 아리는 거동이 몹시 불편할 정도로 배가 많이 불러 있었다. 내일이라도 당장 아기가 나올 듯싶었다.

"오랜만이구나, 잘 지냈느냐?"

흑도가 부드러운 어조로 먼저 인사를 건넸다. 사실 아리를 수연옥에 맡긴 뒤로 흑도는 일부러 찾아오지 않았다. 처우가 계룡산 산채에 살 때만 못해서 미안하고 민망했기 때문이다. 산채에 머물던 때에는 흑도가 아리의 위치를 나름 지켜줬고 때때로 발언권도 인정하는 등 어느 정도 대우해줄 수 있었지만 수연옥에서는 상황이 판이하게 달랐다. 아리는 그야말로 포로와 다름없었다.

지근에 도성인 한양이 있고 왕래하는 행인들 이목이 많았다. 자칫 아리가 감시를 피해 탈출하면 뒷감당이 불가했다. 더군다나 아리는 도망한 관비로 수배까지 받고 있는 처지인지라 행여 감영 군사나 포청 관리들 손에 잘못 걸려 이제까지 보고 들은 것을 모두 토설한다면 흑도가 계획하는 거사마저 그르칠 우려가 있었다. 때문에 불상사가 일어날 수 있는 가능성은 모두 사전에 확실히 차단하고 엄속히 단속해야만 했다.

"염일규의 아이더냐?"

출산이 임박했기 때문인지 아리는 극도로 신경이 곤두서 있었다. 흑도의 질문에 아리는 더욱 뒤로 물러앉으며 등을 벽에 바짝 붙였다. 그리고 양팔로 부른 배를 감싸 안는 것이 무슨 일이 있어도 태중의 아기는 보호하겠다는 결연한 각오처럼 느껴졌다.

"너도 알고 있겠으나 난 널 해칠 생각은 없다. 아기도 그렇고."

아리는 대꾸가 없었다. 대신 날카로운 눈빛으로 흑도의 일거수일투족을 몹시 경계했다.

"하긴, 네가 굳이 대답할 필요도 없겠구나. 아비가 염일규 그놈이 아니라면 또 누가 있으려고. 아니 그러냐?"

흑도가 짧은 실소를 뱉어냈다. 자문자답하는 제 행동이 싱거웠기 때문이었다. 웃음을 거둔 흑도는 시선을 다시 아리에게로 돌렸다. 그러고는 아리의 행색을 찬찬히 훑어보기 시작했다.

오래도록 광에 갇혀 지낸 탓에 아리의 몰골은 말이 아니었다. 의복은 군데군데 닳아 해지고 심한 악취가 진동했다. 게다가 그동안 한 번도 물로 씻지 못했는지 머리카락과 몸 곳곳에는 벼룩과 이가 둥지를 튼 양 버글거렸다. 딱하고 불쌍하기가 목불인견(目不忍見)이었다.

'그간 씻기지도 않았던가.'

애초에 조란으로 하여금 아리를 연적인 양 오해하게 하고 쓸데없는 경계심을 심어준 것이 화근이었다. 그래서 아리를 필요 이상으로 혹독하게 다룬 게 틀림없었다.

'고약한 년 같으니. 혼꾸멍을 단단히 내줘야겠군.'

가슴 한구석으로 흑도답지 않은 정의감이 울컥 치밀어 올랐다.

내심 살짝 놀랍기도 했거니와 어딘가 어색하고 기분이 묘했다. 문득 아리의 초라한 모습 위로 친누이 강빈의 기억이 겹쳤다. 순간 다리에 힘이 풀리며 몸이 휘청 중심을 잃었다.

'누님!'

기억 속의 누이는 화사하게 웃음 지으며 친정 동생들을 반가이 맞아주던 행복한 얼굴이 아니었다. 옥사에서 피땀으로 범벅이 된 채 형장으로 끌려가길 기다리던 마지막 모습이었다.

누이는 인조의 수라상에 독을 넣은 혐의를 받아 죽기 전까지 의금부에서 모진 고초를 모조리 받아내야 했다. 흑도가 누이 얼굴을 마지막으로 본 것은 그녀가 형 집행을 기다리며 의금부 옥사에 갇혀 있을 때였다. 잠깐이라도 딸을 보게 해달라는 어머니 신씨의 통사정에 판의금부사가 어렵사리 면회를 허락했고 흑도는 가까스로 누이를 만날 수 있었다. 누이는 죽음을 받아들이면서도 끝까지 누명임을 호소했다.

'만일 소녀가 죄를 인정하면 어머니도, 문성과 문명, 또 이 어린 무웅이까지 모두 참살을 피할 수 없을 테지요. 해서 저는 죽어도 혼자 죽는 길을 택할 것입니다.'

그때는 이미 민회빈궁(愍懷嬪宮)[22] 궁녀들조차 혐의에 불복해 혹독한 고문을 받다가 무참히 죽임을 당한 후였다. 조정은 강빈의 처분만을 숙제처럼 남겨두고 있었다. 일부 신료가 강빈의 사사는 너

---

22 민회빈 강씨의 처소.

무 지나친 처분이라며 조심스레 반대했지만 인조는 며느리를 죽이기로 벌써 결심을 굳힌 듯했다. 인조는 차남 봉림이 차질 없이 보위를 이으려면 앞으로 장애가 될 소지는 자신의 손으로 미리 싹을 잘라내야 한다고 판단했다. 설사 잘라내야 할 싹이 며느리가 되었든 혹은 손자가 되었든 장차 종통 시비를 막고 왕실 종사를 흔들림 없도록 하기 위해서는 혈족의 죽음조차 불가피한 희생이라고 믿었다.

영리했던 누이 강빈은 인조의 어심을 일찍부터 눈치챘고 화를 입더라도 제 한 몸에서 멈추기를 바랐다. 하지만 누이의 바람은 단지 바람으로 끝났다. 강빈이 사약을 받은 지 얼마 지나지 않아 어머니 신씨도 끝내 처형장으로 끌려갔다. 뿐만 아니라 강빈의 남동생이자 흑도의 이복형인 문성과 문명마저 호된 문초 끝에 장살(杖殺)[23]당하고 말았다.

누이는 최후까지 결연하려 애썼고 당당하게 죽음을 맞았다. 하지만 흑도의 뇌리에 인상 깊게 남아있는 기억은 조금도 굴하지 않던 누이의 결기 어린 모습들이 아니었다. 막 사춘기에 들어서서 감수성이 예민했던 소년에게는 한때 일국의 세자빈이었다고 믿기 어려울 만큼 남루하고 초라한 의금부 옥사 안 누이의 모습이 훨씬 더 강렬하게 다가왔다. 그런데 그때 보았던 누이의 가련하고 처연했던 모습이 바로 지금 아리 위에 그대로 겹쳐 떠오른 것이다.

---

23 형벌로 매를 쳐서 죽임.

마치 망치로 뒤통수를 세게 얻어맞은 듯 흑도는 머릿속이 띵하고 어지러웠다. 흐트러진 자세를 얼른 수습할 수 있었지만 넋이 나가버린 표정은 쉽사리 지워내지 못했다. 우두커니 아리를 지켜볼 따름이었다. 아리는 흑도의 그런 몽롱한 시선이 부끄러웠는지 주섬주섬 주위의 짚을 집어 해진 의복 사이로 드러난 맨살을 가렸다.

　"욕보이겠다면 차라리 이년의 질긴 목숨을 거두십시오."

　갑자기 아리가 앙칼지게 쏘아붙였다. 흑도의 태도가 수치심을 자극한 모양이었다.

　"하면 네 아이는 어쩌고?"

　"네?"

　"네가 네 목숨을 하찮게 여기면 태중의 아이는 어쩌냔 말이다."

　"그, 그건…."

　의외의 질문에 놀라 아리는 눈을 휘둥그레 떴다.

　"오해는 말거라. 딴마음이 있어 네게 눈을 둔 것이 아니니."

　"…."

　"넌 내게 여전히 미끼 그 이상도 이하도 아니다. 염일규를 유인할 미끼. 당분간 그렇게만 알고 있거라."

　말을 마치자마자 흑도는 광문을 열고 도망치듯 밖으로 빠져나왔다. 아리에게 마음의 동요를 들킬까 두려웠다.

　'당분간이라고? 젠장, 내가 왜 그런 말을 한 거지?'

쓸데없는 말까지 흘렸다고 자책하는 동안 광 앞에 기다리고 섰던 중노미가 얼른 자물쇠를 문고리에 걸어 잠갔다. 흑도가 버럭 하며 벼락같이 큰 소리를 내질렀다.

"굳이 문을 잠글 이유가 없지 않느냐? 저 불편한 몸에 어딜 도망한다고?"

단지 할 일을 했을 뿐인데도 난데없이 호통을 얻어맞은 중노미의 얼굴이 파랗게 질렸다.

"예?"

"아니다, 괜한 참견을 했다, 내가."

흑도는 중노미를 남겨두고 서둘러 자리를 떠났다. 영문 몰라 쳐다보는 중노미의 시선에 뒷머리가 따끔했다. 마음이 착잡했다.

"따지고 보면 한 식구였던 셈이지요."

흑도에게 조미가 짐짓 씁쓸한 표정을 지으며 말했다.

"염일규란 자는 세자 저하를 충심으로 따랐던 호위 무관과 친 동기(親同氣)²⁴간이고 무웅 도련님께선 강빈 마마의 막내 동생이십니다. 하니 따지고 보면 두 분 모두 소현세자 저하의 사람이라 할 수 있겠지요."

조미의 설명은 일리가 없지 않았다. 또한 그녀는 염일규와 흑도 두 사람 공히 옥좌를 도적질한 봉림에게 마찬가지의 포한(抱恨)을

---

24 같은 부모에게서 난 형제자매.

지고 있으므로 잘하면 장차 한편이 될 수도 있겠다며 조심스레 기대했다.

"인연이 이리 엉킬 줄은 정말 몰랐습니다."

"하나 아리란 계집은 달라요. 원수라면 원수가 맞습니다. 세자 저하를 시해한 역도의 여식이니 말입니다."

"그렇긴 하나 아리는 태중에 염일규의 아이를 품고 있습니다."

"결정은 도련님의 몫입니다. 자, 어떻게 할까요, 도련님?"

"…."

"제게 긴히 부탁할 게 있으신 안색이십니다."

"…."

"아리, 그 계집과 관련한 부탁입니까?"

흑도의 속마음이야 쉽게 꿰뚫어 본다는 듯 조미가 넌지시 물어왔다. 흑도는 즉답을 피하며 망설였다. 그러자 조미가 손을 시원스레 휘휘 내저으며 먼저 제안했다.

"알겠습니다. 아리를 깨끗하고 편한 처소로 옮기도록 하지요. 물론 옷도 새로 갈아입히고요. 산파도 구해놓을 터이니 걱정 마세요. 대신 도련님은 대업에만 집중하시는 겁니다. 약속하시겠습니까?"

흑도는 고맙다는 인사 대신 고개만 까딱하고는 조미의 처소를 빠져나왔다. 마당에 내려서자 한숨이 절로 푹 새어나왔다. 솔직히 아리에 대한 감정은 스스로도 도무지 납득하기 어려웠다. 어쩌면 계룡산 산채에서 진작 정리했어야 하는 감정인데 게으르게 방치하다가 이제는 도저히 어쩌지 못할 지경까지 무럭무럭 자라버린 건지도 몰랐다. 원수의 딸임을 알면서도 연모의 감정을 느끼게 되다니. 게다가 어쩌다 죽은 누이의 잔영까지 겹치는지….

머릿속이 혼란스러울수록 목젖을 태우는 갈증은 더욱 세차게 몰려들었다. 요즘 들어 부쩍 빈도가 잦아진 게 마음에 걸렸지만 흑도는 개의치 않기로 했다.

이미 하늘은 주위 산들과 경계를 구분할 수 없을 만큼 충분히 어둑해져 있었다. 사냥감을 찾기 적당한 어스름이 빠르게 길을 메우기 시작했다.

해갈하기에는 달 없는 그믐밤이 좋았다. 어둠에 길을 잃고 외진 곳으로 접어드는 취객이 평소보다 느는 탓이다. 하지만 그날은 달이 휘영청 밝은 보름밤이었다.

흑도는 일 벌일 장소를 멀리 잡았다. 술 취한 놈 하나 해치우기야 어린아이 손목 비틀기보다 쉬웠지만 수연옥 부근에서 일을 치는 건 그다지 썩 내키지 않았다.

일단 홍인문 밖으로 방향을 잡았다. 그곳엔 보부상을 상대로 하는 색주가들이 즐비해서 낮이나 밤이나 늘 배회하는 취객들로 거리가 붐볐고, 아예 정신을 놓고 길바닥에 뻗은 이들도 발에 걸어차일 만큼 많았다.

인경(人定)[25]을 알리는 종이 울렸다. 스물여덟 번의 타종이 끝나

---

25 조선 시대에 치안 유지를 위해 통행금지를 실시한 밤 열 시.

고 홍인문이 스르르 닫히자 한순간에 인적이 뜸해졌다. 불 밝힌 색주가에서 새어나오는 창기들 노랫가락과 취객의 고함만 멀리서 들릴 뿐이었다.

그제야 어둠 속에서 흑도가 모습을 드러냈다. 사냥감을 노리는 살쾡이처럼 날카롭게 눈빛을 번뜩이며 흑도는 후미진 골목들 사이로 서서히 그리고 조용히 움직였다. 마침 이열 보쯤 떨어진 거리에 적당한 체구의 사내가 막대기로 땅을 짚으며 비틀비틀 걷는 모습이 시야에 들어왔다. 먹잇감이 눈에 띄자 참았던 피 갈증이 갑자기 지랄 맞게 고개를 쳐들었다.

'아직 때가 아니야.'

흑도는 욕구를 애써 누르며 술 취한 사내가 더욱 외딴 장소로 접어들길 기다렸다. 과연 사내는 골목 외곽 모퉁이를 꺾어 들더니 산비탈 아래 오솔길로 향했다. 그럴 리는 없겠지만 마치 흑도의 습격을 바라고 행인들 이목이 뜸한 곳을 일부러 찾아가는 것 같았다.

'알아서 제 무덤을 찾아가는구나.'

어느덧 사내의 발길은 인가에서 한참을 멀어졌다. 그래도 흑도는 참을성을 발휘했다. 천둥같이 큰 비명이 날지라도 인가에 미치지 않을 만큼 충분한 거리가 확보되어야 했다. 열다섯 보, 열 보. 이제 흑도는 발소리를 죽이며 목표와의 간격을 천천히 좁혀가기 시작했다. 그런데 문득 사내가 걸음을 멈췄다. 동시에 흑도도 따르던 걸음을 세웠다.

'설마 눈치챈 것일까?'

염려와 달리 사내가 멈춘 까닭은 소피(所避) 때문이었다. 그는 주섬주섬 바지춤을 아래로 까 내리더니 오솔길 옆 논바닥에 시원스레 오줌 줄기를 내갈겼다. 이윽고 사내가 용무를 마친 뒤 옷차림을 추스르며 부르르 몸을 떠는 순간이었다. 흑도로서는 더 미룰 이유가 없었다. 지팡이 속에 숨기고 있던 창포검을 뽑아 쥐고는 사내의 등 뒤로 빠르게 몸을 날렸다.

사내의 등짝 한가운데로 흑도의 검날이 내리그어지려는 찰나였다. 무방비 상태였던 사내는 믿을 수 없이 빠른 동작으로 몸을 회전시키며 동시에 손에 든 막대기로 흑도의 창포검을 튕겨냈다. 여태 막대기라 생각했던 물체는 일본도 칼집이었다.

"흑도, 네놈이 나타날 줄 알았다."

술 취한 사내는 다름 아닌 염일규였다. 그는 며칠째 취객 행세를 하며 도성 인근을 배회했고, 그날은 자신을 미끼로 던진 지 열흘째 되던 밤이었다.

"오늘쯤이면 네놈이 모습을 드러낼 것이라 예상했다. 지난번 살변부터 계산하면 네놈이 갈증에 미쳐 돌 때가 딱 오늘이거든."

흑도는 순간 당황했다. 염일규의 등장은 전혀 짐작지 못하고 있었다. 물론 언젠가 아리를 되찾으러 올 것이라 예상하고 있었지만 근래 들어 다소 긴장을 늦추고 있던 터였다. 오늘 밤 이런 식으로 맞닥뜨리게 될 줄은 꿈에도 생각지 못했다.

"…!"

"네 이놈!"

일갈과 동시에 염일규가 칼집에서 일본도를 뽑아 빠르게 휘둘렀다. 흑도가 몸을 얼른 뒤로 빼며 피했다.

"용케 날 찾았구나. 아무리 기다려도 오지 않기에 네 녀석이 꼬랑지를 말아 쥐고 내뺀 줄로만 알았지. 기왕지사 이리된 것 이번엔 널 살려 보내주지 않겠다. 네 녀석 수급을 취해 이 썩을 갈증을 당분간만이라도 잊고 살아야겠으니 말이야."

흑도는 곧 침착함을 되찾았고 염일규의 공격을 여유 있게 받아냈다.

"천만에. 난 오늘로서 네놈의 악행을 끝장낼 것이니라."

"그래? 한데 네놈 계집의 생사는 영 궁금치 않은 모양이구나."

흑도가 약 올리듯 이죽거리며 아리를 언급하자 기세등등하던 염일규의 서슬이 갑자기 한순간에 무뎌졌다. 칼을 쥔 염일규의 손에서 힘이 쑥 빠져나갔다. 머릿속은 실타래가 엉키듯 복잡해졌다.

'이 자리에서 흑도를 죽인다면 아리의 행방은 영원히 묘연해진다. 그러나 어느 한쪽이 상대의 수급을 베어야 끝을 보는 싸움이다. 그러니 흑도를 생포해 아리의 행방을 토설하게 한다는 것 역시 기대하기 어려운 일이다.'

대체 어떻게 해야 할지 염일규는 쉽게 판단이 서지 않았다. 설상가상으로 아리의 안위에 대한 염려까지 머릿속에 치고 들어오는 바람에 감정이 뒤엉켜 모든 게 혼란스러웠다.

주의가 흐트러진 틈을 타 흑도가 염일규의 옆구리를 세게 걷어차 넘겼다. 늑골에 충격을 받은 염일규가 기우뚱 중심을 잃었다. 그때부터 공수가 뒤바뀌고 형세는 점차 염일규 쪽이 불리해졌다. 일단 기세를 잡자 흑도는 쉴 틈 한번 주지 않고 상대를 몰아붙였다. 반면 염일규는 아리에 대한 걱정 탓에 집중력을 오롯이 끌어모을 수 없었다. 평정을 잃은 탓에 실력 발휘가 제대로 안 됐고 보법이 자꾸 엉킬 때마다 칼끝은 계속 허공에서 허우적댔다.

그럴수록 흑도는 서둘러 상대를 끝장내려 했다. 다행히 쏟아지는 흑도의 공세를 염일규는 그럭저럭 버텨내고 있었다. 아슬아슬한 찰나가 수차례 있었지만 그때마다 염일규는 운 좋게 흑도의 치명타를 피할 수 있었다.

외양으로는 흑도 쪽에서 염일규를 정신없이 몰아붙이는 모양새였지만 실상은 작은 상처 하나 입히지 못하고 있었다. 염일규 또한 수비에 치중하느라 공격다운 공격을 채 한 번 펼치지 못했다. 그리고 두 사람의 대결은 차츰 소강 국면으로 접어들었다.

승부가 길어질수록 점차 초조해지는 편은 흑도였다. 지리산에서 겨룬 대결에서 보였던 여유는 이제 흑도의 얼굴에서 찾아볼 수 없었다. 염일규의 무공이 이전과는 확연히 달라져 있었다. 흑도는 예상치 못한 상대의 급성장에 몹시 당황했다.

냉정하게 보자면 염일규와 흑도의 대결은 우열을 가리기 힘든 호각지세(互角之勢), 용호상박(龍虎相搏)이었다. 살짝 삐끗하면 한 번의 실수로도 언제든지 판세가 결정 나거나 역전될 수 있었다. 이에 흑도는 국면을 전환하고 염일규의 집중력을 흩뜨리고자 짐짓 허세를 부리기 시작했다.

"칼끝이 많이 무뎌졌구나. 그래서야 어디 쇠비름이나 베겠느냐?"

"걱정 말거라. 설사 낫질이라도 흑도 네놈을 베기에는 차고도 넘칠 것이니."

"건방진 놈. 하룻강아지 범 무서운 줄 모르고."

"대답해라. 아리는 어디에 숨겨둔 게냐?"

"너무 조급해 말거라. 금일 두 사람, 저승에서 재회할 터이니."

"뭐라! 설마 네놈이 아리를!"

"그럼 아직까지 네놈 계집이 멀쩡히 살아 있기를 바랐느냐? 이런 한심하고 미련한 녀석 같으니라고."

"이런 찢어죽일 놈!"

그렇다면 아리는 이미 이 세상 사람이 아니란 말인가. 절망이 파도처럼 말려들었다. 바로 다음 순간 분노가 해일처럼 일어났다. 좌절에 무릎이 잠시 꺾였던 염일규의 눈에서 파랗게 불꽃이 튀었다. 어떻게든 산 채로 흑도의 무릎을 꿇려 아리의 소재를 캐물어야겠다고 생각했지만 이제 그럴 필요가 없어졌다. 가장 고통스럽고 잔인한 방법으로 놈을 살육하고 아리의 원수를 갚는 일만 남았다.

절망과 분노로 불붙은 염일규의 내공은 주체할 수 없을 만치 거세게 폭발했다. 염일규는 전에 없는 괴력을 발휘하기 시작했고 순식간에 흑도를 압도했다. 아울러 이제까지의 공수 형세를 단숨에 완전히 뒤바꿔버렸다.

'놈은 괴물이 되어가고 있어. 나보다 더한 괴물이.'

흑도의 뇌까림대로 염일규는 상처의 고통에 몸부림치며 폭주하는 광폭한 맹수였다. 격노와 광기에 휩싸여 점점 더 통제 불능 상태로 치달았다.

그런데 염일규와 흑도, 두 고지인이 아직 모르는 사실이 있었다. '자신들에게 잠재된 가공할 힘의 원천이 과연 어디에 있는가'라는 질문에 대한 답이었다. 답부터 내놓자면 다름 아닌 증오였다. 그 증오는 고지인에 희생되었던 수많은 피해자에게서 비롯된 것이었다. 즉, 처참히 죽은 희생자들의 핏속에 스민 한과 분노가 고지인의 체내에 들어가 하나로 뭉치고 커다란 증오의 집합체로 변해 가공할 마성(魔性)의 원천이 됐던 것이다. 따라서 그 힘은 평소에도 가히 어마어마하지만 극한의 분노에 이르면 잠재되어 있던 마성이 폭주하면서 위력이 서너 곱절 이상이 될 수 있었다. 때문에 아무리 같은 고지인일지라도 절망과 분노에 미쳐버린 염일규의 공세를 흑도가 감당하고 받아내기는 실로 불가능한 일이었다.

게다가 흑도의 마음가짐 역시 치명적인 약점으로 작용했다. 조미로부터 염일규의 집안 내력을 상세히 듣고 난 터라 눈앞의 염일규를 온전히 적으로 인식하기가 왠지 껄끄러웠다. 염일규의 친형이 흑도의 누이와 매형을 지근에서 모신 충성스러운 호위 무관이었다는 사실은 무의식적으로 흑도의 살기를 누그러뜨렸고 이전만큼 매섭게 검을 날리도록 허락하지 않았다.

분노에 휩싸여 폭주하는 염일규에게 계속 맞서다간 큰 낭패를 당할 것이 명약관화(明若觀火)였다. 염일규가 휘두르는 칼에 목을 잃기 전에 피하는 편이 상책이었다.

일단 판단이 서자 흑도는 몸 뺄 기회를 살폈다. 염일규의 일격을 기다렸다 맞받아치는 순간을 이용하기로 했다. 때가 닥치자 계획했던 대로 반동을 이용해 부러 멀리 튕겨나갔다. 거리가 어느 정도 벌어진 것을 확인한 뒤 이내 검을 접고 전력으로 내달렸다.

"저, 저놈이! 흑도 네 이놈, 게 서지 못하겠느냐!"

의외의 상황에 염일규는 당황했다. 그 자리에 서라고 거듭 고함쳤지만 흑도는 뒤도 한번 돌아보지 않고 인가 쪽으로 빠르게 내뺐다.

염일규는 곧 뒤를 쫓아 달렸다. 하지만 어둠 속에서는 달아나는 쪽이 훨씬 유리했다. 이윽고 골목이 어지러운 마을 안에 접어들자 흑도는 아예 자취를 감춰버렸다. 골목 사이를 뛰어다니며 온 사방을 둘러봐도 놈은 하늘로 날아올랐는지 아니면 땅으로 꺼졌는지 완전히 사라지고 없었다.

달음질을 그만 멈추고 놈을 놓쳐버렸다는 사실을 인정할 수밖에 없었다. 다리에서 힘이 쑤욱 빠져, 쓰러지듯 그 자리에 무릎을 꿇었다. 참았던 눈물이 그제야 폭포처럼 쏟아졌다.

'아리야….'

살아 있으리라 믿어왔는데, 다시 만나 오순도순 살 수 있으리라 기대했었는데, 결국 실낱같던 희망이 기어이 무너지고 꿈이 무참히 깨졌다. 염일규는 실성한 듯 꺼이꺼이 통곡했다. 오가는 취객 무리가 이상한 눈으로 쳐다봤지만 상관하지 않았다. 뇌리에 아리의 죽음 외에는 아무것도 없었다.

'인유선원 천필우지(人有善願 天必佑之).'[26]

이때껏 온갖 절망적인 상황에서도 염일규를 버티게 했던 문장이었다. 그러나 하늘은 그의 착한 소원에 귀를 닫아버렸다. 남은 것은 오로지 복수뿐이었다. 어차피 흑도를 죽이기로 작정했지만 죽일 때도 아주 처참하고 고통스럽게 죽이기로 마음먹었다. 반드시 아리의 억울한 한을 갚아주리라.

그때였다. 가까운 골목에서 젊은 여인의 신음이 들려왔다.

'혹시 아리?'

염일규가 귀를 쫑긋 세우며 순간 긴장했다. 혹 아리일 수도 있다는 생각에 소리 나는 곳을 향해 서둘러 내달렸다.

"사, 살려주세요."

아리가 아니었다. 자그마한 체구의 처녀가 등에 칼을 맞은 채 피를 흘리며 쓰러져 있었다. 도망하던 흑도가 뒤쫓는 염일규의 발을

---

26 사람이 착한 소원을 가지면 하늘은 반드시 들어준다.

묶어놓으려 엄한 처자를 베고 달아난 게 틀림없었다. 그런데 상처의 출혈이 매우 심했다. 그대로 놓아두었다간 곧 숨이 끊어질 게 뻔했다.

염일규는 일단 처녀를 들쳐 업고 가까운 의원을 찾아 온 힘을 다해 뛰었다.

나는 듯 뛰는 듯 흑도는 그 길로 만리재 처소까지 줄행랑을 쳤다. 문이 닫힌 도성을 빙 둘러 돌아오느라 꽤 많은 시간을 허비해야만 했다.

방에 들어와 가쁜 숨을 추스르고 나자 흑도는 왠지 허전한 기분이 들었다. 뭔가 품에서 빠져나간 듯싶었다. 혹시나 하여 품속을 짚어봤지만 쇠천을 담은 두루주머니는 얌전히 그 자리에 있었다.

'대체 뭘 떨어트린 거지?'

아무리 해도 무엇을 잃어버렸는지 도무지 생각나지 않았다. 결국 기분 탓으로 돌리는 수밖에 없었다. 그보다 염려되는 건 염일규였다. 놈은 예전 지리산 산채에서 가지고 놀듯 상대했던 어설픈 칼솜씨의 탈영 군관이 아니었다. 그때보다 비교할 수 없이 강했고, 공포마저 자아내는 엄청난 상대로 성장해버렸다. 대체 그간 무슨 일이 있었던 것일까. 혹 녀석도 흑도 자신처럼 다른 고지인들을 사냥하며 영기를 빼앗아 축적한 걸까.

'아니야, 그건 아닐 것이다.'

흑도는 고개를 가로저었다. 염일규의 성품으로 미루어 그랬을 가능성은 매우 낮았다. 녀석이 이렇게 놀랍도록 빠르게 성장한 까닭을 궁리하던 중 문득 불안한 예감이 들었다. 염일규는 자신의 계획을 방해하는 큰 걸림돌이 될 수도 있었다. 아리를 찾는답시고 흑도가 벌이는 일 한가운데 불쑥 끼어들어 대사를 그르칠 가능성이 아주 농후했다. 한 시진 전에 목도했던 녀석의 실력이라면 결코 쓸데없거나 허황한 걱정이 아니었다.

티끌만 한 염려라 하더라도 사전에 철저히 방비해야 했다. 가장 효과적인 대비책은 녀석을 적으로 놓아두지 않고 아군으로 돌려세우는 것이었다. 하지만 어떻게, 어떤 방법으로 염일규를 아군으로 끌어들일 것인가.

'맞아. 내 손 안에는 녀석을 움직일 보물이 있지.'

염일규가 그토록 사랑하는 여인은 아직 흑도의 손 안에 있었다. 그녀를 지렛대 삼아 잘만 이용한다면 녀석을 꼭두각시처럼 부리는 건 전혀 불가능한 일이 아닐 수 있었다. 더군다나 녀석의 친형은 강빈 누님의 충직한 호위군관이 아니었던가. 그 인연까지 섞어서 설득한다면 녀석은 어렵지 않게 흑도와 한편이 되어줄 수도 있다. 그러자면 무작정 피해 다니기보다 이쪽에서 먼저 녀석을 찾아 담판을 지어야 했다. 그리고 녀석을 끌어들이든 아니면 여의치 않아 없애버리든 빠른 시일 내에 결정해야 했다.

'게다가 아이까지 태어난다면 금상첨화, 염일규 그 녀석은 내 손에 꼼짝하지 못하리라.'

흑도는 날이 밝는 대로 서둘러 조란에게 통기를 넣어야겠다고 생각했다. 아리를 전과 달리 대우하는 것은 물론 출산할 때까지 성심을 다해 소중히 보살펴달라는 부탁을 단단히 해놓아야 하기 때문이었다.

처자는 등에 업힌 채로 아직 숨이 붙어 있었다. 그러나 시간이 흐를수록 빠르게 의식을 잃어갔다.

"이보시오, 처자! 절대로 정신을 잃어서는 아니 되오."

염일규가 의식을 차리라 거듭해 소리쳤지만 그녀는 가쁜 숨만 몰아쉴 뿐 아무 대답도 하지 못했다. 급기야 그 숨소리조차 차츰차츰 가늘어지기 시작했다. 더 이상 지체했다가는 가는 숨마저 곧 떨어지고 말 게 틀림없었다.

염일규는 의원을 찾아 이 골목 저 골목 정신없이 헤맸다. 처자를 업고 뛰는 동안 땀이 비 오듯 흘러내렸다. 그러나 뺨에서 땀 한 방울 훔쳐낼 겨를이 없었다. 처자의 목숨은 그야말로 찰나를 다투고 있었다. 그러기를 일이 각쯤 지났을까. 밤늦도록 문을 닫지 않은 의원을 가까스로 한 집 찾아낼 수 있었다.

의원의 집에 다다라 처자를 고이 눕히고 난 뒤 염일규는 처자가 입은 상처 부위를 다시 한 번 확인했다. 예상대로 등에 난 칼자국 외에 다른 상처는 없었다. 다행히 목을 물린 흔적은 보이지 않았다. 역시 흑도는 염일규를 따돌리려 애꿎은 처자를 해친 것이 분명했다. 처자를 베고 달아나면 그녀의 목숨을 구하느라 염일규가 이내 추적을 포기하고 말 거라는 걸 얄밉도록 빤히 내다본 것이다. 어떠한 이유에서건 사내 간 싸움에 무고한 젊은 처자를 끌어들인 흑도의 소행은 참으로 비열하고 괘씸했다.

'비겁한 놈!'

의원이 상처를 돌보며 지혈하는 동안 염일규는 처자의 행색을 찬찬히 살폈다. 헤퍼 보이는 차림새와 짙은 화장으로 보아 여염집 처자는 필시 아닌 듯 보였다. 많아봐야 이제 열대여섯쯤 된, 몸을 파는 애사당 계집임이 십중팔구였다.

"아마 패에서 도망치다 변을 당한 걸 게요."

상처를 마무리한 의원이 처자를 아래위로 훑어보며 혀를 끌끌 찼다. 늘상 다반사로 보는 일이라는 양 전혀 놀라지 않았다.

"맞아요. 꼬락서니가 딱 몸뚱이로 먹고 사는 년이구먼, 뭐. 암튼 한 치만 옆으로 비껴 맞았어도 곧바로 황천길이었을 거유."

미음을 끓여 약 사발과 함께 내오던 살집이 퉁퉁한 의원의 처가 맞장구를 쳤다. 넉넉한 덩치의 그녀는 외간 사내 앞임에도 볼썽사납도록 입을 크게 벌려 연신 하품을 해댔다. 불청객 탓에 꿀잠에서 깨어난 데 대한 은연한 항의의 몸짓 같기도 했다.

"천천히 떠먹이슈."

의원의 처는 염일규 앞으로 소반을 쓰윽 밀어놓더니 이제 자신들이 할 일은 모두 마쳤다는 듯 퉁명스럽게 짧게 내뱉었다. 그러고는 남편의 팔을 힘주어 잡아끌어 함께 밖으로 나가버렸다.

"약을 먼저 먹이라는 거요, 아니면 미음을 먼저 먹이라는 거요?"

염일규가 의원 내외의 뒤에 대고 외쳤지만 멀어지는 발소리만 들릴 뿐 그들은 아무 대답이 없었다. 자신들은 피곤하니 나머지는 알아서 하라는 눈치였다.

낯모르는 처자와 단둘이 방에 남게 된 염일규는 몹시 난감했다. 아무리 애사당이고 중상을 입은 환자라지만 아무튼 그날 처음 본 젊은 여인이 아닌가. 졸지에 그런 여인의 간호까지 떠맡게 되다니 모든 게 전혀 뜻밖의 상황들이었다.

그래서 이러지도 저러지도 못하고 한참을 망설이는데 어느새 다시 왔는지 방문 밖에서 의원의 기척이 들려왔다. 의원은 마치 방 안을 엿보기라도 한 것처럼 염일규가 해야 할 일들을 당부처럼 일러주었다.

"처자가 기력을 차려야 숨도 제대로 돌아올 거요. 하니 주저할 게 뭐 있소? 사람 목숨 구하는 일인데. 남녀유별이니 뭐니는 일단 살려낸 다음에나 따지도록 하시구려. 그럼 아무튼 욕보시오."

맞는 말이었다. 의원 말마따나 남녀유별을 따질 계제가 아니었다. 하지만 의식을 잃어 몸도 가누지 못하는 처자를 품에 안아 이불 위에 앉혀 세우고 약까지 입에 떠먹이자니 이래저래 생각만으로도 아찔하고 곤혹스러웠다.

"그래, 사람 살리는 일이 아닌가? 금일만큼은 삼강오륜은 잊도록 하자꾸나. 나 염일규가 언제부터 성인군자였다고 이리 내외를, 허헛."

스스로도 헛웃음이 나왔다. 일 년 전만 해도 이곳 일대를 휘젓고 다니던 왕년의 난봉꾼 염일규가 아니던가. 그랬던 그가 앳된 계집 하나를 앞에 두고 이리 어쩔 줄 모르다니. 과거의 그를 잘 아는 색주가 기생 것들이 이 이야기를 듣는다면 필시 배꼽을 잡고 나자빠질 일이었다.

그런데 생각할수록 의원 내외가 하는 짓거리가 참으로 고약하고 괘씸했다. 시구문 군관이던 염일규를 모른 체 굴며 이리 박대하다니. 내일 날이 밝으면 그 죄를 단단히 따져 물으리라.

아무튼 지금은 처자에게 약 먹이는 일이 급했다. 일단 처자의 상반신을 조심스레 품에 안은 뒤 천천히 일으켜 앉혔다. 처자는 여전히 의식이 없었다. 염일규가 손을 놓으면 금세라도 이불 위로 쓰러질 듯 몸을 지탱하지 못했다. 때문에 처자의 어깨를 자신의 가슴팍에 기대게 해 약을 떠먹일 수 있도록 자세부터 잡아야 했다.

어느 정도 자세가 잡히자 염일규는 약사발에서 한 술씩 약물을 떠서 처자의 입안에 흘려 넣었다. 완전히 의식을 잃은 터라 약물은 입안으로 들어가는 게 반, 밖으로 새는 게 반이었다. 그때마다 무명천으로 그녀 입가를 닦아가며 먹이느라 보통 성가신 게 아니었다.

염일규의 품에 안긴 처자는 몸매가 여간 예사롭지 않았다. 아직 얼굴은 소녀티가 아직 많이 남아 있긴 했으나 일찍부터 사내들과 몸을 섞었기 때문인지 몸은 무르익을 만큼 잔뜩 무르익어 있었다. 염일규는 애써 모른 척하려 했지만 그녀를 부축하느라 두른 팔뚝 위로 여체의 굴곡진 허리선이 자꾸만 느껴졌다. 게다가 연꽃 봉오리처럼 봉곳하게 솟은 그녀의 젖무덤이 염일규의 가슴팍을 부드럽게 찌르고 들었다. 처자의 몸뚱이 전체가 실로 오랜만에 느껴보는 여인의 온기를 유혹하듯 뿜어내고 있었다.

꿀꺽, 무의식중에 고였던 침이 서너 차례 목젖을 넘어갔다. 숨소리 또한 민망할 정도로 거칠어졌다. 여인을 품에 안아본 게 언제였던가. 문득 마지막으로 아리를 품에 안았던 때가 떠올라 순간 얼굴이 화끈 달아올랐다. 차마 고개를 들지 못할 만큼, 귓불까지 새빨개지도록 너무도 부끄러웠다. 아내가 이 세상 사람이 아니라는 사실을 두 귀로 들은 것이 바로 몇 시진 전이다. 그런데 채 하루도 지나지 않아 낯설고 어린 처자를 두고 스멀스멀 음심을 돋우다니, 그런 자신이 너무도 한심하고 수치스러웠다.

비록 잠시였지만 염일규는 음란한 생각을 품었던 자신을 거듭 책망했다. 저승에 있을 아리가 알았다면 이런 못되고 음탕한 지아비를 이해하고 용서했을까. 절로 고개를 가로저었다.

'정말 면목이 없구나.'

그런데 갑자기 의심이 일었다. 아리가 죽었다는 게 정말일까. 흑도는 과연 사실만을 말했던 것일까. 약사발이 거의 바닥을 드러내자 염일규는 처자를 이부자리에 다시 눕힌 뒤 흑도의 말을 기억 속에서 다시금 찬찬히 더듬어보았다.

'너무 조급해 말거라. 금일 두 사람 저승에서 재회할 수 있을 터이니까.'

'그럼 아직까지 네놈 계집이 멀쩡히 살아 있기를 바랐느냐? 이런 한심하고 미련한 녀석 같으니라고.'

흑도는 분명히 그렇게 말했다. 아리의 생사에 관한 언급은 그뿐이었다. 아리가 죽었다면 언제 죽었는지, 또 놈이 그녀 목숨을 빼앗은 것인지 아니면 다른 이유로 목숨을 잃은 것인지 아무것도 말해주지 않았다. 염일규를 속이고 기를 꺾어놓기 위해 꾸며낸 거짓일 여지가 있었다.

'내 눈으로 직접 확인하기 전까지는 결코 믿을 수도 없고, 믿어서도 아니 된다.'

염일규는 당분간 아리의 죽음을 믿지 않기로 했다. 주먹을 불끈 거머쥐며 스스로에게 다짐하듯 몇 번을 반복해 뇌까렸다.

다음 날 해가 중천에 뜨고 나서야 염일규는 잠이 깼다. 벽에 등을 기대고 잠시 눈 붙인다는 게 어느새 그대로 잠이 든 모양이었다. 이부자리 위에 뉘인 처자의 숨소리가 어느덧 고른 박자를 타며 잔잔히 들려왔다. 불안하게 새근대던 숨결이 밤새 제대로 돌아온 듯했다.

염일규는 의원 내외에게 쇠천 푼을 얼마 쥐어주며 한나절 동안 그녀를 잘 돌봐달라 부탁했다. 그러고는 의원 집을 나서 지난밤 흑도와 맞닥뜨린 현장으로 향했다. 칼과 몸을 서로 부딪쳐가며 한참을 겨루고 뒹굴었으니 혹시 놈의 행방을 따라잡을 단서가 남아 있을지도 몰랐다.

　한참을 살핀 끝에 숲길 한쪽 풀숲에서 물건 하나를 발견했다. 흑도의 것으로 짐작되는 접부채였다. 접부채를 주워 펼치자 부챗살 위 곱게 바른 선자지(扇子紙)[27]에 시 한 수가 쓰여 있었다.

精金明月珠(정금명월주)	아름다운 금과 깨끗한 진주로
贈君爲雜佩(증군위잡패)	노리개를 만들어 그대에게 드리오니
不惜棄道旁(불석기도방)	길가에 버리는 건 아까울 게 없으나
莫結新人帶(막결신인대)[28]	새 여자 허리에는 매어주지 마세요.

　여인의 글씨체로 쓰인 연시(戀詩)였다. 기녀라면 모를까 반가의 부녀가 즐겨 읊을 만한 시는 아닌 듯했으니, 놈이 기루를 출입하며 그곳 계집에게서 얻어 지니던 정표임이 틀림없었다. 이 정도 한시(漢詩)를 희롱할 기녀가 머무는 곳이라면 어지간한 기루는 분명 아닐 터, 놈이 왕래했을 기루의 범위가 한층 좁혀졌다.

　'도성 안팎 내로라하는 기방들부터 한 곳 한 곳 살펴봐야겠군. 그

---

27 부채에 바르는 질기고 단단한 흰 종이.
28 허난설헌의 한시.

러면 놈을 단골로 상대한 기녀가 누군지는 어렵지 않게 알아낼 수 있으리라. 그 기녀를 찾아낸다면 놈의 거처를 밝히는 일 역시 식은 죽 먹기와 다름없다.'

해거름에 이르러서야 염일규는 의원의 집으로 되돌아왔다. 돌아와서 보니 처자는 이미 의식을 차렸을 뿐 아니라 의원의 처와 잡담을 나눌 만큼 기력을 많이 회복한 상태였다.

처자는 지난밤 의원이 짐작했던 대로 거사(乞士)[29]들로부터 몸을 빼 도망치던 애사당이 맞았다. 거사들에게 쫓겨 밤늦도록 이 골목 저 골목 배회하다가 하필 흑도의 눈에 띄어 변을 당한 것이었다.

"등짝에 큰 흉이 지는 건 아니겠지?"

애사당은 초면부터 염일규에게 말을 텄다. 죽음 문턱까지 갔다가 되돌아온 것보다 몸에 큰 흉이 질까 봐 그것부터 걱정했다.

"이름이 무어냐?"

마주 앉은 염일규가 대답 대신 애사당의 이름을 물었다.

"소희. 소희가 내 이름이야."

애사당은 여전히 말끝을 잘라먹었다. 그러더니 등에 난 상처에서 통증이 다시 이는지 미간을 크게 찡그렸다.

"참, 선달님이 날 구했다며? 고마워. 난 정말 죽는 줄로만 알았는데."

---

29 창기를 데리고 돌아다니면서 춤과 노래를 팔아 돈을 벌던 사람.

소희는 뒤늦게야 간략히 고마움을 표했다. 목소리가 작은 새의 지저귐처럼 산뜻하고 경쾌했다.

"소희라⋯."

"이름 예쁘지? 내가 지었거든."

그녀는 묻지도 않은 스스로의 내력을 낱낱이 털어놓기 시작했다. 어릴 적 저잣거리에 버려졌다가 사당패 손에 거두어져 자란 이야기하며, 처음 사내를 받고 돈을 벌었던 첫 경험담까지, 어느 하나 숨김없이 자랑스레 늘어놓는 입담은 내내 거침없었다. 또래 소녀들이 지니는 겸손과 수줍음 따위는 어디에 팔아먹고 왔는지 도무지 찾아볼 수가 없었다. 또 강아지처럼 처진 눈매라 순박해 뵈는 인상과 달리 말끝마다 '이래 봬도 저자에서 산전수전 다 겪은 년'이라며 떨어대는 허세 역시 자못 심했다. 그나마 다행한 것은 버릇없고 만사에 제멋대로인 태도가 그렇게 밉살스럽지 않다는 점이었다.

"그런데 그쪽 선달님 이름은 뭐야?"

"말이 참으로 짧은 계집이구나."

"왜? 반말 듣는 거 싫어? 암튼 됐고, 절대 거사 놈들한테 나 봤다고 이르면 안 돼! 이번에 또 잡히면 나 정말 맞아 죽거든."

소희는 몸담고 있던 사당패의 거사들 눈에 띌까 봐 몹시 두려워하고 있었다. 거사들이 눈이 발개져 온 저잣거리를 찾아다니고 있을 거라며 전전긍긍했다. 그러나 소희의 걱정은 기우였다. 들어보니 그녀가 저들 패에서 내뺀 지는 거의 일주일도 넘었고, 그렇다면 패거리들은 그녀를 찾다가 포기하고 다른 곳으로 풍물놀이 동냥을 떠났을 가능성이 높았다. 그래도 소희는 여전히 무서워했다.

며칠이 더 지나자 소희는 땅에 걸음을 놓을 수 있을 만큼 상태가 많이 좋아졌다. 워낙 젊고 어린 나이인지라 회복이 예상보다 빨랐고, 이제는 부축 없이도 스스로 너끈히 거동했다.

하지만 소희는 마땅히 갈 곳이 없었다. 그런 탓인지 소희는 염일규를 따라나서겠다며 찰싹 들러붙었고, 염일규는 별수 없이 은련사까지 소희를 데리고 갈 수밖에 없었다.

오랜만에 돌아온 염일규를 본 주지가 여느 때처럼 마당까지 뛰어나와 반겼다. 그러자 염일규의 등 뒤에 숨어 졸래졸래 뒤따라온 소희가 대뜸 입을 열었다.

"오라버니가 말한 지인이 이 땡중?"

소희는 어느새 염일규를 오라버니라 불렀다.

"말조심하지 못할까?"

염일규가 소희의 이마에 꿀밤을 먹이며 꾸짖자 그녀가 입을 삐죽 내밀며 변명 삼아 말했다.

"절간에 온통 여인네 지분(脂粉)[30] 냄새가 팍팍 돋는구먼, 뭐."

난데없는 트집에 얼굴이 벌게진 주지가 당황해 얼버무렸다.

---

30 연지와 백분을 아울러 이르는 말.

"마침 보살 한 분이 다녀가셔서 그럴 겝니다. 소승에게 사내 마음을 꽉 틀어쥘 부적 하나 써달라면서…."

"궁색한 변명할 것 없소. 중은 사내가 아니던가?"

염일규마저 농을 섞어 소희 말에 맞장구치자 주지는 더욱 어쩔 줄 몰라 하며 귓불까지 새빨갛게 물들였다.

"맞아, 주지 오라버니가 사타구니에서 불알 떼어낸 내시도 아니고. 중이라고 사내 가랑이가 헐렁하지는 않을 거 아냐?"

소희는 한층 더 신이 나서 주지를 짓궂게 놀리고 들었다. 염일규가 제 편을 들어준 게 딴에는 무척 기쁜 모양이었다. 염일규 역시 장난스러운 표정을 거두지 못했다. 그러면서는 별일 아니니 심각해할 것 없다며 당혹해 하는 주지의 등을 툭툭 가볍게 쳐주었다.

"나리의 농은 여전하시군요. 한데 이 종달새 같은 처자는 누굽니까?"

주지는 평정을 찾으려 애쓰는 와중에도 염일규 옆에 바짝 들러붙어 선 소희의 행색을 의심스런 눈초리로 훑었다.

"글쎄, 그게 말이지…."

"혹 나리 예전 버릇이 도지신 건 아니겠지요? 이곳은 부처님을 모시는 사찰입니다. 또한 오욕칠정(伍慾七情)을 누르고 마음을 다스리는 불제자들의 신성한 도량(道場)이기도 하고요."

어찌 된 영문이냐는 눈빛으로 다그치는 주지의 물음에 염일규는 잠시 멈칫하며 대답을 망설였다. 운우지정 때문에 동행한 처자가 아니라 해명하고 서로 만나게 된 자초지종을 미주알고주알 늘어놓자니 이야기가 제법 길어질 듯했다. 무엇보다 일단 구차한 기분부터 들었다.

"그런 것 아니니 일단 안으로 듭시다. 내 다 설명하리다."

그러는 사이 냄새를 찾듯 내내 코를 킁킁대던 소희가 말릴 새도 없이 대웅전 안으로 기어들어 갔다. 이내 그럴 줄 알았다는 듯 주지 쪽을 돌아보며 씨익 웃어 보였다.

"저것 봐, 내 말이 맞네, 뭐."

소희가 가리키는 곳에는 여인네의 떨잠[31]이 떨어져 있었다.

"법당 안에서 아주 난리법석을 떨었네. 얼마나 둘이 정신없이 뒹굴었으면 떨잠이 빠진 줄도 모르고…."

요란스레 수다를 떨던 소희가 얼른 떨잠을 주워 제 머리에 꽂았다.

"주지 오라버니, 이거 내 것으로 해도 되겠지?"

"나리, 대체 저 여시주는 뉘길래?"

벌써 골치가 지끈거리는지 주지가 손으로 이마를 짚으며 염일규에게 따지듯이 물었다. 염일규는 대답 대신 흑도가 떨어트린 접부채를 꺼내 보였다.

"이게 무엇입니까?"

---

[31] 머리꾸미개의 하나.

"한번 살펴보시겠소?"

염일규로부터 접부채를 건네받은 주지는 다소 어리둥절해 하는 표정이었다. 접부채를 조심스럽게 펼쳐보고 곧 부채 위에 쓰인 한시를 발견했다.

"연시로군요. 저 여시주와는 어울리지 않습니다만."

주지가 시를 읽기 위해 불 밝은 곳으로 몇 걸음을 옮긴 뒤 소희 쪽을 흘끗 쳐다보며 말했다.

"당연하잖소? 저 까막눈이가 어디 글자 한 자 읽을 수 있겠소이까?"

염일규의 대꾸에 소희와 부채를 번갈아 보던 주지가 이내 고개를 끄덕였다.

"하기야. 하면 이 부채의 주인은 누굽니까? 그리고 나리께서 제게 보인 이유는 무엇입니까?"

"부채의 주인을 모르니까 내 주지에게 보여준 것 아니겠소? 부채에 쓰인 한시로 미루어 보아 이름난 기방의 기녀 같기도 하고."

"농담이 지나치십니다. 머리 깎은 소승이 어찌 기녀를 알겠습니까?"

"내로라하는 한양 기생들도 아쉬운 일이 생기면 종종 은련사를 찾는다고 들었소. 사양하지 말고 부디 알아봐주시구려."

"글쎄요. 노력을 해보겠습니다만 큰 기대는 마십시오."

"반드시 찾아내야 하오. 더 이상의 살변을 막기 위해서라도. 아,

참, 그리고 저 정신없는 말괄량이가 묵을 방도 마련해주고."

"설마 이곳에 오래 놓아둘 작정은 아니시지요?"

"왜 물으시오? 오래 놓아두면 안 되는 특별한 이유라도 있소?"

"그랬다간 혹여 저 여시주께서 불도를 닦는 도반(道伴)[32] 여럿을 파계시킬까 소승 사뭇 염려됩니다."

"허허, 내 생각엔 주지께서만 조심하면 될 것 같소만."

염일규는 너털웃음을 터트리며 소희가 있는 대웅전 쪽으로 눈길을 돌렸다. 그런데 소희가 보이지 않았다. 그사이 절간 다른 곳에 호기심이 동한 건지 방금 전까지도 시야에 머물던 그녀가 어디론가 사라지고 없었다.

---

32 함께 도를 닦는 벗.

관무재(觀武才)

　조용하던 훈련원 안팎이 오랜만에 소란스러웠다. 드디어 관무재 복시가 열리는 날이었다. 훈련원 마당은 전국 각지에서 복시를 보고자 몰려든 초시 합격자들로 빼곡히 들어찼다. 복시 응시자들 중에는 지난 초시에 '방서재(方西齋)'라는 가명으로 합격한 흑도도 섞여 있었다.

　첫 이틀간은 활쏘기 종목인 유엽전(柳葉箭)과 편전, 말을 타고 달리며 짚 인형을 활로 쏘아 맞히는 기추(騎芻)와, 철편으로 후려치는 편추(鞭芻) 등 마군(馬軍)을 뽑는 시험이 치러졌다. 흑도는 마군이 아닌 보군(步軍)에 응시한 터라 이틀 내내 훈련원 시험장에 나가 임금 주위를 면밀하게 살펴볼 시간을 가질 수 있었다. 예상대로 빈틈이 없었다.

'옥좌를 훔친 도적 놈을 제법 애써 지키려 하는구나. 하나 어딘가 길이 있을 것이다. 저놈의 멱을 따려면 반드시 내야 할 길.'

임금의 사위는 내금위는 물론 훈련도감의 정예병들까지 동원되어 겹겹이 둘러싸 물 샐 틈 없이 호위하고 있었다. 게다가 별운검을 찬 훈련도감 대장 이완이 효종 곁에 늘 바짝 붙어 임금의 친람을 수행했다.

'저자가 이완이란 말이지? 분명 만만치 않은 녀석일 테지.'

이완은 한눈에 봐도 비범해 보였다. 흑도가 가까스로 길을 내 임금의 지척까지 다가가더라도 목을 베기 위해 흑도가 넘어야 할 마지막 산은 바로 이완이었다.

'하나 무예가 아무리 출중하다 하더라도 그는 보통 사람에 불과하다. 고지인인 나를 끝내 당해낼 수는 없을 터.'

흑도는 저도 몰래 입가에 자신만만한 웃음을 지었다. 하지만 더 참고 기다려야 했다. 당장 누대로 뛰어올라 봉림의 목숨을 거두고 싶은 마음이야 굴뚝같았지만 아직 송기문(宋基文)이 정해 놓은 거사의 적기가 아니었다.

보군 복시는 사흘째에 치러졌다. 흑도는 여유 있게 통과했다. 예도(銳刀)[33]와 협도(挾刀)[34]를 쓰는 그의 솜씨는 다른 어떤 응시자보다도 훨씬 돋보였다. 누대 위에서 지켜보던 효종도 연신 감탄을 터트렸다.

---

33 끝이 뾰족한 군도.
34 끝이 뒤로 젖혀져 장검 같은 눈썹 모양이며 칼등에 상모가 달린 무기.

"참으로 빼어난 솜씨다. 저런 자가 어찌 아직 군관이 못 되었다는 말인가?"

효종이 흡족한 표정을 지으며 이완에게 동의를 구했다.

"신분이 미천하여 이전에는 응시하지 못하였나 봅니다. 실력만 보자면 족히 금군에 들 만한 무재라 하겠습니다."

"아니지, 아냐. 반드시 과인의 호련대에 넣어야 할 자다."

시험을 치른 익일에 곧바로 급제자 발표가 나붙었다. 등과(登科)[35] 명단을 적은 벽보 맨 윗자리는 '방서재'의 성명이 차지했다.

이미 훈련원 과장에서 효종의 눈도장을 받은 덕에 방서재는 등과와 동시에 어가의 근접 경호를 맡는 호련대 군사에 편입됐다. 예상치 못했던 빠른 진전이었다. 임금의 목숨을 노리는 치명적인 실수가 도리어 임금의 호위대에 저절로 들게 되었으니 송기문의 노림수가 첫 단추부터 쉽사리 꿰어진 셈이다.

이처럼 주변 상황은 송기문의 뜻대로 굴러가고 있었다. 그러나 송기문은 여전히 고심 중이었다. 차마 최종 결단을 내리지 못하고 있었다. 아무리 생각해도 역위는 어딘지 편치 못했다. 거사가 성공하더라도 역위는 신하로서 불충한 일임이 분명했고 자신은 그 주모자로 남을 것이다. 송기문은 후세 사관이 그 자신을 역신으로 기록할까 봐 두려웠다.

또한 송기문과 효종은 봉림대군 시절 사제의 인연을 맺었던 관계

---

35 과거에 급제함.

였다. 때문에 세월이 흘렀어도 그에게는 제자에 대한 옛정이 남아 있었다. 그래서 더욱 안타깝고 답답했다. 제자가 북벌을 부르짖는 것은 용인할 수 있으나 '마음속의 북벌', 딱 거기까지라야만 했다. 문치(文治)를 깡그리 부정하고 군비 확장에 몰두하는 제자의 모습은 스승 송기문이 꿈꾸는 바람직한 군주상이 아니었다.

긴 고심 끝에 송기문은 효종에게 최후 통첩을 보내기로 마음먹었다. 효종이 자신의 경고를 알아듣고 그에 맞게 처신한다면 그 즉시 거사를 멈출 작정이었다. 하나 끝내 고집을 꺾지 않고 북벌의 길을 계속 가려 든다면 비록 사제지간이라 하더라도 피 볼 일을 무릅쓰기로 했다.

1657년 효종 8년 8월이 되는 1657년 마침내 송기문은 효종에게 정유봉사(丁酉奉事)를 올렸다. 봉사(奉事)란 임금 외에는 다른 이가 볼 수 없도록 밀봉한 비밀 상소를 말하는데, 송기문은 효종이 즉위하던 기축(己丑)년에도 이미 한차례 봉사를 올린 일이 있었다.

기축봉사(己丑封事)가 군왕의 시무(時務) 및 유학의 정치적 이상을 차분하게 개진한 내용임에 반해 이번 상소는 효종이 특진관(特進官)[36] 윤강(尹絳)이 자정전(資政殿)[37] 조강(朝講)[38]에 늦었다며 고신(告身)[39]을 빼앗고 태형까지 가했던 일전의 사건을 재차 들추어내 효종

---

36 경연에 참여하던 벼슬.
37 경희궁에 딸린 전각.
38 이른 아침에 강연관이 임금에게 학문을 강연하던 일.
39 조정에서 내리는 벼슬아치의 임명장.

을 신랄하게 비판하는 내용으로 시작했다. 송기문은 임금이 사대부를 존중하지 않았다면서 효종의 반성을 노골적으로 요구했고, 이렇게 윤강에 관한 것으로 포문을 연 송기문의 상소는 곧바로 효종의 국정 전반을 부정하는 내용으로 이어졌다.

'민심의 원망과 고통은 부역의 번거로움 때문이며 이는 용처(用處)[40]가 무절제하기 때문입니다. 따라서 나라의 비용을 군사를 기르는 곳에 쓸데없이 사용한다면 이는 오랑캐와 다름없는 행동일 것이옵니다.'

상소는 무엇보다 민생 안정부터 우선시해야 한다고 주장했다. 또 이러한 정책상 주문(奏文)[41] 외에도 임금과 희빈, 공주 등 왕가 일족이 백성의 삶을 도외시한 채 사치와 방탕만을 일삼는다며 통렬하게 질책했으며, 군왕의 부적절한 금군 운영과 기강 해이도 몹시 심각한 사안이라고 문제 삼았다. 그럼에도 불구하고 군왕은 와신상담(臥薪嘗膽)의 뜻은 조금도 보이지 아니하고 오히려 해이함에 빠져 전혀 헤어날 생각조차 못 하고 있으니, 마침 그 무렵 발생한 천재(天災)와 지이(地異)[42]도 모두 군왕이 부덕한 탓이 아니겠느냐며 효종에게 책임을 모두 전가하고 들었다.

상소는 무려 열아홉 개 항목에 걸쳐 정책 제반을 비판한 뒤 결국

---

40 돈이나 물품 따위의 쓸 곳.

41 임금에게 아뢰는 글.

42 땅 위에서 일어나는 이변. 지진, 해일, 홍수, 분화 따위.

'군왕의 덕업을 높임으로써 하늘이 명한 뜻과 선왕의 유지에 부응할 것'을 간곡히 부탁하며 그 장황한 끝을 맺었는데, 다시 말해서 효종이 유념할 것은 군사력 강화가 아니라 왕도정치의 실현자로서 마음을 올바로 다잡는 것이고, 따라서 무모한 북벌 따위는 당장 집어치우고 조용히 덕업을 쌓는 일에만 매진하라는 것이 정유봉사가 효종에게 내리는 최종 결론이었다.

효종은 격노했다. 상소문을 쥔 손이 부들부들 떨렸다. 이 얼마나 오만방자한가. 당장 잡아들여 윤강 때처럼 곤장을 치고 송기문의 오만과 불충을 다스리고 싶다는 충동이 불같이 일었다. 상소문을 바닥에 거칠게 내던지는 효종을 어영대장 이완이 말렸다.

"부디 자중하시옵소서. 자칫 늙은 여우의 꾀에 말려들 수 있사옵니다."

"뭐라? 그럼 이 불충한 언사를 모르는 척 넘어가자는 말이오?"

승지 유혁연이 이완을 거들었다.

"전하, 서인들이 놓은 덫일 수 있사옵니다. 결코 발목이 걸려서는 아니 되옵니다."

효종도 모르는 바가 아니었다. 어찌 보면 이번 정유봉사는 송기문의 이름만 빌렸을 뿐 실상 조정을 장악하고 있는 서인 사대부들의 '공의(公議)', 즉 집단 의사 표시와 다름없었다. 때문에 효종이 정유봉사를 문제 삼아 송기문에게 엄한 벌을 내린다면 서인 사대부들은 기다렸다는 듯이 이를 조직적인 반발의 빌미로 악용할 수 있었다.

"하나 이는 과인을 향한 선전포고와 다름없지 않소?"

효종은 여전히 분루(憤淚)[43]를 멈추지 못했다. 잠자코 있던 승지 유혁연이 조심스레 말을 보탰다.

"전하, 어영대장의 말을 따르셔야 합니다. 운고는 전하와 사제의 연을 맺었던 자가 아니옵니까? 만일 전하께서 그를 잡아들여 태형을 가한다면 저들에게 좋은 구실을 줄 따름입니다."

묵묵히 듣고 있던 효종이 이윽고 조용히 고개를 끄덕였다. 유혁연의 충고는 옳았다. 지금은 서인들과의 잦은 마찰로 정정(政情)이 매우 불안했고, 자칫 송기문을 잘못 다뤘다가는 도리어 패륜한 폭군으로 몰려 선왕 때와 같은 반정에 희생될 수 있었다. 따라서 승지의 의견을 좇아 일단 정유봉사는 가납(嘉納)하는 모양새를 갖추기로 했다. 효종의 반응을 예민하게 주시하고 있을 서인들부터 안심시켜야 했기 때문이었다. 대신 그러는 동시에 노량진의 열무식만큼은 애초 계획대로 흔들림 없이 추진할 것임을 조야(朝野)[44]에 재천명하는 쪽으로 의견을 모았다.

실로 열무식은 기존 정치 판세를 뒤집는 맥점(脈點)이라고 할 만큼 효종에게는 매우 중요한 행사였다. 효종은 이번 열무식을 군왕의 권위와 정통성을 전 조야에 당당히 과시하는 최적의 기회라고 여겼고, 이로써 왕권에 집단으로 저항하려는 사대부층의 기선을 단

---

43 분하여 흘리는 눈물.
44 조정과 민간을 통틀어 이르는 말.

숨에 제압할 수 있으리라 계산하고 있었다.

다음 날 상참(常參)[45]에서 효종은 예상을 깨고 정유봉사를 높이 치하하며 송기문에게 이조판서직을 내렸다. 효종이 꺼내 든 뜻밖의 카드에 서인들은 몹시 당황해 했고 일부는 영문을 몰라 어리둥절해 했다. 서인들은 하루 종일 삼삼오오 모여 웅성거리다가 저녁 해가 떨어지기 무섭게 송기문의 사랑채로 모여들었다.

"이조판서를 제수하다니요. 이는 필시 시간을 벌려는 얕은 수입니다, 운고 어른."

"허허, 주상의 지모(智謀)가 보통이 아닙니다그려."

서인 중진들은 저들끼리 종일토록 의논해 짐작해낸 효종의 속내를 송기문 앞에 털어놓았건만 정작 당사자인 송기문은 대수롭지 않은 듯 짤막히 말을 받았다. 그러자 중진들은 하나같이 더욱 흥분해서는 입을 모아 송기문을 몰아붙였다.

"서둘러 결단을 내리셔야 합니다. 더 지체하다가는 우리가 당할 수도 있습니다."

이미 효종은 관무재를 통해 친위 무력을 빠르게 조직해가고 있었다. 노량진에서 열무식으로 먼저 분위기를 제 쪽으로 돌린 뒤 언제든 친위 무력을 사용해 근왕 정변을 일으킬 게 뻔히 내다보이는 각본이었다. 정변의 과녁은 효종의 북벌과 군비 확장에 사사건건 시비를 걸어왔던 세력임은 당연했다. 효종이 송기문에게 이조판서

---

45 의정을 비롯한 중신과 시종관이 매일 편전에서 임금에게 정사를 아뢰던 일.

벼슬을 제수한 것은 서인 측의 긴장을 누그러트리기 위한 일종의 속임수가 분명했다.

"하면 누구를 옥좌에 앉힌단 말이오?"

"이회가 있지 않습니까?"

"혹 석견을 말하는 것이오?"

석견은 소현세자의 셋째 아들 이회의 초명(初名)이었다. 인조는 소현세자의 장자인 세손을 폐위하고 그 형제들을 모두 제주도에 유배했는데, 세손이던 맏이 석철과 둘째 석린은 죽임당했고 셋째 석견만이 유일하게 살아남았다. 이후 석견은 비밀리에 강화도의 교동도로 옮겨져 현재까지 유폐 중이었다.

조카 석견은 효종에게 늘 부담스러운 짐이었다. 또한 존재 자체로 효종을 종통 시비에 휘말리도록 몰아갈 위험한 뇌관이기도 했다. 따라서 석견의 생사 여부는 극히 내밀한 사안이었고 함부로 입에 올려서는 안 되는 금기였다. 여염의 양반과 백성들에게 석견은 이미 오래전에 죽었다고 알려져 있었다.

몇 해 전 황해감사 김홍욱이 장살된 것도 그 금기를 범한 탓이 컸다. 가련한 석견을 그만 석방하자고 건의했다가 격노한 효종의 손에 죽은 것이다. 석견의 성명을 언급하는 것 자체가 불충이고 역모였다.

이를 뒤집어보면 효종을 제거하고 난 뒤 적통을 이을 적임자는 종친 가운데 석견만 한 이가 없다는 뜻이기도 했다. 다만 염려스러운 점은 서인들이 석견의 친부모인 소현세자와 강빈의 죽음에 동참했던 과거의 행적이었다. 하지만 빠져나갈 구멍이 전혀 없지는 않았다. 당시 강빈의 옥을 주동했던 것은 인조의 총비 조소용과 김자점이었고 그들은 각각 무고와 역모로 세상을 등진 마당이니 석견 이회가 옥좌에 오른다 하더라도 서인들이 면책할 구실은 아직 남아 있었다.

이번 비회에서 석견 이회의 성명까지 거론된 이상 이미 결론은 난 셈이었다. 송기문은 마지막으로 대사헌 송치성(宋治盛)에게 의견을 물었다. 그는 송기문과 더불어 양송(兩宋)이라 불리며 서인들을 이끌던 인물이었다.

"교동도 쪽에는 누가 말을 넣을 것이오?"

"강화유수(江華留守)[46]에게 귀띔을 해놓았소이다. 거사가 있고 넉넉히 이틀 뒤면 창덕궁으로 모실 수 있을 것이외다."

송치성이 좌중을 둘러보며 대답했다. 준비된 대답이었다.

이어 도당 중진들이 연판장(連判狀)[47]을 돌렸다. 역위 모의를 결코 발설하지 않겠다는 각서였다. 모두가 예도로 엄지를 긋고 피를 내어 지장을 찍었다. 마지막으로 지장을 내리누른 송기문이 무겁게 농을 던졌다.

---

46 강화부의 종2품 으뜸 벼슬.

47 여러 사람이 연명으로 도장, 지장, 서명으로 의견이나 주장을 표명하기 위하여 작성한 문서.

"이 연판장을 보니 동승(董承)[48]의 의대조(衣帶詔) 고사가 떠오릅니다그려."

의대조 고사란 후한 말 간웅(奸雄)[49] 조조를 제거하라는 헌제(獻帝)[50]의 밀지와 연판장을 헌제의 장인 동승이 허리띠에 숨겨 나오다가 발각된 사건을 말했다. 결국 동승 일가족은 몰살당했고, 가담했던 왕복, 종집, 오자란 등 역시 죽음을 면치 못했다. 다만 연판장에 이름을 올렸던 자들 가운데 유일하게 유비만이 몸을 빼 화북의 원소에게 달아날 수 있었다.

대문 앞까지 나와 송객(送客)하는 송기문을 돌아보며 느닷없이 송치성이 물었다.

"이번 거사에 운고께서 동승(場承)을 자처하시겠습니까?"

기습 질문이었다. 방금 전 송기문이 실패한 거사를 거론한 데 대한 항의와 조롱임이 명백했다. 송기문이 심히 당황하는 기색을 내비치자 마침 주변에 있던 중진들이 모두 주목하며 그가 과연 어떤 대답을 낼지 사뭇 궁금한 얼굴로 기다렸다.

"설마 원소에게 달려간 유비가 되지는 않으시리라 믿고 있습니다만."

송치성이 재차 농을 빌어 노골적으로 조롱하는 뜻을 드러내자 그

---

48 후한 말의 정치가.

49 간사한 꾀가 많은 영웅.

50 중국 후한의 마지막 황제(180~234).

제야 송기문은 그윽한 웃음으로 이렇게 화답했다.

"그럴 리가 있겠소이까? 이 몸은 동승도 아니 될 것이며 유비 또한 아니 될 것입니다. 왜냐하면 거사가 결코 어긋나서는 안 되기 때문이외다."

한껏 여유롭고 자신감 넘치는 송기문의 태도에 송치성을 비롯한 중진들은 비로소 안심하는 얼굴이 됐다. 향후 송기문의 영도에 따라 계획대로 거사를 진행해 나갈 것임을 다시 한 번 서로 앞에서 굳게 맹세했다.

이윽고 모두가 썰물 빠지듯 대문 앞에서 사라진 뒤 송기문은 곧바로 장백민을 사랑채로 불러들여 긴히 명을 내렸다.

"내일 아침 일찍 흑도를 들어오라 이르거라."

"오라버니도 참, 나 아니었음 정말 어쩔 뻔했수."

방바닥에 엉덩이를 붙이자마자 소희는 소란스레 공치사부터 해댔다. 도성을 드나드는 데 필요한 가짜 호패를 그녀가 용케 구해온 것이다. 제 말로는 홍인문 밖 동묘 부근에서 놀이판을 벌이고 있던 사당패들에게 거금을 내주고 만든 것이라는데 제법 진짜와 견줄 만했다. 실상 가짜 호패를 깎아 파는 것은 사당 놀이에 버금가는 사당패의 밥벌이기는 했다.

소희는 어깨를 으쓱하더니 염일규의 눈앞에 호패를 빙빙 돌리며 줄 듯 말 듯 장난을 쳤다.

"장난할 물건이 아니니 어서 이리 내거라."

"참, 갑자년생이면 박달나무를 써야 된다고 했어. 갑신년부터는 물푸레나무를 썼대."

과연 박달나무를 깎아 만든 위조 호패에 도성 문을 지키는 수문군관들은 깜빡 속아 넘어가 별다른 의심 없이 염일규를 통과시켰고 덕분에 도성 안으로 무사히 들어갈 수 있었다.

도성 땅을 밟는 건 실로 오랜만이었다. 제주섬으로 부임해 떠난 뒤로 처음이었다. 그러나 한가로이 감상에 빠져 있을 새가 없었다. 아리의 생사를 확인하자면 서둘러 접부채의 주인을 찾아야 했다.

먼저 규모가 꽤 큰 기루들부터 찾아가 소희를 대신 들여보내 접부채의 주인이 있는지 물었다. 하지만 죄다 허탕이었다. 어느 곳에도 접부채의 주인은 없었다. 게다가 한시를 읽고 쓸 줄 아는 기녀는 한 손으로 꼽을 만큼 드물었다.

"도대체 이 부채가 뭐기에 그래? 혹시 오라버니 정인 거?"

문득 소희가 염일규 앞을 막아서며 물었다. 소희의 눈엔 호기심이 가득했다. 대체 무슨 사연이기에 눈알 빠지게 종일토록 길바닥을 헤매는 건지 알고 싶어 했다.

"보는 눈이 많구나. 썩 비켜서거라."

"남이야 뭘. 오라버니는 나랑 같이 다니는 거 싫어?"

"허어, 이런, 오라버니라니, 말조심하지 못하겠느냐?"

입으로는 꾸중했지만 염일규는 격의 없이 구는 소희의 행동거지가 내심 그리 밉지 않았다. 때와 장소를 가리지 않고 만사 제멋대로 왈가닥인 모습이 한편으론 귀여워 보이기까지 했다. 다만 그들을 야릇한 시선으로 흘깃대며 수군대는 행인들의 반응이 가끔씩 불편하고 난감할 뿐이었다.

다음 날도 그들은 계속 도성 내 주가들을 순례했다. 첫날은 목록에서 빼놓고 지나쳤던 비교적 작은 규모의 기가(妓家)들도 이번엔 빠짐없이 살폈다. 이렇게 도성 안 수색을 모두 마치고도 아무 실마리도 얻지 못한다면 셋째 날은 도성 밖의 기루들을 둘러볼 참이었다. 먼저 숭례문 방향으로 살펴보고 그 다음엔 홍제원 쪽 기루들을 샅샅이 뒤질 생각이었다.

이윽고 셋째 날 염일규와 소희는 오시(吾時) 무렵이 다 돼서야 전날 미처 둘러보지 못한 기가들까지 마저 방문을 마칠 수 있었다. 하지만 접부채의 주인은 아직까지 나타나지 않았다. 이 정도면 도성 안에는 접부채의 주인이 없다고 보는 게 맞았다.

소희는 온몸의 맥이 쫙 풀렸다. 사흘 동안 헛발품만 팔았다는 생각에 쌓였던 피곤이 한꺼번에 몰려들고 짜증마저 일었다.

"에이, 죄 허탕! 쓸데없이 호패 만든다고 아까운 돈만 날렸네. 이럴 거였음 차라리 나 옥가락지나 하나 사주든지."

"도성 안 기루가 아니라면 도성 밖일 수도 있다. 이번엔 그리로 가 살펴보자꾸나."

"싫어, 너무 힘들단 말이야. 그리고 접부채 주인이 기녀가 아닐 수도 있잖아? 그냥 양반네일 수도 있고."

"사대부가의 부녀로서 설마 그런 낯 뜨거운 시를 썼겠느냐?"

"쳇, 낯 뜨겁긴 뭐가? 원래 그걸 지은 사람도 양반네라며? 그리고 내가 잘 아는데 술 팔고 몸 파는 애들 죄다 까막눈이거든."

운종가[51] 시전 거리를 지나 광통교를 건너면서도 소희의 구시렁 거림은 멈추지 않았다.

"근데 오라버니 간밤엔 대체 무슨 꿈을 꾼 거야? 자면서 비명 지 르고 난리를 치던데."

"잠꼬대? 내 잠꼬대가 그리 심했더냐?"

"말도 마. 엄청 무서웠다니까! 난 혹시 오라버니가 덮치기라도 하는 줄 알고 얼마나…."

"뭐라?"

"사실 나도 은근 기대하긴 했지만, 헤헤."

"…."

"부끄러워서 그래? 에이, 음양의 이치가 다 그런 건데 뭐. 내가 이래 봬도 저자에서 맨 몸뚱이로 뼈 굵은 게 십 수 년이거든. 설사 오라버니가 덮친대도 난 다 이해할 수 있어. 하긴 오라버닌 그럴 만 한 위인이 못 되겠지만."

순간 섬뜩했다. 온몸에 소름마저 돋았다. 내색하지 않으려 무진 애를 썼건만 입안이 마르고 손이 덜덜 떨리는 건 감춰지지 않았다.

---

51 서울의 거리 가운데 지금의 종로 네거리를 중심으로 한 곳.

필시 한동안 잊고 지내던 흡혈 갈증이 밤새 다시 동한 모양이었다. 그간은 지난 상경 길에 해치웠던 녀석들의 영기 덕에 편히 지낼 수 있었으나 이제는 약발이 서서히 떨어져가는 게 틀림없었다.

염일규는 불시에 자신이 야수로 돌변해 소희를 해치게 될까 봐 두려웠다. 그런 참극은 결코 일어나서는 안 됐다. 그 전에 소희를 자신 곁에서 떠나보내야 했다. 어차피 오래도록 맺은 인연도 아닌 터, 더 깊은 정이 들기 전에 각자 갈 길을 가는 편이 옳았다.

걸음은 어느덧 남별궁(南別宮)[52] 앞까지 다다랐다. 이번에는 숭례 문 바깥쪽으로 방향을 잡았다. 그쪽 방면은 만리재를 거쳐 삼개나 루로 이어지는 큰 길목인지라 길 양편으로 기루뿐 아니라 크고 작 은 색주가들이 잔뜩이었다. 한편 그곳은 날이 지면 한강 밤섬에 숨 어 지내던 범법자들이 슬며시 기어 나와 술과 계집을 즐기곤 하는 범죄자들의 소굴이기도 했다. 따라서 흑도의 행적 역시 그곳 주가 들 어딘가에 남아 있을 가능성이 농후했다. 그래서 한 곳 한 곳 빠 짐없이 유심히 살펴볼 필요가 있었다.

소희는 걷는 내내 질문인지 불평인지 모를 수다를 쉴 틈 없이 쏟 아냈다. 이따위 색주가에 한시를 아는 년이 세상 천지 어디에 있겠 느냐며 계속 딴죽을 걸어왔고, 지친 염일규가 급기야 무반응으로 일관하자 이번엔 화제를 바꾸어 개인 신상에 관해 질문을 퍼붓기 시작했다. 늘 그랬듯이 어찌나 궁금한 게 많은지 질문이 터지면 한

---

52 현재 서울 중구 소공동 조선호텔 자리에서 중국 사신의 여사(旅舍)로 쓰였던 별궁.

도 끝도 없었다. 잠자코 듣고 있기만 해도 관자놀이가 지끈거릴 지경이었다.

"오라버니 양반이지?"

"…."

"정말 대답 안 할 거야, 이렇게 간단한 것도?"

소희는 대답을 채근했다. 포기란 걸 몰랐다. 그런 그녀를 앞에 두고 계속 모른 척 대꾸 없이 견디자니 그 역시 곤혹스럽긴 매한가지였다. 결국 염일규는 그만 졌다는 듯 고개를 끄덕이며 되물었다.

"그래, 네 눈엔 내가 그리 보이느냐?"

"응, 상놈이나 중갓짜리⁵³들하고는 어딘지 모르게 달라."

"어찌 다르냐?"

"몰라. 그냥 믿음이 확 쏠린다고나 할까? 헛말 같은 건 안 할 사람 같아."

"그리 듣기 나쁘진 않구나."

"뭐, 꼭 양반이라서 오라버니가 좋다는 건 아냐. 잡놈보다 못한 양반네들도 쌔고 쌨거든. 나 사당패 있을 때 보면 양반네들이 훨씬 더했어. 지 몸 정 다 풀었으면 냉큼 바지춤 올리고 나갈 것이지, 끝까지 본전 뽑겠다고 지들 딸년뻘인 내 젖꼭지를 물고 빨고 쪼물딱대고…."

"어허, 고약한 말본새하고는! 듣기 민망하니 그만 입 다물거라."

---

53 중인.

"나 오라버니한테 확 시집가줄까?"

"뭐라?"

"홀아비 냄새 풀풀 풍기는 게 아무래도 곁에서 챙겨줄 계집 하난 있어야 할 것 같아서 그래. 그러니까 앞으로 부끄러워 말고 속옷 같은 거 편하게 내놔, 내가 다 빨래해줄 테니까. 어때, 오라버니?"

너무 어이가 없어 헛웃음이 났다. 그저 맹랑한 아이라고만 여겼는데 소희는 슬그머니 계집티를 내고 들었다.

'잔망한 아이로군.'

염일규는 눈을 동그랗게 뜨고 그의 반응을 기다리는 소희의 이마에 대답 대신 꿀밤을 먹였다.

"뭐야, 불쌍해서 사정 좀 봐줬더니만. 싫으면 관둬!"

한편으론 소희가 안쓰럽기도 했다. 지나치다 싶은 붙임성의 이면에는 태생부터 그녀를 따라다닌 외로움이 자리하리라 싶었다. 혈육하나 없이 천둥벌거숭이로 자라 누군가 맘 편히 기대고 의지할 사람이 간절할 것임은 당연한 이치였다. 그래서 제 목숨을 구해준 염일규를 마음속 깊이 품고 따르는 건지도 몰랐다. 소희는 띠동갑도 넘는 나이 차이는 전혀 상관하지 않았다.

"사당패에 있을 때 오라버니보다 훨씬 더 늙은 사내들도 수차례 품어봤는걸, 뭐."

"쯧쯧, 대놓고 자랑할 일이 아니지 않느냐?"

"왜, 내가 몸 팔던 천한 년이라 싫어? 더러워?"

"무슨 말을 그리하느냐? 싫다면 너와 이렇게 같이 다니고 있겠느냐?"

"그럼 됐지, 뭐. 나라님들은 스무 살, 서른 살까지 어린 비빈(妃嬪)⁵⁴을 잔뜩 거느리고 산다던데 뭐 어때? 오라버니가 나만 쭉 바라봐주면 나이 차이 같은 거 나 충분히 접어줄 수 있거든."

아리가 이미 죽은 사람일지도 모른다는 생각이 일말이나마 뇌리에 남은 탓일까. 염일규는 소희의 앙탈 맞은 구애가 그리 싫게 들리지 않았다. 그러나 지금은 새로운 풍정 따위에 끌려 마음을 쓰고 생각을 어지럽힐 때가 아니었다. 무엇보다 흑도를 찾는 일이 우선이었다. 만에 하나 아리가 흑도의 손에 비참하게 죽었을 경우에도 마찬가지였다. 그랬다면 복수를 위해서라도 반드시 놈을 찾아야 했다. 또 어딘가 버려지거나 암매장됐을지 모를 아리의 시신을 거둬 양지 바른 곳에 묻어주고 넋을 달래줘야 했다. 그게 염일규가 해야 할 일이고 남겨진 책임이었다.

아리의 생사도 명백하게 확인하지 못한 지금, 소희와의 관계는 더 고민하고 말 것도 없었다. 그리고 설사 그 어느 경우라고 하더라도 결코 소희와 남녀의 연을 맺어서는 안 됐다. 염일규가 고지인의 숙명에서 벗어날 길을 찾지 못하는 한 소희를 그 자신 곁에 계속해 두는 건 너무나 위험했다.

땅거미가 질 무렵 조촐한 일행을 대동한 교자 하나가 서대문 밖

---

54 비(妃)와 빈(嬪)을 아울러 이르는 말.

으로 조용히 빠져나왔다.

"송구하게도 장소는 지난번 기루로 정했습니다."

수행하던 하속이 짐짓 민망한 얼굴로 교자 위 주인에게 공손히 아뢨다.

본시 지체 높은 사대부는 기방 출입을 부끄럽게 여기고 왕래를 삼가는 것이 상례였다. 술에 취하여 술집 무뢰배들과 추잡한 드잡이라도 벌인다면 그야말로 큰 망신이 아닐 수 없었고, 그러다 자칫 나쁜 평판이 돌면 벼슬길은 물론 일족의 혼사에까지 좋지 않은 영향을 미칠 수 있었다. 따라서 세간의 존경을 한 몸에 받는 주인을 잡인들 왕래가 분주한 성 밖 기루로 재차 모시는 것은 하속으로서 참으로 송구한 일이었다.

그럼에도 불구하고 장백민은 송기문을 수연옥으로 안내하고 있었다. 근본도 모르는 흑도 같은 치를 주인집 깊숙이 들이는 게 훨씬 더 껄끄러웠던 탓이다. 뿐만 아니라 혹여 송기문의 집 주변에 효종 측이 깔아놓은 염탐꾼이 있을 수 있었다. 만일 흑도의 출입이 그들 눈에 띈다면 장차 거사에 큰 차질이 생길 우려가 있었다. 결국 고민 끝에 장백민은 장소를 수연옥으로 정했고, 그런 속내를 짐작했는지 송기문은 그런 그를 그다지 크게 나무라지 않았다. 하지만 장백민은 가는 내내 거듭 죄송해했다.

"칼 재주만 있지 근본을 모르는 놈이라…."

"근본일랑은 너무 걱정 말거라. 그 정도 칼 솜씨를 지녔다면 천

출일 리가 없지 않겠느냐?"

그때마다 송기문은 큰 선심 쓰듯 사람 좋게 웃으며 장백민을 안심시켰다. 그런데 송기문에게서 풍기는 분위기가 그날따라 사뭇 묘했다. 얼마 전만 해도 여러 차례 밤잠을 설치며 한밤중에도 사랑채 불을 환히 밝히던 주인이었다. 하지만 교자 팔걸이에 비스듬히 기대앉은 지금의 주인은 달랐다. 전에 없이 여유로웠고 득의만만했다. 마치 비밀한 승부수를 손안에 만지작대며 패를 깔 적기를 기다리는 승부사의 미소랄까. 입가에 웃음이 절로 어릴 만큼 자신감이 넘쳤다.

교자가 수연옥에 도착할 무렵에는 이미 사위가 어둑했다. 흑도와의 독대는 지난번과 같은 밀실에서 이루어졌고, 이번에도 두 사람 사이에 오죽으로 만든 짙은 발을 드리웠다. 달라진 것은 시중드는 계집들은 물론 늘 동석하던 장백민조차 방 바깥으로 멀리 물렸다는 점뿐이었다.

면대가 시작되고도 한참 동안 침묵이 흘렀다. 두 사람은 공히 상대만을 응시할 뿐 아무 말도 내지 않았다. 발로 양편이 갈린 방 안엔 긴장감이 감돌았다. 어느 쪽이 먼저 무거운 침묵을 견디지 못하고 굴복할지 마치 기 싸움을 하려는 듯했다.

결국 무릎을 꺾은 쪽은 송기문이었다. 짐짓 지어 보이던 회심의 미소가 얼굴에서 차츰 옅어지더니 굳게 닫혔던 입술을 천천히 움직이기 시작했다.

송기문은 며칠 전 비회에서 결정했던 내용을 흑도에게 차분하게 일러주었다. 그런데 거사 계획을 듣고 난 상대는 별 반응이 없었다. 면대가 시작됐을 때와 같이 흑도는 여전히 무표정이었다. 오히려 당황한 쪽은 송기문이었다. 하지만 그럴수록 상대에게 약한 모습을 보여서는 안 됐다. 어떤 반응에도 초지일관 단호함을 잃지 않아야 했다. 아랫사람에게 최종 통보하듯 흑도에게 다시금 분명하게 전했다.

"다시 말하마. 흑도 네가 나설 차례다. 주상을 쳐야겠구나."

이번엔 흑도의 반응이 조금 달랐다. 입매가 잠시간 씰룩하고는 숨도 쉬지 않고 곧바로 답을 냈다.

"할 수 없는 일입니다."

예상 못한 거절이었다. 송기문의 짙은 눈썹이 송충이처럼 꿈틀했다.

"뭐라, 할 수 없다? 약조와 다르지 않느냐?"

"주상 암살을 도모하겠다고 약조를 드린 적은 없습니다. 관무재에 응시하는 것만이 지난번 당부셨지요."

분명히 틀린 말이 아니었다. 게다가 임금의 목을 치는 일이라니 거절당한다 한들 하등 이상할 게 없었다. 그러나 지난번 첫 만남에서 송기문이 읽어낸 흑도는 냉큼 겁을 집어먹고 못하겠다며 꼬리를 말아 올릴 예사 위인이 결코 아니었다. 송기문은 흑도를 주상이 아니라 설사 옥황상제의 목을 가져오라 명한대도 족히 실행에 옮길,

간 크고 배짱 넉넉한 위인으로 읽었다.

"하지만 내 지난번 나라의 운명을 바꿀 일이라고 말해주었다. 그리고 그때 너는 이빨로 물어야 할 놈이 누구냐고 물었지."

"기억합니다. 하나 그때 어른께서는 소인의 물음에 답을 주지 않으셨지요."

"그래서 내 오늘 그 답을 주고 있지 않느냐?"

하지 못할 이유를 요리조리 갖다 대는 흑도에게 송기문은 슬며시 약이 올라 저도 모르게 큰소리로 윽박질렀다. 그러자 흑도가 문득 의미심장한 웃음을 빙그레 지어 보였다. 갑자기 어리둥절해진 송기문은 그 웃음의 의미를 파악하느라 미간을 살짝 좁혔다.

"혹 이제 와서 덜컥 겁이 난 게냐?"

"어른께선 소인을 그리 보셨습니까?"

흑도는 이죽거리는 표정으로 반문했다.

"아니, 내 눈엔 네놈이 바라는 게 필시 더 있는 모양 같구나."

"제대로 보셨습니다. 어른 말씀대로 소인 바라는 것이 분명 더 있습지요."

"말해보아라. 삯을 더 얹어주랴?"

"어디 돈뿐이겠습니까?"

송기문의 거듭된 채근에도 흑도는 짓궂게 답을 미루며 짐짓 뜸을 들였다.

"허어, 네놈이 날 몹시 애타게 할 작정이로구나. 쇠천 푼이 아니라면 무어냐? 내가 해줄 수 있는 것이더냐?"

"글쎄요. 어른께서 주실 수 있는 것일 수도, 없는 것일 수도 있습니다."

재차 흑도가 답을 이리저리 돌리며 왼새끼를 꼬자 송기문의 얼굴이 점차 붉어지기 시작했다. 마침내 송기문은 흑도 앞에 호통을 버럭 내질렀다.

"이놈이 감히 어느 안전이라고 허튼 말장난을! 당장 집어치우지 못할까!"

"어른께서는 지금 소인이 허튼 말장난이나 하고 있다고 여기십니까?"

흑도가 정색하며 내뱉었다. 표정을 바꾸는 그 짧은 순간에 서늘하고 섬뜩한 기운이 빠르게 스쳐 지나갔다. 송기문은 그 찰나의 일변을 놓치지 않았다. 왠지 예감이 썩 좋지 않았다.

두 사람 사이에 긴장의 끈이 다시금 팽팽히 당겨졌다. 이번엔 냉기까지 흘렀다. 흑도는 발 너머의 송기문을 뚫어질 듯 노려보는 것 외에 다른 어떠한 미동도 보이지 않았다. 송기문은 괘씸한 동시에 불안했다. 감히 저자의 일개 검계 놈 따위가 서인의 태두인 자신을 희롱하려 들다니. 도대체가 어이없고 화가 치미는 일이 틀림없었다. 한편으로는 초조했다. 흑도는 칼을 다루는 무뢰배다. 게다가 이편을 쏘아보는 눈빛이 몹시 불손하고도 싸늘했다. 불현듯 마치 먹잇감을 앞에 둔 맹수 같다는 생각이 뇌리를 스쳤다. 순간 모골이 송연했다. 장백민을 바깥으로 멀리 물린 자신의 결정을 후회했다.

"어른께서는 서인의 태두인 운고 어른이시지요?"

흑도가 조롱하듯 입술을 이죽이며 물었다.

"알고보니 저와는 같은 하늘을 지고 살 수 없는 분이시더군요."

흑도는 말을 마침과 동시에 비호처럼 빠르게 일어섰다. 이어 눈 깜빡할 새 벽에 걸린 횃대에서 박장검(薄長劍)을 뽑아 들었다.

"너, 네놈이…!"

순식간에 벌어진 의외의 상황에 송기문은 기겁했다. 얼굴이 하얗게 질리면서 숨이 제대로 쉬어지지 않았다. 소리를 내질러 주위에 도움을 구했지만 이미 모두 멀찍이 물러가 밖에선 아무런 기척도 나지 않았다. 등 뒤로 서늘한 절망감이 엄습했다.

"이얍!"

흑도가 기합과 함께 검을 크게 휘둘렀다. 오죽 발이 종잇장처럼 힘없이 양편으로 잘려 파편이 방바닥에 후두둑 흩어졌다.

"고얀 놈, 썩 물러서지 못할까?"

송기문은 벌벌 떨면서도 안간힘을 짜내 일갈했다. 하지만 흑도는 물러서는 대신 오히려 작게 흩어진 발의 조각들을 지그시 뭉개 밟으며 한 발 한 발 거리를 좁혀왔다. 그리고 두 사람 사이가 충분히 좁혀지자 송기문의 목젖에 칼끝을 겨눴다.

흑도의 칼끝은 송기문의 목젖 피부에 닿을 듯 말 듯 아슬아슬한 거리에서 멈췄다. 까닥 잘못 움직였다가는 날카로운 칼끝에 목을 베일 수 있었다. 때문에 송기문은 차마 숨 한 번 편히 들이쉴 수 없었다. 점차 숨이 막혀오자 대신 침을 살짝 삼켰다. 그런데 그 사소한 움직임조차 목젖에 가느다란 핏줄기를 내고 말았다.

방 안은 흑도가 뿜어내는 살기로 가득했다. 송기문의 목숨은 파리 목숨처럼 어느 때라도 한순간에 흑도의 손에 떨어질 수 있었다. 하지만 흑도는 아무런 말도, 아무런 움직임도 없었다. 칼을 겨눈 자세 그대로 돌처럼 굳은 채였다. 다시금 짧지 않은 정적이 흘렀다. 그러는 사이 공포에 질려 흉하게 일그러졌던 송기문의 얼굴이 점차 차분하고 평온한 상태로 되돌아오기 시작했다. 게다가 입에서는 실금같은 웃음이 새어나왔다.

"언젠가 나를 알아볼 줄은 짐작했다. 하나 나 또한 네놈 정체를 잘 알고 있구나."

송기문이 말소리를 낼 때마다 칼끝에 피부가 긁혀 핏방울이 배어나왔다. 그러나 송기문은 출혈 따위는 전혀 상관하지 않았다.

"흑도 네놈의 친누이가 강빈이 아니더냐? 너는 죽은 강빈의 가제 강무웅이고."

송기문의 다그침에 흑도가 깜짝 놀라 저도 모르게 반걸음 뒤로 물러섰다. 흑도의 반응을 확인한 송기문은 역시 그럴 줄 알았다는 듯 의기양양한 기색이었다. 그렇게 흑도가 당황해 하는 사이 굳게 닫혔던 밀실의 방문이 드르륵 열렸다.

"그만 검을 거두세요, 도련님."

조미였다. 골골하며 병석에 누워 있을 줄만 알았는데 이곳에 나타나다니 의외였다.

"어서요. 이 늙은이 말대로 검을 치우셔야 합니다, 도련님."

"모르십니까, 숙모님? 이 늙은 여우야말로 우리 가문의 원수입니다."

조미가 방에 들어서자 흑도가 턱짓으로 송기문을 가리키며 항의했다. 조미는 손을 내저으며 거듭 기침을 해댔다.

"콜록콜록, 틀렸습니다, 도련님. 도련님의 진짜 원수는 궁궐 안 용상 위에 웅크리고 있지요."

조미는 다가와 여전히 칼을 거두지 않는 흑도의 팔을 잡아 내렸다.

"이분, 운고 어른께서 반드시 도련님의 복수를 도우실 것입니다."

이번엔 송기문 쪽으로 시선을 옮겨 말을 이었다.

"자, 어른께선 이 자리에서 흉중(胸中)에 품은 계획 모두를 도련님께 일러주시지요. 도련님께선 반드시 따를 것입니다."

"숙모님!"

재차 흑도가 항변했음에도 조미는 더 이상 대꾸하지 않았다. 대신 잠자코 송기문 옆으로 다가가 좌정을 권한 뒤 다소곳이 앉았다.

흑도는 몹시 혼란스러웠다. 송기문이 강빈과의 관계를 다그치던 방금 전보다 더욱 그랬다. 조미 쪽에서 흑도의 내력을 일러준 게 틀림없었다. 또한 애초부터 자신으로 하여금 송기문의 계획에 발 들이도록 꾸민 것도 어쩌면 조미의 궁리일 수 있었다. 그렇다면 조미와 송기문, 두 사람은 대체 어떤 관계란 말인가. 대체 얼마나 밀접하고 돈독한 사이이기에 흑도 자신에게까지 모른 척 숨기며 여기까지 끌고 왔단 말인가. 뒤통수를 얻어맞은 듯 정신이 멍했다. 이윽고 잠자코 지켜보던 송기문이 선언했다.

"네 조카 석견이 살아 있다."

"지금 뭐라 했소? 석견이 살아 있다 하였소?"

순간 흑도의 몸이 경련으로 움찔했다. 조카 석견은 오래전에 죽은 줄로 알았는데 지금까지 살아 있다니. 도저히 믿을 수 없었다.

"물론 믿기 힘들 테지. 세상 사람들 모두 석견이 죽은 것으로 알고 있으니까. 하나 내 목을 걸고 장담하는데 분명 살아 있다. 난 지금의 주상을 옥좌에서 끌어내리고 네놈의 조카인 석견, 이회를 새로운 군왕으로 올릴 생각이다. 그리하여 소현세자 저하와 강빈 마마의 적통을 잇도록 할 계획이고."

"그 말을 어찌 믿으란 말이오?"

"믿든 못 믿든 거사는 이미 시작된 터, 흑도 네가 할 일은 주상의 목을 거두는 것이다. 반드시 그래야만 석견이 보위에 오를 수 있음이야."

"도련님, 우리가 그토록 원하던 일이 아닙니까?"

조미가 눈물까지 훔치며 거들었다. 흑도는 여전히 혼란스러웠다. 조카 석견이 아직 어딘가에 살아 있다는 이야기부터, 그로 하여금 조선의 보위를 잇도록 하겠다는 장담까지 모두가 꿈같고 허황하게 들렸다. 하지만 만사에 철두철미 신중한 조미 역시 저렇듯 적극적으로 거들고 흑도를 부추기는 것을 보면 그저 입으로만 떠드는 허풍만은 아닐 것 같았다.

흑도가 생각을 정리하는 동안 송기문은 계속해서 이야기를 쏟아냈다. 송기문은 석견 이회가 보위에 오르면 효종이 밀어붙이는 북벌 따위의 공허한 정책들은 모두 단숨에 걷어낼 것이라 했으며, 이는 청과의 친목을 꾀하는 동시에 청의 선진 문물을 적극적으로 받아들임으로써 조선의 부국을 꾀했던 소현세자 부처의 유지를 잇는 일이라고 강변했다. 또한 이는 백성들의 피폐한 삶을 편하게 하는 안민(安民)의 도리이기도 하므로 누군가 크게 각오하고 나서지 않으면 안 된다면서 흑도의 단안(斷案)을 재촉했다.

물론 역위의 속셈은 각기 따로 있었다. 송기문의 속셈이 다르고 조미의 속셈이 달랐다. 송기문은 서인들이 다루기 쉬운 어린 군왕을 용상에 앉히고자 함이었고, 청의 사주를 받고 있는 조미는 조선에 친청 정권을 세우고자 하는 계산이었다. 두 가지 공히 선결 조건은 지금의 주상을 옥좌에서 끌어내리는 것이었으니 송기문과 조미의 셈은 바로 그 부분에서 하나로 일치했다.

"어차피 네 소원 역시 주상을 죽여 원한을 갚는 것 아니더냐? 그건 내가 바라는 바이기도 하고. 하니 너와 난 한 배를 탐이 더없이 옳지 않겠느냐?"

송기문의 물음에 흑도는 고개를 들어 상대의 눈을 똑바로 응시했다. 다음 순간 전광석화의 검으로 답했다. 흑도의 손에 들린 박장검은 송기문의 목전에서 한줄기 차가운 바람을 일으키더니 서안(書案)[55]을 정확히 반으로 갈랐다. 그 서슬에 송기문과 조미는 대경실색하며 물러앉았다.

"아무래도 돈을 받고 할 일은 아닌 듯하오. 지난번 은괴는 돌려드리겠소. 대신 내 조카를 옥좌에 앉히겠다는 그 약조, 반드시 지켜주시오."

약조에 대한 당부를 흑도는 마치 최종 통고하듯 차갑고 무섭게 굳은 얼굴로 송기문 앞에 던졌다. 이어 상대의 대답을 듣기도 전에 곧바로 방문으로 나섰다. 등 뒤로 송기문이 고개를 천천히 끄덕이는 기척이 어렴풋하게 느껴졌다.

밀실 밖으로 나서자 서늘한 밤공기가 온몸을 기분 좋게 감쌌다. 긴장이 단숨에 풀리면서 조카가 살아 있다는 희소식을 그제야 기쁜 마음으로 받아들일 수 있었다. 저절로 입가에 함박웃음이 맺혔다. 막내 조카가 너무도 보고팠다. 그러자면 자신이 해야 할 일부터 반드시 먼저 끝마쳐야 했다. 저도 모르게 주먹을 불끈 움켜쥐었다.

---

55 책을 얹던 책상.

그즈음 수연옥 정원 건너편에는 흑도가 알아야 할 또 다른 소식
이 기다리고 있었다. 숲 속 깊이 위치한 허름한 집채에서 한참 이어
지던 산모의 비명이 갑자기 그쳤다. 곧이어 아기 울음소리가 우렁
차게 터져나왔다. 아리가 출산한 것이었다.

파초선(芭蕉扇)

이번에도 허탕이었다. 염일규와 소희는 이틀에 걸쳐 숭례문 바깥쪽 기루들을 샅샅이 뒤졌지만 부채의 주인은 찾을 수 없었다. 한시는커녕 암글[56]조차 모르는 까막눈 유녀들이 태반이었다. 계속되는 발품에 진이 빠진 소희가 발칵 성을 내며 대들었다.

"내가 뭐랬어. 한양 이 똥 천지에서 부채 하나로 어찌 사람을 찾아?"

"미안하구나. 하나 다른 도리가 없지 않느냐? 조금만 더 둘러보자꾸나."

"싫어! 그리고 내가 개야?"

---

[56] 한글.

"개라니?"

"당연히 개 취급이고말고. 무작정 이리 가라 저리 가라. 내가 이리 가라면 가고, 저리 가라면 가는 개 새끼냐고. 정 이럴 거면 영문을 좀 알려주든지."

"미안하대도. 마지막으로 홍제원 쪽만 돌아보자, 응?"

"아, 싫다니까. 이러다 나 도가니 나가면 오라버니가 나 업고 다닐래?"

"너를 업고 다니라고?"

"아니면 옥가락지라도 하나 사주면 모를까."

기루나 색주가에 몸소 발 들이는 것이 껄끄러웠던 염일규는 그간 소희에게 대신 심부름을 부탁해왔었다. 지난날 도성 인동 색주가 곳곳을 전전했던 염일규였기에 혹시라도 그의 얼굴을 알아보는 계집과 마주쳤다가 관가에 발고될까 염려됐기 때문이었다. 여전히 염일규는 수배를 받는 중죄인의 신분이었고, 흑도의 행방을 쫓는 마당에 관아의 추적까지 따라붙는다면 여간 곤란한 상황이 아닐 수 없었다.

그런데 소희는 입버릇처럼 옥가락지를 사달라며 염일규를 계속 졸라댔다. 한 집 들어가 묻고 나올 때마다 매번 똑같은 타령이었다. 하지만 정화수 한 그릇 앞에서나마 엄연히 아리와 혼례를 치룬 염일규였다. 당장 사정이 곤급하다 하여 다른 여인에게 선뜻 옥가락지를 선물할 수는 없었다. 그렇다고 단호히 잘라 거절하지도 못했다. 그랬다간 소희가 뻗대고 더는 도와주지 않을 게 뻔했다.

"옥가락지는 대체 뭐하게?"

"뭐하다니? 내 손가락에 예쁘게 껴야지, 헤헤."

"가락지를 사자면 종루[57] 도자전[58]까지 되돌아가야 하는데 벌써 피곤하지 않느냐? 우리가 가려는 홍제원 쪽과도 방향이 다르고."

뻗대는 소희를 구슬리자면 당장 모면할 핑계를 마련해 갖다 대야 했다. 소희는 다음번엔 꼭 사줄 거냐는 듯이 얼굴을 빤히 쳐다봤다. 당황한 염일규가 저도 모르게 헛기침과 함께 시선을 피했다.

"오라버니가 늘 그렇지 뭐. 또 핑계고 거짓말이겠지."

소희는 입을 삐죽이며 투덜대더니 문득 뭔가 생각난 듯 제 옷섶에 손을 넣어 여인네의 장신구를 하나 꺼냈다. 백동판 위에 꽃 모양의 떨새[59]를 달아 형형색색으로 물들인 예쁜 떨잠이었다.

"그게 무어냐?"

"기억 안 나? 지난번에 은련사 땡초가 여보살하고 뒹굴다가 대웅전 바닥에 흘린 거잖아. 옥가락지는 됐고 대신 이거나 오라버니가 내 머리에 꽂아줘."

"네 머리에 떨잠 꽂을 데가 어디 있다고?"

"이것도 싫어? 아무 군말 않고 홍제원까지 가주려고 했더니만."

---

57 한성부의 중심인 오늘날 종로 네거리에 있는 종각.

58 작은 칼과 패물 따위를 파는 가게.

59 족두리나 비녀 따위에 다는 장식의 하나로 매우 가는 용수철 위에 새 모양을 붙여, 흔들리면 발발 떨게 되어 있다.

발칙하고 민망한 요구였다. 하나 소희를 설득할 다른 뾰족한 수가 없었다. 이목이 뜸한 구석으로 그녀를 끌고 가 머리 위에 떨잠을 살짝 꽂아주었다. 고개를 움직일 때마다 백동판 위의 떨새가 흔들리는 모습이 자못 고왔다.

"헤헤, 나 예뻐?"

짜증 가득하던 소희의 표정이 마치 갠 하늘처럼 활짝 풀렸다. 토끼 같은 앞니를 보이며 배시시 웃는 모습이 무척이나 귀여웠다. 뛰는 듯 나는 듯 가벼운 걸음으로 앞장서는 소희의 상큼한 뒤태가 염일규의 시야를 가득 채웠다.

이윽고 영은문 앞에 이르자 저편으로 수연옥 대문이 보였다. 소문에 청국인(淸國人)들이 자주 드나드는 기루라니 한시를 제법 흉내 낼 줄 아는 기녀가 적어도 한둘은 있을 법도 했다

그런데 내내 앞장서던 소희가 막상 수연옥에 이르자 들어가는 것을 한사코 주저하는 게 아닌가. 제 행색이 너무 초라해서 부끄럽다는 이유였다. 수연옥에는 옥잠과 보패로 화려하게 치장한 아름다운 기녀들이 즐비할 텐데 그런 곳에 길 먼지 잔뜩 뒤집어쓴 더러운 차림으로 들어가는 건 정말 딱 질색이라며 앙탈을 부려댔다.

"도성 안 기루도 여태 멀쩡히 심부름하던 소희 네가 아니더냐?"

"몰라, 암튼 여긴 왠지 이딴 꼴로 들어가기가 정말 싫단 말야."

"허어, 예까지 와서 네가 이러면 도대체 나더러 어쩌란 말이냐?"

"한 가지 방법이 있어."

"방법? 다시 또 옥가락지 타령을 하려는 건 아니고?"

"사람을 뭐로 보고! 이번엔 그런 게 아냐."

"그럼?"

원하는 게 있으면 거침없이 털어놓는 소희였지만 이번만큼은 짐짓 뜸을 들였다. 그런데 그 느낌이 묘했다. 소희가 그녀답지 않게 볼을 발갛게 물들이며 좀처럼 염일규와 눈을 맞추지 못했다. 그러더니 아주 작고 수줍은 목소리로 속삭이듯 말했다.

"나한테 장가오겠다고 약조해. 그럼 두말 않고 들어갈게."

"뭐라?"

그야말로 뚱딴지 같은 억지 요구였다. 어안이 벙벙해 대꾸할 말조차 찾지 못했다. 난감해서 일단은 알았다고 고개를 끄덕였다. 그러고는 잔뜩 긴장한 표정으로 초조히 그의 대답을 기다리는 소희의 등을 수연옥 대문 안쪽으로 냅다 떼밀었다.

"뭐가 이리 쉬워? 분명 약조했다? 나중에 어기면 죽을 줄 알아."

소희는 염일규의 모호한 반응을 긍정인 양 제멋대로 간주해버렸다. 대문 안으로 떠밀리는 와중에도 재차 삼차 거듭해 못을 박았다.

떠밀리듯 수연옥 안으로 어색하게 들어온 소희는 마당을 가로지르던 중노미와 마주쳤다. 다짜고짜 중노미를 붙잡고는 한시를 읊을 줄 아는 기녀가 있는지 물었다. 중노미는 행수 기생 조란이 한시를 줄곧 읊었던 것 같으니 직접 만나 물어보는 편이 나을 거라고 대답했다.

'젠장, 하필 행수고 지랄이야. 으리으리한 기루의 행수 기생이 나 같은 년을 만나줄 리 없잖아!'

주눅이 들어 어깨가 절로 움츠러들었다. 하지만 부채의 주인을 찾아낸다면 염일규가 무척 기뻐할 거라고 생각하니 갑자기 없던 용기가 솟아올랐다. 중노미를 보내고 나서 기루 안 정원으로 기웃기웃 발을 몇 걸음 더 들여놓았다. 그러자 밖에서 봤던 것과는 전혀 다른 별천지가 병풍처럼 펼쳐졌다.

난생처음 보는 장관이었다. 정원 안은 커다란 나무들로 가득 우거져 울창한 숲을 이뤘고 정원석은 하나같이 기암괴석들로 수려함을 뽐냈다. 수문장처럼 입구를 지키는 아름드리의 금강송[60]에는 듣도 보도 못했던 희귀한 새들이 가지마다 앉아 저마다 아름다운 소리로 지저귀고 있었으니 눈을 감으면 마치 금강산 깊숙이 들어온 기분을 한껏 만끽할 수 있었다.

수려한 경관에 소희는 그만 넋이 빠졌다. 정원석 한 귀퉁이에 쪼그려 앉아 한동안 멍하니 그대로 있었다. 차츰 온몸이 나른해지며 눈이 스르르 감겼다. 나무 내음 잔뜩 섞인 바람이 소희의 코끝을 기분 좋게 간지럽혔다.

---

60 소나무.

갑자기 사람들 발소리가 들렸다. 깜짝 놀라 눈을 뜨니 정원 안 저쪽에서 한 떼의 기녀들 움직임이 시야에 들어왔다. 그들은 빠른 걸음새로 어딘가로 향하고 있었는데 선두는 스물두 살쯤으로 보이는 젊고 아리따운 기녀였다. 뒷자락에 잔뜩 붙은 무리는 동기(童妓)[61]들이었다. 화려한 차림새로 미루어 보건대 그녀는 이곳에서 제법 지위가 있는 기녀가 틀림없었다.

"뭐야? 행수인 내가 왜 어디서 굴러먹다 왔는지도 모르는 계집년 잡시중까지 들어야 하는 건데?"

조란은 저마다 손에 대야와 무명천 따위를 들고 따르는 동기들에게 큰소리로 툴툴거렸다. 어머니의 엄명이니 어쩔 수 없었지만 그녀는 불만이 한가득이었다. 일찍이 조미는 기생 딸인 조란더러 아리의 출산은 물론 산후 조리까지 직접 정성을 다해 챙기라고 엄명을 내렸고, 이후 거듭된 조란의 항의와 불평에도 전혀 꿈쩍하지 않았다.

어머니의 엄명도 엄명이지만 조란은 흑도의 태도 역시 이해가 가지 않았다. 곧 목숨을 거둘 계집이라며 말할 땐 언제고 지금 와서 아이까지 곱게 낳도록 눈감아주는 까닭을 도무지 알 수가 없었다. 진짜 흑도 오라버니의 씨가 아닐까? 그런 의심이 나날이 깊어져 갔다. 그런 탓에 정원 별채에 하루 종일 자빠져 누워 있는 아리만 보면 약이 오르고 배알이 뒤틀렸다. 정말 아리가 꼴도 보기 싫었다.

---

61 아직 머리를 얹지 아니한 어린 기생.

"너희들끼리 들어가렴. 난 더는 못해먹겠다."

아리가 머무는 별채 앞에 이르자 조란은 걸음을 우뚝 멈추고 물품을 든 동기들만 안으로 들여보냈다. 그리고 마당에 침을 퉤 내뱉은 뒤 왔던 길로 되돌아갔다. 몇 걸음을 걸었을까. 갑자기 숲속에서 누군가 불쑥 튀어나와 그녀의 앞을 막아섰다.

"에구머니나!"

조란이 소스라치며 짧은 비명을 질렀다.

"어머, 너 뭐야? 애 떨어질 뻔했잖아!"

소희였다.

"기생이 무슨 애를 뱄다고 애가 떨어져?"

"요것 봐라, 쪼그만 게 혓바닥이 반쪽이네."

"반쪽이든 두 쪽이든, 언니가 여기 행수야?"

"요게 자꾸 반말질은! 그래, 내가 행수다, 이년아."

약이 오른 조란이 소희에게 꿀밤을 먹이려 팔을 쳐들었다. 그때 소희가 품에서 뭔가를 꺼내 조란 앞에 쑥 내밀었다. 부채였다.

"어!"

접부채, 아니 파초선을 본 조란의 눈이 휘둥그레졌다. 소희가 접부채를 활짝 펼쳐 보이기까지 하자 눈을 더욱 크게 떴다.

"그게 왜 네 손에?"

접부채의 속살 위에 고르게 발린 선면(扇面)의 한시는 분명 자신의 손으로 직접 쓴 것이었다. 흑도 오라버니 손에 있어야 할 파초선이 어찌하다 요 어린 계집년 품속에서 튀어나온단 말인가. 조란은 본능적으로 파초선을 빼앗으려 손을 뻗었다. 그러나 소희는 잽싸게 접부채를 등 뒤로 감췄다.

"너 그 부채 이리 못 내?"

"싫거든."

"파초선, 그거 내 거야. 얼른 이리 줘!"

"파초선? 언니 거야, 그럼?"

"그래, 내 거 맞대도. 너 따위가 갖고 있을 물건이 아니야."

"…."

"뭐 해? 알아먹었으면 얼른 내놔야지."

하지만 소희는 돌려줄 생각이 없었다. 게다가 부채를 돌려주는 건 염일규가 시킨 심부름이 아니었다. 소희가 한 걸음 살짝 뒤로 물러서자 애가 탄 조란이 부채를 빼앗으려 앞으로 달려들었다. 소희는 날쌘 동작으로 조란의 손을 요리조리 피했다. 조란은 계속 허공만 휘저을 뿐 부채는커녕 소희의 옷자락조차 잡아채지 못했다. 이내 가쁜 숨을 몰아쉬다 마침내 지쳐 바닥에 털썩 주저앉았다.

"헉헉, 좋아, 그런데 하나만 묻자. 그게 왜 네년 손에 있어? 설마 흑도 오라버니가 준 건 아니지?"

조란이 숨을 힘들게 몰아쉬며 소희에게 물었다.

"흑도?"

"그래, 흑도 오라버니가 혹시 너한테 준 건 아니냐고!"

순간 소희의 이가 빠득 갈렸다. 흑도라면 소희 자신의 등짝에 애
꿎은 칼침을 놓은 그 개아들 놈 이름 아닌가.

아무튼 눈앞의 기녀가 접부채의 주인임을 확인한 이상 소희는 자
신이 얻어야 할 대답은 다 들은 셈이었다. 더는 쓸데없는 대거리를
주고받으며 이곳에서 머뭇댈 까닭이 없었다. 기루 사람들이 몰려들
어 발목 잡히기 전에 서둘러 이 자리를 떠야 했다.

"음, 그렇단 말이지. 하지만 지금은 돌려줄 수 없네. 미안!"

말을 마침과 동시에 소희는 재빨리 몸을 돌려 들어왔던 길로 되
돌아 뛰었다. 화들짝 놀란 조란이 얼른 몸을 일으켜 그 뒤를 쫓
았다. 하지만 다람쥐처럼 내달리는 소희의 달음질을 도저히 따라잡
을 수 없었다. 게다가 치렁치렁 긴 치맛자락에 자꾸 발이 걸려 나자
빠지기 일쑤였다.

조란은 따돌렸지만 접부채를 내놓으란 악다구니가 계속해 소희
의 귓등을 때려댔다. 정원을 완전히 빠져나올 때까지 소희는 단 한
순간도 달음질을 멈추지 않았다.

마침내 소희는 수연옥 대문을 용수철 튀듯 빠져나왔다. 그제야
비로소 턱까지 차오른 숨을 고를 수 있었다. 헐떡이는 가슴을 부여
잡고 염일규에게 전했다.

"헉헉, 드디어 찾았어. 부채 주인."

소희가 허리를 굽혀 무릎을 짚은 채 숨을 고르며 간신히 말했다.

"정녕 찾았단 말이냐? 대체 누구더냐?"

흥분한 염일규가 소희의 양어깨를 붙잡아 일으켜 세웠다.

"일단 자리 좀 옮기고."

소희는 먼저 주위를 살핀 뒤 재빨리 염일규의 손목을 잡아끌고 담장 모퉁이를 끼고 돌았다.

"징그러운 년. 아직까지도 귀가 멍멍하네."

소희는 귓바퀴를 손바닥으로 몇 차례 비비며 짐짓 뜸을 들였다.

"허허, 그만 애태우고 어서 말해보래도."

"이곳의 행수 계집 같은데 부채가 자기 거래. 그리고 그년 주둥이에서 흑도란 그 개아들 자식 이름도 튀어나왔어."

'드디어 찾았구나!'

염일규의 입에서 탄성이 터져 나왔다. 그토록 찾아 헤매던 부채 주인의 소재는 물론 흑도가 이곳에 드나든다는 사실까지 함께 알아냈으니 소득이 이만저만한 게 아니었다. 이제 적당한 기회를 잡아 놈을 도륙할 일만 남은 셈이었다. 아니, 그전에 놈에게 아리의 생사와 행방을 물어야 했다. 살아 있다면 어디에 있으며, 죽었다면 어디에 묻었는지 놈의 숨을 끊기 전에 똑똑히 들어야만 했다.

염일규는 생색내느라 한껏 들뜬 소희의 손을 잡아끌고 서둘러 수연옥 앞을 떴다. 일단 소희는 은련사로 돌려보내고 밤이 깊은 뒤 홀로 다시 와 기루 안으로 몰래 잠입할 생각이었다.

"근데 오라버니, 하나 물어볼 거 있어."

"뭔데 그러냐?"

"오라버니 정말 그 계집이랑 아무 사이 아닌 거 맞지?"

은련사로 돌아가는 내내 소희는 똑같이 묻고 또 물었다. 혹시 수연옥의 행수 계집이 염일규에게 정표 삼아 부채를 선물한 건 아닌지 저 혼자 엉뚱한 상상에 빠져 쓸데없이 불안해했다.

"거참, 몇 번을 말해야 알아듣겠느냐? 난 그곳 행수를 알지도 못하고, 만난 적도 없구나. 게다가 그 계집이 제 입으로 흑도에게 줬다고 했다면서?"

"그랬지."

"한 번 생각해봐라. 만일 그 계집과 내가 아는 사이라면 부러 이토록 곤하게 부채 주인을 찾았겠느냐, 안 그러냐?"

"맞아, 맞아. 바보같이 내가 그 생각을 못했네."

그래도 소희는 마음이 영 놓이지 않는 표정이었다. 수연옥에서 맞닥뜨린 행수 기생이 제 눈에 어지간히 예뻤던 모양인지 혹시나 그녀와 마주치게 되면 마음을 뺏길 수 있다며 만나지 말라고 신신당부했다.

"피이, 사내란 원래 어리고 예쁜 여자를 좋아하니까."

"녀석, 행수보다는 네 쪽이 훨씬 더 어리고 예쁘지 않느냐?"

"헤헤, 하긴 그렇지만!"

염일규가 머리를 부드럽게 쓰다듬어주자 소희는 불안이 한결 가신 얼굴로 배시시 웃었다. 그러자 여느 때처럼 토끼 같은 앞니가 하얗게 드러났다.

조란은 도무지 분이 삭지 않았다. 어찌하다 자신이 선물한 파초선이 듣도 보도 못한 쥐방울만한 년 손에 들어간 걸까. 화가 머리끝까지 치밀어 눈물이 다 났다. 당장이라도 흑도 오라버니에게 따져 듣지 않고는 한순간도 못 견딜 것 같았다. 부리나케 조미의 처소로 달려가 당장 흑도와 만나야 한다며 떼를 써댔다. 조미의 반응은 시큰둥했다. 또 시작이구나, 하며 몹시 귀찮아했다.

"도련님께선 관직에 매인 몸 아니시더냐? 해서 신시(申時)는 지나야 오실 테니 그때 가서 물어보려무나."

방서재, 흑도는 연일 강행하는 호련대 훈련에 묶여 있었다. 조만간 있을 효종의 장릉 행차를 대비하는 경호 훈련이라 숨 돌릴 틈조차 주어지지 않았다. 관무재 이후로 효종의 얼굴을 직접 볼 기회는 단 한 번도 없었다. 임금 대신 허수아비를 세워놓고 방진(方陣)[62] 훈련만 거듭할 뿐이었다. 본래 호련대는 임금의 어가 수행이 주 본임인지라 외부 행차가 있지 않는 한 임금의 그림자조차 보지 못하는 게 당연했다. 효종이 호련대 훈련장까지 몸소 나와본다면 그때를 노려볼 만도 했지만 그런 행운은 일어나지 않았다.

그날 밤늦도록 흑도는 수연옥을 찾지 않았다. 낮 동안 내내 씩씩대며 분통을 터트리던 조란은 날이 저물면서 차츰 기분이 침울해지더니만 급기야 심한 자괴감에 빠져 허우적대기 시작했다. 사내들에게 술과 웃음을 파는 헤픈 계집인 까닭에 흑도가 속정을 내주지 않

---

62 병사들을 사각형으로 배치하는 진.

는 거라고 스스로를 비하하고 할퀴었다. 손님 받는 일은 나 몰라라 내팽개치고 제 방구석에 혼자 틀어박혀 연신 눈물만 찍어댈 뿐이었다. 결국 보다 못한 조미가 조란의 처소를 찾았다. 조란은 조미가 병든 몸을 끌고 방 안에 힘들게 들어서는데도 본체만체하며 훌쩍훌쩍 울기만 했다.

"조란아, 도련님에게서 그만 정을 떼거라."

조미의 말투는 평소와 달리 매우 무겁고 근엄했다.

"갑자기 그게 무슨 말씀이세요, 어머니?"

조란이 깜짝 놀라 눈을 휘둥그레 뜨며 물었다.

"곧 거사를 치를 몸이시다. 그분 가시는 길을 방해해서는 결코 아니 되느니."

대답이 싸늘했다.

조란은 갑자기 불길해졌다. 혹도 오라버니가 마음을 내주지 않는 거야 어제오늘 일도 아니고 그때마다 눈물을 뿌려가며 나름 익숙해져가던 터였다. 언젠가 진심을 알아줄 날이 오리라 믿으며 버텨볼 생각도 없지 않았다. 하지만 조미의 대답은 어딘가 모르게 무섭고 섬뜩했다. 큰일이 있는 게 분명했다.

며칠 전 수상한 노선비 일행이 수연옥을 다녀갔던 일이 문득 조선의 뇌리에 떠올랐다. 그날 이후로 혹도 오라버니의 분위기가 낯설게 느껴졌다. 마치 큰 전쟁을 앞둔 장수처럼 일거일동(一擧一動)이 돌처럼 굳어 있었고, 얼굴은 무언가에 쫓기듯 긴장한 표정이었다.

그런 모습은 조란에게는 처음이었다. 조란은 조미의 말이 왠지 그 일과 전혀 무관하지 않은 것 같아 마음이 납덩이처럼 무거웠다. 그녀가 모르는 새 어떤 무시무시한 큰일이 진행되고 있는 게 틀림없었다. 불길한 예감에 몸이 파르르 떨렸다.

염일규는 소희를 은련사에 데려다준 뒤 밤늦게 수연옥을 다시 찾았다. 술손님을 가장해 잠입한 염일규는 곳곳을 살폈지만 그 어디에도 흑도의 모습이나 흔적은 보이지 않았다. 행수 기생을 찾아 흑도의 행방을 묻고자 했으나 심부름하는 중노미 말이 그날따라 행수가 처소에서 두문불출하며 아무도 상대하지 않는다는 것이었다.

행수를 만날 수 없다면 취객들 왕래가 뜸한 정원 깊숙이까지 직접 둘러보는 수밖에 없었다. 그곳에 흑도의 은신처가 숨어 있을지도 모르는 일이었다.

서너 걸음 더 깊이 안으로 들어서자 과연 소희가 이른 대로 별천지와 다름없는 커다란 정원이 눈 앞에 드러났다. 염일규는 깜짝 놀라 눈을 의심했다. 갑자기 맞닥뜨린 수려한 경관에 감탄조차 입에서 나오지 않았다.

그런데 문득 정원 건너편에서 갓난아기 울음소리가 들리는 듯했다. 아마도 기둥서방 혹은 술손님과의 사이에서 잉태한 아이를 낳아 몰래 기르는 기생 계집이 사는 것이리라. 염일규는 자석에 이끌리듯 울음소리가 나는 방향으로 향했다.

이윽고 정원이 끝나는 중문을 지나자 나지막한 담장이 염일규 앞을 가로막았다. 담 너머에는 화려하고 요란스럽게 장식한 다른 집 채들과 달리 매우 질박(質樸)한 작은 살림채가 있었다. 그때 마침 중년 이낙과 어린 기생 한둘이 소반이나 광주리를 들고 집 안팎을 바쁘게 드나드는 모습이 보였다. 누군가의 산후 뒷수발을 드는 모양새였다.

염일규는 문득 아리의 부른 배를 떠올렸다. 아리가 아직 살아 있어 출산했다면 산달이 이맘때이겠거니 싶었다. 가슴에서 무언가 울컥 치밀어 목젖이 뭉근하고 눈시울이 뜨뜻해졌다. 하지만 감상에 젖을 때가 아니었다. 아리의 원수를 갚자면 어서 빨리 흑도를 찾아 도륙해야 했다. 동요하던 감정이 어느 정도 추슬러지자 염일규는 다른 곳을 돌아보기 위해 서둘러 살림채 앞을 떠났다.

은련사에 버려진 소희는 단단히 뿔이 났다. 따라가겠다며 한사코 졸라댔지만 염일규가 매몰차게 거절하고 혼자 가버렸기 때문이었다. 아무리 생각해도 이유는 뻔했다. 수연옥 행수가 가히 천하절색(天下絶色)이라는 말을 낮 동안 내내 귀에 못이 박히도록 들었으니 잠자던 음심이 불끈한 게 틀림없었다. 절세 미녀가 손 닿는 곳에 있다는데 과연 세상 어느 사내가 모른 척 지나갈 수 있을까. 하지만 생각할수록 패씸했다. 자신을 개똥 취급하고 수연옥 행수 기녀 따위에 정신이 팔려 도망쳐버린 염일규가 너무 얄밉고 원망스러웠다.

'쳇, 나나 그년들이나 몸 파는 천한 년이긴 매한가지인데 뭘!'

하지만 자신은 어엿한 고급 기루가 아닌 길바닥에서 사내들을 상대하던 애사당이었다. 그 탓에 괄시당한다고 생각하니 서러움이 울컥 북받쳐왔다.

'아니야, 설마 그랬다면 나한테 장가오겠다고 약조했겠어?'

소희는 애써 고개를 가로저었다. 염일규가 그런 생각까지 했을 리는 없다고 믿고 싶었다. 분명히 염일규에게 장가들겠다는 약조까지 받아놓은 터였다. 물론 건성건성 지나가듯 말로만 정한 약조인지라 마음이 놓이지 않기는 했다. 그래도 약조는 약조였다.

'오라버니 마음을 붙잡을 묘수가 어디 없을까?'

구들장을 데굴데굴 구르며 아무리 고민해봐도 딱히 수가 없었다. 주지 오라비 말마따나 매일 밤 정성을 다해 탑돌이[63]라도 하면 불쌍히 여긴 부처님께서 소원을 들어주실지도 모른단 생각이 들었다. 그렇다면 기왕 마음먹은 걸 내일로 미룰 까닭이 없었다. 당장 오늘 밤부터 시작하기로 했다.

소희는 마당에 나가 합장이랍시고 두 손을 어설프게 모으고는 탑 주위를 빙빙 돌았다. 그러기를 십 수 번쯤 했을까, 돌면 돌수록 괜한 상념들만 몰려들었고 머리가 터질 것 같았다. 마침내 이런 일조차 부질없단 생각에 땅바닥에 털썩 주저앉고 말았다.

그때였다. 어느 젊은 여인이 발소리를 죽인 채 빠르게 절간 마당

---

63 초파일에 절에서 밤새도록 탑을 돌며 소원을 비는 행사.

으로 들어섰다. 검지주색천⁶⁴을 두른 육각형 전모(氈帽)⁶⁵에 몸종 하나 없는 걸로 보아 영락없이 밤 마실 나온 기생이었다.

'이 한밤중에 기생년이 절간엔 왜? 혹시 땡중 오라비가 불러들인 건가?'

그런데 전모 아래로 언뜻 드러난 낯이 눈에 몹시 익었다. 그날 낮에 수연옥에서 마주쳤던 행수 조란이었다.

소희는 아는 척 나서려다가 조란의 심기가 심상찮은 듯해 얼른 탑 뒤로 몸을 숨겼다. 자신을 내팽개치고 수연옥으로 달려간 염일규가 생각났다. 정작 행수 조란은 이곳 은련사에 와 있으니 염일규는 헛발품만 판 셈이다. 깨소금이다 싶어 피식 웃음이 나왔다.

마당을 가로지르던 행자(行者)⁶⁶에게 주지의 처소를 묻는 조란의 목소리가 어렴풋이 들렸다. 역시 땡중 오라비가 끓어오르는 음심을 참지 못하고 사바(娑婆)⁶⁷ 세계의 여인을 절 안까지 끌어들인 게 분명했다.

'그런데 좀 이상하잖아?'

의아스러운 데가 있었다. 수연옥처럼 큰 기루의 행수 기녀라면 제법 행세할 만도 한데, 그것도 절세 미녀인 그녀가 대체 뭐가 아쉬워서 이 조그만 절간 민대가리 주지와 밀회를 나누려 야행을 자처

---

64 기생들이 쓰는 모자인 전모에 두르는 천.
65 여자들이 나들이할 때 쓰던 모자.
66 승려가 되기 위하여 출가한 사람으로서 아직 계를 받지 못한 사람.
67 괴로움이 많은 인간 세계.

했을까. 대체 어찌하다 땡중 오라비와 그렇고 그런 관계에 놓인 걸까. 이런저런 궁금증이 꼬리에 꼬리를 물었다.

이윽고 행자승의 안내를 받아 조란이 천천히 발걸음을 옮겼다. 소희도 기척을 죽이고 조란의 뒤를 조심스레 밟기 시작했다.

한밤중에 주지의 처소에 든 조란은 다짜고짜 돈꿰미부터 꺼내놓았다. 주지가 의아한 얼굴로 쳐다보자 조란은 주저 않고 용건을 꺼냈다.

"스님, 용한 부적 한 장만 부탁드릴게요."

"부적이라면 무당을 찾아가셔야지요."

"할미 신, 동자 신 따위가 부처님 공력에 비할까요? 사람 목숨 하나 살리는 셈치고 기도발 제대로 받는 부적 하나 써주세요."

"사람 목숨이라니요?"

"제발요. 바보 같은 제 정인이 죽을 길을 고집한답니다. 제발 죽지만 않게…."

은련사로 오는 동안 얼마나 울었는지 조란은 눈두덩이 통통 부어 있었다. 조미를 붙들고 집요하게 혹도의 일을 캐묻다가 거사 계획을 일부나마 듣고 말았기 때문이었다. 조란은 어떤 수를 써서라도 정인을 살리고 싶었다. 갖은 궁리 끝에 결국 은련사까지 달음질하듯 찾아온 것이었다. 무사히 생환하도록 영험한 부적을 마련해주고 부처님 앞에 치성을 드리는 것만이 조란이 정인을 위해 할 수 있는 최선이었다.

"자, 일단 진정하시고 사연부터 말씀해주세요. 자초지종을 알아야 부적을 쓰든 염불을 읊든 시주님을 위해 뭐든 할 수 있지 않겠습니까? 대체 무슨 일입니까?"

"그건 말할 수 없어요. 그리고 스님께서 아셔봐야 괜한 화만 입으실 거예요. 제발 그건 묻지 마시고…."

조란의 눈에서 닭똥 같은 눈물이 떨어졌다.

"참으로 딱하십니다. 시주님 사정도 모른 채 어리석은 소승이 어찌 돕겠습니까?"

보시[68]가 모자라 거절한다고 생각했는지 조란은 얼른 제 머리채에서 나비잠을 뽑아냈다. 손가락의 가락지들마저 모두 빼서는 돈꿰미 위에 얹었다. 당황한 주지가 말렸다.

"소승, 제 한 몸 입을 화를 겁내서야 어찌 불자로서 부처님을 섬긴다 하겠습니까? 시주님께선 그런 염려일랑은 붙들어 매시고 소승에게 모두 털어놓으셔도 될 것입니다."

주지의 설득에도 조란은 여전히 머뭇거리기만 했다.

"꼭 아셔야 하겠습니까, 스님?"

"정히 어려우시다면 말씀 안 하셔도 됩니다만…."

주지가 한 발 빼며 태도를 고쳤더니 조란이 살짝 당혹스러워 하는 기색을 내비쳤다. 그 짧은 사이 심경 변화를 일으켰는지 도톰한 아랫입술을 꽉 깨물고는 다짐받듯 주지에게 물었다.

---

68 불가에 연보하는 재물.

"비밀을 꼭 지켜주시겠지요?"

"불자가 허언을 내겠습니까? 걱정 놓으십시오."

"그게…. 제 정인이 임금님의 목숨을 노린답니다."

"네?"

입이 떡 벌어질 만큼 놀라운 이야기였다. 다시 말해 나라를 뒤집겠단 소리 아닌가. 하나 한낱 기루의 기둥서방 따위가 감히 이 나라 군왕의 목숨을 노린단 말인가. 허황되기 이를 데 없어 선뜻 믿기 어려웠다.

주지는 듣는 순간 괜한 걸 물었다고 후회했다. 만일 조란의 이야기가 사실이라면 역모가 분명했다. 게다가 뒤이은 이야기는 더욱 기가 막혔다. 얼마 뒤에 있을 임금의 노량진 행차를 틈타 조란의 정인이 임금의 목숨을 끊을 것이라고 했다. 정인이 위험천만한 중임(重任)을 마치고도 목숨을 부지해 무사히 돌아올 수 있도록 부적을 쓰고 치성을 대신 올려달라는 것이 조란의 간곡한 청이었다.

나무아미타불. 청을 들어주기는커녕 당장이라도 포도청이나 사헌부로 달려가 고해야 할 판이었다. 잠자코 있다가 나중에 일이 틀어진다면 역모에 가담한 죄로 주지는 물론이고 은련사 중들 모두 끌려가 줄줄이 목이 잘려나갈 게 불 보듯 뻔했다.

이러지도 저러지도 못할 난감한 상황이었다. 조란의 청대로 부적을 써주고 되돌려 보내자니 자칫 사찰이 박살 날 수 있었고, 그렇다고 면전에서 울음보 터트리는 그녀를 관아에 밀고하자니 불제자로

서 할 짓이 아니었다. 조란이 털어놓은 이야기는 결코 밖으로 새어
서는 결코 안 됐다.

그러나 이미 늦은 걱정이다. 처소 밖에서 몰래 엿듣던 소희는 얼
굴이 파랗게 질리고 온몸이 부들부들 떨렸다. 조란이 지칭하는 정
인은 염일규가 눈이 벌게져서 찾고 있는 흑도란 사내가 틀림없
었다. 염일규와 흑도의 악연은 한 번도 상세하게 들은 바 없어 잘
몰랐지만 염일규가 흑도에게 복수를 다짐하던 모습만큼은 누차 보
았다. 흑도란 놈, 길 가는 처자 등짝에 고약한 행패나 부리는 양아
치인 줄 알았는데 나라를 뒤집겠다는 엄청난 생각까지 품고 있었다
니 정녕 그만큼 대담하고 배포 큰 녀석이었단 말인가.

마냥 감탄하며 넋 놓고 있을 때가 아니었다. 염일규가 돌아오는
대로 서둘러 모든 사실을 알려야 했다. 역모에 발을 들인 놈과는 원
한이든 복수든 결단코 모두 잊으라고 말려야 했다. 그런 모난 놈과
얽혀서는 목숨이 열 개라도 모자랄 수 있었다. 지금으로선 그저 아
무도 모르는 곳으로 도망가는 편이 상책이었다. 그곳에서 소희는
오라버니와 단둘이서 애 낳고 오순도순 재미지게 살고 싶었다. 그
러자면 일단 놈과 오라버니가 부딪치는 일부터 막아야 했다.

열무식(閱武式)

원종(元宗)과 인헌왕후(仁獻王后)의 묘인 장릉에서 제사를 마친 효종의 어가 행렬은 서둘러 김포를 출발해 노량진 방향으로 바쁘게 움직였다. 제사 절차를 두고 사소한 차질을 빚는 바람에 예정보다 두 참[69]가량 시간을 지체한 탓이었다.

행렬은 크게 세 부분으로 나뉘었다. 먼저 선두에는 의장기를 든 기마 군관들이 앞장섰다. 좌우에는 사각형의 대기치(大旗幟)[70]가 늘어섰으며 중앙에는 좁고 긴 고초기(高招旗)[71]가 휘날렸다. 그리고 백

---

69 두 역참 사이의 거리 또는 그에 걸리는 시간.
70 진중(陣中)에서 방위를 표시하던 깃발.
71 군대를 지휘하고 호령하는 데 쓰던 군기.

118

호(白虎)기, 현무(玄武)기, 주작(朱雀)기, 청룡(靑龍)기가 그 뒤를 잇듯이 따랐다. 그 사신기(四神旗)가 끝나는 지점에서는 취타수(吹打手)[72] 등으로 구성된 취악대가 악기를 연주했다.

임금의 어기는 행렬의 중심부에 위치헸다. 이가 좌우에는 내금위장과 어영대장이 바짝 붙어 임금을 근접 호위했고, 그 주위로 오십명의 호련대가 삼엄한 경계를 취하며 보조를 맞췄으며 외곽은 내금위 군관들로 빼곡히 둘러싸여 있었다. 그로부터 약간 거리를 둔 곳에는 겸사복의 기병대가 경호진을 유지하며 이동했다.

후미에는 인선왕후(仁宣王后) 장씨의 가마와 안빈 이씨, 숙의 김씨 등 비빈들의 가마가 질서 정연하게 뒤를 따랐다.

흑도는 호련대에 섞여 있었다. 거사의 순간이 다가올수록 점차 초조해졌다. 목적지인 노량진에는 무려 일만 삼천여 명의 군병들이 효종이 도착하기를 눈이 빠져라 기다리고 있을 터였다. 때문에 그곳에 도착한 뒤 효종을 죽이고 안전하게 몸을 빼기는 불가능했다. 그전에 거사를 치러야 했다. 그러나 그리 녹록지는 않았다. 예상과 달리 효종의 경호는 느슨한 부분이 없었다. 특히나 내금위장과 어영대장은 임금에게서 잠시도 눈을 떼지 않았다. 섣불리 달려들었다간 칼과 화살 세례만 자초할 게 뻔했다. 급습에 적당한 장소와 진용(陣容)[73]이 흐트러지고 경계가 이완되는 호기(好期)를 잡아야 했다.

---

72 군대에서 관악기와 타악기를 연주하던 군사.
73 진영(陣營)의 상태.

이윽고 어가 행렬이 양화진에 이를 즈음이었다. 좁은 고갯길에다 경사가 있어 행렬의 앞뒤가 구렁이처럼 길게 늘어졌다. 자연스럽게 내금위와 겸사복의 경호 진용이 느슨해지며 호위 벽이 얇아졌다. 게다가 오르막길이라 다들 숨이 차는지 경계심이 다소 이완되는 눈치였다. 흑도는 이때다 싶었다. 아무도 눈치채지 못하도록 칼집에서 슬며시 검을 뽑았다. 바로 곁에 있던 호련대 군교가 알아챘지만 이미 허리를 베인 후였다. 끔찍한 단말마가 났고 다른 군교 둘이 연이어 쓰러졌다. 삽시간에 어가 행렬은 아수라장이 됐다. 당황한 내관들과 궁녀들의 비명이 한데 뒤섞였다. 제일 먼저 정신을 차린 호련대 군교들이 어가를 둘러싸고 저마다 검을 빼들었다. 내금위들도 한 겹의 호위 벽을 더 만들기 위해 빠르게 몰려들었다. 그러나 이미 행렬은 걷잡을 수 없이 전후좌우가 뒤엉켜 있었다. 흑도가 검을 휘두르며 날뛰었지만 그의 복장이 군교들과 똑같은 터라 피아를 구분하지 못하고 우왕좌왕할 뿐이었다. 더구나 말 위의 내금위장과 어영대장은 인파에 치여 쉽사리 접근하지 못했다.

"저놈이다. 저놈을 당장 베라!"

다급해진 내금위장 정인봉이 흑도를 가리키며 호령했다. 그러자 호련대 군교들이 호흡을 맞춰 사방에서 흑도에게 달려들었다. 동서남북으로 피할 곳이 없어 보였다. 갑자기 흑도의 몸이 하늘로 솟구쳤다. 한꺼번에 몰려드는 창검을 피해 새처럼 훌쩍 날아오르더니 곧바로 호련대 뒤편에 착지했다. 이어 커다란 호를 그리듯 크고 빠르게 검을 서너 번 내저었다. 호련대의 원진(圓陣)74은 단숨에 허물어졌고, 흑도의 검광이 번뜩일 때마다 군교 두엇씩이 붉은 피를 흩뿌리며 차례로 쓰러져나갔다. 조선 팔도에서 난다 긴다 하는 우수한 자들로만 뽑은 호련대였지만 흑도에게는 도무지 대수가 되지 못했다. 사소한 검 놀림조차 감당하지 못하고 가을 낙엽처럼 우수수 나동그라질 뿐이었다.

일각의 절반도 채 지나지 않아 호련대 군교들은 거의 전멸하고 말았다. 다음으로 내금위들이 흑도를 막아섰다. 실력으로 제압하기는 어렵다고 판단한 내금위들은 머릿수로 밀어붙이려 했다. 흑도는 몸을 팽이처럼 빙빙 휘돌리며 내금위들을 하나하나 상대해나갔다.

순식간에 팔과 손목들이 잘리고 핏방울이 공중에 튀었다. 건장한 사내들의 비명이 난무하는 사이 내금위의 열(列) 역시 수수깡 부러지듯 무너졌다. 반면 흑도의 쾌검은 섣불리 덤비지 못하는 내금위의 다음 열을 상대로 더욱 화려한 살인무(殺人舞)를 펼쳤다.

그러나 아무리 고강한 무공을 지닌 고지인이라 한들 파도처럼 몰아치는 공격을 완벽하게 피해내기란 불가능했다. 수차례 손목과 팔죽지를 찔리고 베였으며 옆구리와 허벅지에 깊은 상처를 입었다. 하지만 그뿐이었다. 대부분의 상처들은 피만 약간 흐를 듯하다가 곧바로 아물고 깊게 째지고 갈라진 중한 부위도 풀로 이어 붙이듯 금세 새살이 돋아났다.

---

74 둥글게 진을 침. 또는 그런 진.

"어찌 저런 괴이한 놈이 있을 수 있단 말인가?"

어영대장 이완은 어안이 벙벙했다. 두 눈으로 목도하고도 도저히 납득이 되지 않았다. 사람의 몸으로 어떻게 저런 일이 가능하단 말인가. 대체 무슨 묘법(妙法)을 쓰기에 창검에 찔리자마자 이내 회복된단 말인가. 저래서야 놈을 막아낼 재간이 없었다. 원거리에서 활을 쏘아 움직임을 늦춰볼 수는 있겠지만 임금의 어가와 워낙 가까워서 무턱대고 화살 비를 퍼부을 수도 없는 노릇이었다. 자신이 나서야 했다. 이완이 비호같이 몸을 날렸다.

"감히 어느 안전이라고 칼을 뽑는단 말이냐! 정체를 밝혀라!"

이완이 윽박질렀다. 흑도가 기다렸다는 듯 낯빛 하나 바꾸지 않고 답했다.

"몰라보겠느냐? 나는 소현세자 저하의 처남이자 억울하게 돌아가신 강빈 마마의 가제 강무웅이다."

흑도가 일갈하자 행렬 전체가 웅성거리기 시작했다. 그리고 그 소리는 어가 안에서 꼼짝하지 않고 사태를 주목하던 효종의 귀에까지 가닿았다. 효종의 얼굴이 얼음장처럼 창백해졌다.

"내 오늘 소현세자 저하로부터 보위를 훔친 도적놈의 목을 취할 것이니라. 그리하여 옥좌를 저하의 막내아들 이회에게 되돌릴 터, 내 앞을 막아서는 자는 이 검이 목숨을 부지하게 놓아두지 않을 것이다."

말이 떨어지기 무섭게 흑도는 이완부터 공격하기 시작했다. 마무리 지으려는 듯 흑도의 칼춤은 이전보다 훨씬 매섭고 격렬했다. 하나 별운검을 들고 맞서는 어영대장 이완은 호락호락한 상대가 아니었다. 수 합이 지나도록 이완을 떨궈내지 못했고, 뒤이어 내금위장 정인봉까지 힙세하니 호각지세였다.

한동안 승부는 평행선을 달리는 듯했다. 그러나 이완과 내금위장은 흑도에게 치명상을 입히지 못했다. 몇 군데 사소한 상처를 내긴 했지만 그마저도 금세 회복되어버렸다. 도리어 이편에서 진이 빠지고 말았다. 상처도 눈에 띄게 늘어갔다. 세 사람이 한데 뒤엉켜 싸우는 탓에 내금위 궁수들은 화살을 겨누기만 할 뿐 차마 시위를 놓지 못했다.

"너희들까지 죽일 이유는 없다. 어서 길을 터라."

예상보다 시간이 지체되자 흑도가 으름장을 놓았다.

"괘씸한 놈! 내 송장을 밟지 않고서는 단 한 발짝도 전하께 다가설 수 없을 것이다."

"네놈들이 스스로 명을 재촉하는구나. 정히 그렇다면야!"

흑도의 공세는 더욱 거칠어졌다. 게다가 이완의 기력이 점차 바닥을 드러내면서 몸놀림이 확연하게 느려졌다. 흑도가 그 허점을 놓칠 리 없었다. 이완의 목덜미를 향해 검이 빠르게 반원을 그렸다.

"잘 가시게!"

순간 이완은 끝장이라 생각했다. 저도 모르게 두 눈을 질끈 감았다.

"이얍!"

이완의 목덜미를 날카로운 검날이 가르려는 찰나, 우렁찬 기합과 함께 흑도의 옆구리를 누군가 강하게 치고 들었다. 취악대에서 대금을 연주하던 취타수였다. 그 취타수는 이완과 흑도 사이로 풀쩍 뛰어들어 돌진해 흑도의 균형을 일순간 허물어버렸다. 그리고 이를 틈타 대금을 재빨리 휘둘러 흑도의 검을 밖으로 쳐냈다.

그뿐이 아니었다. 취타수는 흑도의 명치를 겨누고 발차기를 내질렀다. 기습에 놀란 흑도가 황급히 몸을 굴렸다. 발차기는 빗나갔지만 취타수는 대금을 무기 삼아 흑도를 찔러갔다.

흑도는 취타수 따위와 상대할 때가 아니라고 판단하고는 살짝 몸을 틀어 피한 뒤 공중으로 솟구쳤다. 그러고는 이완을 향해 다시 검을 내리꽂았으나 이 역시 취타수가 방해했다. 쨍, 쇠붙이 부딪치는 소리만 요란했을 뿐 대금에 막혔다.

방금 전 소리로 미루어 보건대 취타수의 대금은 보통 대금이 아니라 철(鐵) 대금이었다. 흑도가 흠칫하며 한걸음 물러서자 취타수가 이완과 흑도 사이를 가로막으며 관모를 벗어던졌다.

"헉, 네놈은!"

흑도는 짧고 굵은 신음을 내뱉었다. 아는 자였다. 그것은 이완도 마찬가지였다. 철 대금을 단단히 쥐고 있는 자는 바로 염일규였다.

"흑도 네 이놈, 무고한 인명을 해친 것으로도 모자라 천하를 훔치려 든단 말이냐! 이번에야말로 네놈 사지를 비틀어주마."

사자후(獅子吼)를 토한 염일규는 말을 마침과 동시에 벼락같이 흑도에게 달려들었다. 두어 수를 속임수로 내지른 뒤 지면을 박차고 뛰어오르더니 쇠뭉치 같은 철 대금을 흑도의 정수리를 향해 내리꽂았다. 쩽하고 불똥이 튀며 쇳소리가 울려퍼졌다. 흑도의 검이 바로 코앞에서 염일규의 철 대금을 가까스로 막아냈다. 대신 몸은 강한 반동에 튕겨 멀리 나동그라졌다.

"더 덤벼보겠느냐? 아니면 순순히 목을 내놓겠느냐?"

일단 기세를 잡은 염일규는 넘어진 흑도를 내려다보며 물었다.

"염일규, 네가 낄 자리가 아니지 않느냐? 너와의 은원은 차후에 풀 것이니, 지금은 봉림에게 가는 길을 당장 열거라."

흑도가 비릿하게 웃으며 옷에 묻은 흙을 툴툴 털고 일어났다.

"닥쳐라, 이놈!"

염일규는 상대가 채 자세를 다잡을 틈도 없이 맹공을 퍼부었다. 아예 상대의 머리통을 박살 내버리려는 듯 철 대금을 이리 내리치고 저리 휘둘렀다. 내금위를 비롯한 군사들은 숨죽인 채 지켜보기만 했다. 이완과 내금위장조차 섣불리 끼어들 엄두를 내지 못했다.

이윽고 굵은 땀방울이 흑도의 턱을 타고 하나둘 떨어지기 시작했다. 호흡도 전에 없이 거칠어졌다. 급작스런 염일규의 출현에 평정심을 잃은 흑도는 점차 기세가 무뎌져갔다. 상대가 자신 못지않은 고지인이란 것도 그렇고, 또 지난번 대결 때 망설인 것과 결코 다르지 않은 이유 때문이었다. 상대가 누이 강빈에게 목숨 바쳐 충성했던 호위 무관의 아우란 사실이 영 거치적거렸다. 그래서 상대의 약점을 파악하고도 마음껏 검을 뻗지 못했다. 또 설득만 잘하면 장차 아군으로 끌어들일 수 있단 생각에 치명타를 날리기를 주저했다.

혹도의 내심이 이러했으니 대결은 이미 기울어진 운동장에서 벌이는 것과 다름없었다. 공세의 고삐를 잡은 염일규는 숨 가쁘게 혹도를 몰아붙였고 혹도는 막아내기에만 급급했다. 마치 불어난 홍수와 커다란 둑이 마주한 모양새랄까. 둑은 무너지지 않기 위해 안간힘을 다하는 중이었고 거센 물줄기는 힘찬 용틀임으로 그 둑을 깨려 들었다. 둑을 이루고 있던 흙 조각들이 하나둘 점차 떨어져나가더니 서서히 무너져 내렸다. 이대로라면 혹도의 머리가 염일규의 철 대금에 으깨지는 건 단지 시간문제일 뿐이었다.

수세에 몰린 혹도는 판세를 뒤집고자 계속 기회를 엿봤다. 그래야만 이 위기에서 목숨을 건질 수 있었다. 그러나 염일규가 휘두르는 철 대금에는 한 치의 망설임도 없었고 혹도를 죽이겠다는 일념만 가득했다.

더구나 검 대신 철 대금을 쓰는 염일규의 수법은 도무지 다음 수를 예측하기가 불가능했다. 조선의 검법과 왜의 검법을 뒤섞어 쓰는 탓이었다. 예전에는 혹도에 비해 공력이 턱없이 낮아 그 위력이 드러나지 않았으나 지금은 상황이 달라졌다. 공력까지 받쳐주자 염일규의 검술은 가공할 힘을 발휘하고 있었다.

쨍그랑!

귀청을 찢는 굉음이 진동했다. 이제까지 들리던 쇳소리와는 달랐다. 염일규의 철 대금이 흑도의 검을 반으로 동강 내는 소리였다. 당황한 흑도가 부러진 제 검을 얼른 내던지고 땅에 떨어져 있던 다른 검을 집어 들었지만 그 또한 대번에 두 동강이 났다.

"네놈 머리통을 박살 내면 신통한 공력으로도 어쩌지 못할 것이다. 어디 되살아날 수 있는지 두고 보자꾸나."

검을 잃고 보법조차 꼬인 흑도를 향해 염일규가 최후의 일격을 가했다. 그렇게 끝이 나는 듯했다. 그러나 흑도는 생각보다 영악했다. 가까이 있던 내금위 군교의 옷소매를 잡아끌어 인간 방패로 삼았다. 염일규가 황급히 몸을 뒤로 빼며 수를 거뒀다.

"어리석은 놈, 네 계집과 아이를 산 채로 보고 싶다면 어서 그 망할 철 대금을 거둬라."

궁지에 몰리자 흑도는 어쩔 수 없이 아리의 이야기를 꺼냈다. 염일규가 멈칫했다가 곧 노려보며 싸늘히 대꾸했다.

"네놈이 살고자 허튼 꾀를 내는구나. 집어치워라! 네 입으로 죽었다 하지 않았느냐?"

"천만에. 아직 살아 있다. 설마 나 강무웅이 그깟 천한 관비의 피 따위를 칼날에 묻힐 성싶더냐? 정녕 처와 아이를 보고 싶다면 썩 물러나는 게 좋을 게다."

아리가 살아 있다니, 게다가 아기까지 낳았다니. 염일규는 머릿속이 일순간 하얘졌다. 눈앞이 아득해지며 금방이라도 주저앉을 듯 다리에 힘이 풀렸다.

염일규가 혼란스러워하는 사이 흑도는 방패로 삼던 군교를 거칠게 내던지고는 포위망 바깥쪽으로 내빼기 시작했다. 그러자 내금위 궁사들이 기다렸다는 듯 일제히 놈이 도망치는 길 위로 화살 비를 내리퍼부었다. 그러나 화살 여러 대가 흑도의 어깻죽지와 종아리 등을 관통했음에도 끝내 탈출을 멈추지는 못했다. 구경하던 애꿎은 내관들과 궁녀들만 빗나간 화살에 다치거나 목숨을 잃었다.

곧바로 내금위 군사들과 겸사복 기병들이 도망하는 흑도의 뒤를 쫓았다. 하지만 정신없는 경황에도 염일규는 제자리에 못 박힌 듯 꼼짝도 하지 않았다. 석상처럼 굳어 미동도 보이지 않았다. 마치 모든 생각과 느낌이 완전히 마비된 사람 같았다.

'정녕 살아 있는 것이냐?'

철 대금이 그의 손아귀에서 스르르 미끄러져 떨어졌다.

송기문을 비롯한 서인들은 노량진에서 효종의 어가 행렬을 초조하게 기다리고 있었다. 정확히 말해서 그들이 기다렸던 것은 효종의 비보이자 흑도의 낭보였다.

예정보다 지체되자 그들은 거사의 성공을 기대했다. 그러나 저 멀리서 취악대 연주가 메아리쳐오고 곧이어 어가 행렬의 선두가 노량진에 모습을 드러내자 그들은 새파랗게 질렸다. 그리고 흑도의 실패를 직감했다.

　암살 시도에도 효종은 열무식 행사를 계획대로 밀어붙였다. 그러나 무려 일만 삼천여 명의 조선군이 그 장엄하고 화려한 열무식을 펼치고 있는데도 효종의 얼굴에선 미소가 보이지 않았다. 표정은 내내 차갑고 엄숙했으며 자세 또한 바위처럼 딱딱하게 굳어 있었다.

　대놓고 분노를 드러내지는 않으나 효종은 내심 부득부득 이를 갈고 있었다. 감히 백주(白晝)에 군왕의 목숨을 노리다니. 흉수는 물론이거니와 모역(謀逆)을 획책한 배후까지 반드시 밝혀 반도(叛徒)[75]의 싹을 뿌리째 뽑아내리라. 흉수 그놈이 제 입으로 강빈의 혈족이라 했고, 또 교동도에 비밀리에 이배(移配)[76]시킨 이회의 성명까지 내뱉었으니 불궤(不軌)[77]한 역도들을 색출하는 건 여반장(如反掌)[78]일 터, 다만 하나뿐인 조카이기에 목숨만은 보존하도록 했건만 이제 더는 그러지 못하리라는 것이 못내 가슴 아플 뿐이었다. 물론 아무것도 모르는 이회는 죄가 없고 억울할 것이다. 그러나 조카를 앞세워 헛꿈을 꾸는 자들이 계속 생겨나는 이상 삼촌으로서도 더는 이회를 살려둘 수 없었다.

　열무식을 마치고 궐로 돌아온 효종은 이완을 대전으로 불러들

---

75 반란을 꾀하거나 그에 가담한 무리.
76 귀양살이하는 장소를 옮김.
77 반역을 꾀함.
78 손바닥을 뒤집는 것처럼 일이 매우 쉬움.

였다. 그에게 긴밀히 묻고 싶은 것이 많았다. 일단 강무웅이 대체 어떻게 신분을 속이고 호련대에 섞일 수 있었는지 궁금했다. 아무리 생각해도 흉수의 잠입이란 정녕 섬뜩하고 고약한 일이었다.

"다친 곳은 어떠오?"

흉수와의 대결로 군데군데 부상을 입은 이완을 효종이 위로했다.

"전하의 어의가 정성스레 살핀 덕분에 신의 몸은 벌써 거뜬하오니 너무 심려 마시옵소서."

"다행이오. 내금위장 또한 부상이 만만치 않다 들었소. 내 어의에게 궐 안의 약재를 아낌없이 쓰라 명할 것이니 당분간 경들은 회복에만 전념하시오."

"성은이 망극하옵니다."

이완은 효종 앞에 강무웅에 관해 아는 대로 고했다. 그가 강빈의 남동생임은 이미 현장에서 자술(自述)했으므로 강빈 가문의 내력에 관해서만 부연 설명했다.

"거 이상한 일 아니오? 앞서 죽은 아비 강석기는 관작이 추탈됐고 어미는 처형당했다. 그리고 두 아들 모두 장살로 죽었다면서 강무웅 그놈은 대체 어디서 불쑥 튀어나왔단 말이오?"

"강석기의 서자라 하옵니다."

"서자?"

"예, 전하. 당시 놈은 용케도 옥사(獄事)를 피해 달아난 모양입니다. 이후 오래도록 민간에 숨어 제 가문의 복수를 꾀하다 지난 번

관무재에 응시한 것 같습니다."

"허어, 참으로 무서운 일이오."

효종이 허공을 향해 장탄식을 뱉었다.

"관무재에서는 놈이 방서재란 가명으로 응시하였습니다."

"방서재? 기억이 나는구먼. 과인이 호련대에 넣으라 직접 이른 자가 아니오?"

"맞습니다. 바로 그자입니다."

"허어, 참!"

"모든 것이 철두철미하게 살피지 못한 신의 불찰이옵니다. 죄를 엄히 물으소서."

이완은 몸을 낮추고 머리를 조아리며 벌을 청했다. 효종이 씁쓸한 웃음을 지었다.

"내 어찌 경에게 죄를 묻겠소? 과인에게 원한 품은 자가 세상에 적지 않은 탓인데."

"하나 신은 전하를 옳게 보필하지 못한 죄가 크옵니다."

"그만하오. 그렇지 않아도 운고가 상소를 올렸다오. 매우 영리하고 재빠른 자요."

송기문은 효종의 시해 소식을 듣자마자 어영대장 이완과 내금위장 정인봉에게 책임을 물어 파직하고 유배에 처하라는 상소를 올렸다. 효종의 수족을 잘라낼 핑곗거리를 호시탐탐 노리던 참에 강무웅의 습격을 이용하려는 여우 같은 수작이었다. 다음 수로 사헌부와 사간원을 동원해 빗발 같은 상소로 몰아치고, 동시에 조정에서는 저들끼리 사전에 입 맞춘 대로 이완과 정인봉의 처분을 공론화할 게 자명했다.

이미 효종은 강무웅의 배후가 저들임을 짚고 있었다. 증거는 없으나 십중팔구 서인 패당의 흉계였다. 그런데 도리어 그 사건을 이용해 역으로 이편을 치려들다니 간악함에 절로 치가 떨렸다.

그러나 섣불리 움직여서는 안 됐다. 먼저 확실한 증거를 손안에 넣어야 했다. 자칫 경솔하게 굴었다가는 선대의 정변을 반복해 초래할 위험이 컸다. 효종은 임금이 신하들 손에 끌려 옥좌에서 쫓겨나는 모습을 두 눈으로 똑똑히 보았다. 일단 이완에게는 궁궐 호위를 맡고 있는 금군 전원의 신원을 다시 살피고 원한이나 역심을 품을 만한 자는 없는지 철저히 가려내라고 엄명을 내렸다.

"감히 어가를 습격한 금일의 모역은 그냥 지나칠 수 없음이옵니다."

"옳은 말이오. 이 일은 마땅히 의금부가 나서야 할 터, 판의금부사를 뉘에게 맡기면 좋겠소?"

이완이 짧은 고민 끝에 답을 올렸다.

"도승지 유혁연이 적임일 듯하옵니다."

유혁연은 송기문과 견원지간(犬猿之間)인 남인(南人)으로서 이완과 쌍벽을 이루는 무장(武將)이었다. 대쪽 같은 성품에 사리가 분명한 유혁연이라면 전혀 흔들림 없이 모역의 시종과 배후를 만천하에 낱

낱이 밝혀낼 수 있을 것이다.

"도승지라, 알겠소. 참, 금일 자객을 막아낸 그 장한 취타수는 어찌 되었는고?"

"아뢰옵기 황공하오나 그자는 취타수가 아니었습니다. 호위 무관 염일주의 아우 염일규라는 자로서 예전에 전하께서 소신의 청을 가납하시어 구명하신 바 있사옵니다."

"어찌 그런 일이! 그렇다면 소현 형님을 따르던 호위 무관의 친동생이란 말이오? 기이한 인연이로세. 지난번에 과인이 그자를 구했더니 이번엔 그자한테서 구명지은(救命之恩)을 제대로 받았구면."

효종이 잠시 과거를 떠올리느라 손을 이마 위에 올렸다. 이완의 말마따나 효종이 염일주의 아우를 참수형에서 구한 것은 사실이었지만, 애초 염 씨 가문이 멸절된 것은 효종이 소현세자를 대신해 왕위를 이은 탓이었다. 그런 불편한 사연이 얽혀 있으므로 생각을 거듭하는 효종의 입에서 깊은 한숨이 연이어 새어나왔다.

지나갈 것 같지 않던 긴 하루가 드디어 저물었다. 이완은 밤이 한참 깊어서야 대전에서 빠져나올 수 있었다. 궐을 나서자마자 그는 곧바로 훈련도감 본청으로 향했다. 그곳에서는 염일규가 이완을 기다리고 있었다. 염일규는 아리와 아이가 살아 있다는 흑도의 말을 듣고부터는 이미 반쯤 넋이 나간 상태였다.

"그 변에서 전하를 구해내다니 정말 장한 일을 했네."

"망극한 일이오나 제게는 구해야 할 사람이 더 있습니다."

"자네 처를 말하는 겐가?"

"네, 전하를 노렸던 흑도란 놈이 제 처와 아이를 잡아두고 있습니다. 그리고 이참에 고할 것이 더 있습니다."

"고할 것이라니?"

이완의 다그침에 염일규는 멈칫하며 잠시 망설였다. 상황이 이렇게 벌어진 이상 고지인이라는 사실을 들키는 건 상대적으로 사소한 문제였다. 이완의 도움을 얻어서라도 아리와 아이를 구해내는 게 무엇보다 우선이었다.

"진작 모두 고했어야 하는데 이제야 말씀드리는 것을 용서하십시오."

몇 번의 심호흡 뒤에 염일규는 자신이 겪었던 모든 일들을 일사천리로 털어놓기 시작했다. 애초에 제주섬에 갔던 일부터 시작해 아리를 만나게 된 사연, 그리고 양귀 이고르에게 습격을 당해 불의에 고지인이 된 사정을 거쳐 사나다라는 왜인 사무라이와 기연을 맺게 된 이야기까지 솔직하게 고백했다.

이완은 스스로의 귀를 의심했다. 내내 눈을 휘둥그레 뜨고 입을 다물 줄 몰랐다.

"자네가 고지인이라니? 그 말이 참말인가?"

"네, 강무웅 그놈도 마찬가지입니다. 창검으로 아무리 베고 찔러 봐야 피 한 방울 흘리게 할 수 없지요. 고지인이기 때문입니다."

"역시 홍모이들에게서 들은 말이 사실이었군그래. 자네나 강무웅이나 같은 이유로 괴이한 능력을 갖게 된 것이고?"

"그렇습니다."

"그렇다면 도성 내외에서 잇따른 살변도 그놈 짓인가?"

"아마 그럴 겁니다. 흡혈 갈증을 못 이겨 저질렀겠지요."

"그렇다면 자네 또한 살변을 낼 수 있는 것 아닌가?"

"일리 있는 말씀입니다만, 저는 마성을 다스리는 운기법을 몸에 익힌 터라 어느 정도 견딜 만합니다."

"어느 정도라니, 그건 완벽하지 않다는 의미 아닌가? 마치 언젠간 자네도 강무웅 그놈과 같은 살귀(殺鬼)가 될 수도 있단 말로 들리는군그래."

이완은 매우 논리적이었다. 듣기가 편치 않았으나 반박하기도 어려웠다. 염일규는 송곳 같은 이완의 눈박에 마땅한 답을 찾지 못하고 입을 꾹 다문 채 시선을 내리깔았다. 염일규의 묵묵부답은 이완을 더 안달하게 했다. 해명을 기다리다 지친 이완이 이윽고 입맛을 쓰게 다시며 다시 물었다.

"혹도 그놈을 처치할 방법은 정녕 없단 겐가? 아무런 상처도 입힐 수 없다면 대체 어찌해야 우리가 그 흉악한 놈을 멈춘단 말인가?"

"약점이 없지는 않습니다."

"그래? 대체 그게 무언가?"

"목덜미입니다. 목을 몸통에서 온전히 베어낼 수만 있다면…"

염일규는 문득 하던 말을 멈췄다. 흑도의 약점은 염일규 자신의 약점이기도 했다. 자신의 목덜미에 꽂히는 이완의 시선이 갑자기 따갑게 느껴졌다. 불편한 표정을 감추지 못하는 염일규를 보며 이완이 크게 너털웃음을 터트렸다.

"안심하게. 설마 내가 자네 목을 노리겠는가? 우선 일단은 강무웅, 아니 흑도부터 추포하도록 하지. 그래야 놈을 사주한 막후를 캐낼 것이 아닌가?"

"…"

"놈에 관한 정보가 더 있거든 사소한 하나까지 모두 이야기해주게. 대신 내 자네에게 도움이 되어주지. 자네 처와 아이도 서둘러 구해야 하지 않겠나?"

이완의 요청대로 염일규는 이제껏 흑도의 뒤를 쫓으며 알아낸 정보들을 차근차근 들려주었다. 그러나 홍제원의 수연옥이 연관되어 있다는 사실만은 숨겼다. 의금부나 훈련원 군사들이 어설피 덮쳤다가는 어렵게 얻은 단서를 놓칠까 염려되어서였다. 자칫 흑도의 꼬리가 사라져서는 안 됐다. 염일규에게는 모역의 배후를 캐는 일보다 아리와 아이의 구출이 더 중하고 다급한 사안이었다.

따라서 염일규가 제공하는 정보는 중요한 변곡점(變曲點)[79]에서 툭 끊길 수밖에 없었다. 염일규는 할 이야기를 모두 마쳤다면서 갑자기 입을 꾹 다물어버렸다. 아무리 이완이 채근해도 고집을 꺾지

---

79 굴곡의 방향이 바뀌는 곡선 위의 점.

않았다. 결국 이완은 별수 없이 곤혹한 표정으로 그날의 만남을 마무리할 수밖에 없었다.

"밤이 너무 늦었으니 내일 다시 의논하도록 하지. 그리고 그 고지병(高地病) 말일세. 보통 사람으로 되돌릴 치료 방법은 없는지 그것도 함께 알아보세나."

"지금껏 제가 알아본 바로는 방도가 없었습니다."

"글쎄, 혹 훈련도감의 홍모이들이라면 뭔가 아는 게 있을지도 모르지."

이완은 훈련도감에 배속되어 홍이포 개량에 매달리고 있는 하멜 일행을 떠올렸다. 고지병이 홍모이들을 따라 들어온 역병 같은 것이라면, 치료의 실마리 또한 그들이 쥐고 있을지 모른다고 생각했다.

한편 은련사로 돌아오는 염일규는 발걸음이 천근만근이었다. 효종의 행차에 불쑥 끼어든 행동이 과연 잘한 일인지 자꾸 의문이 들었다. 애초 계획은 어가 행렬에 나타날 흑도를 끝장내는 것이었다. 하지만 결과적으로 놈을 놓치고 만 데다 나랏일까지 얽혀버렸다. 솔직히 효종이 암살을 당해 죽든 말든 염일규 입장에서는 전혀 상관할 바 아니었다. 금일처럼 흑도의 거사를 막는다든지 하는 괜한 참견은 어쩌면 아리의 안전을 한층 위태롭게 할 수 있었다. 하지만 물은 이미 엎질러졌다. 본의 아니게 효종과 이완까지 끌고 들어와버렸으니 그들의 개입은 앞으로 예측 불허의 변수로 작용할 수 있었다. 초조하고 불안했다. 복잡하게 꼬여버렸다는 낭패감과 더불어 나서지 말았어야 했다는 회의가 강하게 일었다. 그런 생각들 때문일까. 산 어귀를 오르는 동안 그리 급한 경사도, 또 빠른 걸음도 아닌데 손바닥에 자꾸 땀이 차고 괜스레 호흡이 가빴다.

"우리가 이리 만나도 되는지 모르겠네."

이목 뜸한 한강변 정자에서 조미를 마주한 송기문은 한탄하듯 운을 뗐다. 예로부터 적의 적은 벗이고 동지라 했다. 상대의 정체는 송기문이 오랑캐라 멸시하는 청의 세작이지만 그는 효종의 북벌을 저지하려는 같은 목적을 두고 그녀와 한 배를 탄 셈이었다. 두 사람의 적은 같았다.

"거사가 어그러진 것은 송구합니다. 하나 어른께 흙탕물이 튀지는 않을 터이니 심려 놓으십시오."

"흑도는 몸을 잘 감추었는가?"

"도련님은 야수와도 같은 분입니다. 안전한 곳에서 은신하며 재차 도모하실 겁니다."

"한데 거사를 방해한 자가 일개 취타수라는 말이 들리던데?"

"호호호. 설마 그자가 취타수겠습니까? 필시 우리 계획을 미리 알고서는 취타수로 변장해 기다린 내금위 군관일 테지요."

취타수라니. 조미는 송기문이 도통 물정 모르는 노인네라고 생각했다. 서인의 태두라면서 어찌 이리 순진하실까. 정녕 취악대의 한

낱 악수(樂手)[80] 따위가 흑도의 검을 막았다고 믿는 걸까. 저도 모르게 고개까지 뒤로 젖히며 크게 웃어버렸다. 그러자 송기문의 얼굴이 불그스레 달아올랐고 그는 노골적으로 불쾌한 기색을 비쳤다.

"시끄럽네. 이게 그리 쉽게 웃어넘길 일인가? 결국 비밀이 밖으로 샜단 말 아닌가? 이리돼서는 다음 일을 장담하기가 어렵네."

송기문의 핀잔에 조미가 얼른 표정을 다잡으며 정색했다.

"새는 틈은 이미 찾은 듯합니다. 그리고 곧 틈막음을 할 터이니 어른께선 두고만 보십시오."

조미는 기생 딸 조란을 의심하고 있었다. 거사 전날 조란이 조미를 찾아와 사찰에서 흑도를 살릴 부적을 써 왔다며 흑도와 만날 기회를 또다시 졸라댔던 것이다.

호련대에 잠입한 흑도가 노량진 행차 때 거사를 도모하리란 계획은 송기문과 장백민, 그리고 조미와 조란만이 아는 바였다. 송기문과 장백민은 만에 하나 누설될 경우 목숨과 바꿀 각오를 갖춘 사람들이었다. 반면 조란은 달랐다. 거사의 깊은 뜻을 이해하지 못했고 별 관심도 없었다. 조란은 오직 흑도의 생사와 안위만을 염두에 두었다. 만일 송기문 측에서 발설한 게 아니라면 조란이 사찰에 다녀오던 와중에 말이 새어나간 게 틀림없었다. 해서 조미는 이미 조란을 광 안에 가두어놓도록 조치한 터였다. 더 이상 경솔히 행동하도록 놓아둬서는 안 됐다.

---

80 악사(樂士).

송기문은 더는 묻지 않았다. 정자 옆 흐르는 강물에 시선을 빼트린 채 잠자코 심모원려(深謀遠慮)[81]에 집중하는 듯했다. 용무가 끝났다고 여긴 조미는 강에서 눈길을 떼지 않는 송기문을 두고 정중히 예를 올린 뒤 정자에서 물러나왔다.

홀로 남은 송기문은 이제까지의 전개를 다시금 차근차근 정리해 보았다. 거사 계획 발설의 뒤처리는 조미 손에 믿고 맡겼으니 두고 볼 참이었다. 무엇보다 흑도만 잡히지 않는다면 송기문 측까지 꼬리 잡힐 일은 없었다.

그보다 송기문이 주목해야 할 부분은 주상의 움직임이었다. 주상은 이번 암살 시도로 잔뜩 독이 올라 교동도에 유폐한 조카 이회를 어떻게든 죽이려 들 게 자명했다. 이회는 서인들이 갈아탈 말이다. 만일 이회가 세상에서 사라지면 역위도 물 건너가는 셈이 된다.

따라서 주상이 먼저 손쓰기 전에 이회를 살릴 궁리부터 해야 했다. 그러자면 지난 열무식에 대한 책임 추궁의 기세를 한층 강화할 필요가 있었다. 이미 열무식에 대한 문신 대다수의 시선은 그리 곱지 않았다. 그런 분위기에 잘만 편승한다면 주상의 열무식은 청과 쓸데없는 분쟁 거리를 만들어 다시금 전란의 화를 부를 따름이라는 명분이 조정과 재야의 공론으로서 힘을 받을 가능성이 높았다. 거기다 당인(黨人)들이 벌떼처럼 일어나 열무식 책임자를 문책하라는 상소들까지 쏟아내면 아마 주상은 너무 당황하고 정신이

---

81 깊은 꾀와 먼 장래를 내다보는 생각.

없어 이회의 처분을 포함한 그 어느 것도 당분간 어쩌지 못할 게 뻔했다. 주상이 다른 생각을 할 사이가 없도록 몰아붙여 재차 거사를 준비할 시간을 벌어야 했다. 송기문에게 절실한 것은 시간이었다.

사흘이 지나도록 은련사에서 소희의 모습이 보이지 않았다. 마실 나간다며 일주문(一柱門)[82]을 나선 뒤 아직까지 돌아오지 않았다. 훈련도감을 왕래하며 이완과 앞으로의 일을 상의하는 데 바빴던 염일규는 소희의 실종에 그다지 관심을 두지 못했다. 저자에서 나고 자란 아이였으니 저 혼자 놀러 다닌다 해서 큰일이 있겠느냐는 생각에서였다. 그렇게 이튿날까지 별 신경 쓰지 않던 그였지만 사흘째 되는 아침부터는 슬슬 걱정이 됐다. 주지도 소희의 행방에 대해 아는 것이 없었다. 처와 아이를 찾는 일만으로도 힘들고 벅찬 마당에 소희까지 말도 없이 사라져 말썽을 부리다니. 염려와 함께 짜증마저 일었다.

그날 오후 상놈 사내아이 하나가 은련사로 올라왔다. 아이는 다람쥐처럼 주지에게 쪼르르 달려가 서신을 전한 뒤 곧바로 되돌아 내려갔다. 입가에 온통 엿투성이인 것으로 보아 누군가 엿을 사주고 편지 심부름을 시킨 모양이었다.

서신은 엿 종이 위에 서툰 언문으로 쓰여 있었다. 소희가 보낸 것으로 수신인은 염일규였으며 자기를 만나러 모처로 와달라고 간곡히 청하는 내용이었다. 서신을 살피던 염일규는 문득 의아했다. 그

---

[82] 절 같은 데서 기둥을 한 줄로 배치한 문.

가 아는 한 소희는 언문조차 모르는 까막눈이었다. 불길했다. 누군가 소희를 볼모 삼아 염일규를 끌어내 잡으려는 덫이 틀림없었다.

장소는 금화산 기슭의 어느 버려진 당골집[83]이었다. 도성 인근이라지만 숲이 울창하게 우거진 데다 인적이 거의 끊기다시피 한 곳이라 여러모로 함정일 가능성이 높았다. 그러나 소희가 잡혀 있다면 피할 수 없었다. 일본도를 천에 둘둘 말아 숨기고 약속한 시각에 맞춰 당골집에 당도했다. 그러나 날이 저물고 밤이 이슥해지도록 소희는 나타나지 않았다.

"소희야, 어디 있느냐?"

이따금 당골집의 둘레를 돌며 소희의 이름을 외쳐봤지만 대답은 없었다. 대신 그늘지고 어두운 숲 사이를 지나는 바람 소리가 으스스하게 주위를 감쌌다. 하염없이 기다리기를 다시 여러 시진, 그만 되돌아가야겠다는 생각이 들던 참이었다. 문득 등 뒤에서 부스럭거리며 수풀 밟는 소리가 들렸다. 그런데 젊은 계집의 걸음처럼 가볍지 않았다. 느리고 무거웠으며, 또 혼자도 아니었다. 염일규는 잽싸게 몸을 돌려 자루의 천 끝을 잡아챘다. 휘리릭 천이 풀리자 일본도가 모습을 드러냈다.

"금일은 겨루러 온 것이 아닐세."

발소리의 주인은 흑도였다.

"또 네놈이냐?"

---

[83] 무당집.

눈살을 찌푸리며 염일규가 칼자루를 고쳐 잡았다. 놈은 아무 대꾸 없이 빙긋이 엷은 웃음을 지으며 걸음을 멈췄다. 그러고는 오른손에 쥐고 있던 오랏줄을 휙 잡아당겼다. 그러자 줄 끝에 매달렸던 검은 그림자가 스르륵 딸려왔다.

"소희야?"

짙은 어둠 속이지만 염일규는 그림자의 정체를 단박에 알아볼 수 있었다. 입마개가 씌워지고 양손을 꽁꽁 결박당한 소희가 오랏줄에 묶여 짐승처럼 끌려온 것이었다. 염일규가 이름을 외치자 소희 역시 곧 염일규를 알아봤다. 그러고는 염일규에게 뭔가 말해주려는 듯 입마개 아래로 낑낑대며 신음을 연신 흘려댔다.

흑도가 걸음을 떼어 소희를 염일규의 코앞까지 끌고 왔다. 염일규는 저도 모르게 어깨에 힘이 들어갔다. 상대가 긴장하자 놈은 자신이 병장기를 전혀 지니지 않은 공권(空拳)[84]임을 증명하려는지 양손바닥을 펴 어깨 위로 들어 보였다.

순간 그 틈을 노리고 소희가 재빨리 염일규 쪽으로 달음박질쳤다. 그러나 흑도의 반응은 훨씬 빨랐다. 놈은 손날로 소희의 뒷덜미를 강하게 내리쳤고, 소희는 정신을 잃고 까무러쳐 허수아비처럼 바닥에 풀썩 쓰러졌다.

"네 이놈, 이게 뭐 하는 짓이냐!"

혼절한 소희를 염일규가 걱정스럽게 살피며 항의했다.

---

[84] 맨주먹.

"자네와 단둘이 나눌 대화가 있다네. 행여 이 조그만 계집이 엿듣고 발설했다가는 피차 곤란해지니까."

"아리는 어디 있느냐? 대체 어디에 숨겨둔 것이냐? 네놈에게 들어야 할 말은 그것뿐이다."

염일규는 흑도의 눈앞에 칼을 바짝 겨누며 몰아세웠다. 그러나 흑도는 전혀 개의치 않았다. 오히려 한껏 여유로운 표정으로 나무 그루터기 위에 털썩 주저앉았다.

"내 잘 보살피고 있으니 그리 보채지 않아도 되네."

흑도의 말투는 이전과 달리 어딘지 공손했다. 과거의 살기등등했던 기세는 어디론가 사라지고 없었다.

"염 종사관, 자네의 장형께선 내 누이인 강빈 마마의 호위 무관이셨다네. 그 사실은 아는가?"

흑도가 여전히 실신해 있는 소희를 물끄러미 내려다보며 무심한 투로 물었다.

"말하고자 하는 게 무엇이냐?"

"자네 형님께서는 소현세자 저하와 강빈 마마의 원수를 갚고 봉림이 훔쳐간 보위를 되찾으려다 세상을 등지셨다 들었네."

"그래서, 네놈과 한편을 먹고 같은 길을 가자는 말을 하러 왔느냐?"

"아니, 그 길은 나 혼자 걸어도 족해."

"그렇다면?"

"자네와 나, 피차 칼끝을 맞세울 까닭이 없다는 걸 깨쳐주려고 왔다."

"천만에. 그러기엔 네놈은 너무 많은 사람을 해쳤어. 그 죗값은 다 어찌 치를 테냐?"

돌연 스산하고 씁쓸한 기색이 흑도의 얼굴을 가로질렀다.

"조선의 옥좌가 제 주인을 찾게 된다면 하찮은 내 목숨쯤이야 언제든 내놓을 것일세."

"허튼소리! 네놈 목 하나로는 어림도 없다!"

눈 깜짝할 새 염일규의 칼이 흑도의 목을 향해 초승달을 그렸다. 흑도는 꿈쩍도 하지 않았다. 피할 생각조차 하지 않는 듯했다. 도리어 당황한 쪽은 염일규였다. 염일규는 휘두르던 칼을 재빨리 거뒀다. 그러나 그 찰나에 칼날은 흑도의 목덜미에 작으나마 상처를 남기고 말았다.

"대체 무슨 꿍꿍이냐? 왜 피하지 않는 게냐?"

"말하지 않았나. 난 목숨 따위에 연연하지 않는다고."

"흥, 잘도 허세를 부리는구나. 그래, 어디 계속해보아라."

염일규가 코웃음 치자 흑도가 목에 흐르는 핏줄기를 스윽 닦아냈다.

"뭐라고 해도 좋네. 그나저나 자네 처와 아이는 잘 지내고 있다네. 자넬 많이 닮은 아들이더군. 내일 가마를 내어 은련사로 보내주겠네."

지금껏 감춰두었던 아리와 아이를 이리 쉽게 돌려보내겠다니, 염일규는 그 약조가 도저히 믿기지 않았다.

"이해할 수 없군. 분명 달리 원하는 게 있을 테지."

"내가 바라는 건 이미 말했네. 그러니 다시 한 번 생각해주게. 자네와 내가 계속 맞선다면 둘 가운데 하나는 죽을 수밖에 없어. 만일 그게 자네라면 남은 처자는 어찌 할 텐가?"

"영악한 놈, 그 따위 수작이 통할 성싶으냐?"

"수작? 소현세자 저하의 적통을 잇는 일일세. 자네 형님의 유지이기도 하고."

수작이란 말에 마음이 상했는지 흑도의 언성이 높아지며 목소리가 어느새 떨렸다. 염일규는 한동안 아무 대꾸도 하지 않았다. 돌아가신 형님의 뜻이라는 흑도의 강변을 반박할 말을 쉽사리 찾지 못했기 때문이었다.

염일규는 내심 흑도의 제안에 마음이 조금씩 기울고 있었다. 애초부터 염일규는 효종에게 그다지 큰 충성심을 품을 만한 처지가 아니었다. 가문의 원수라고 여긴 적은 없지만 그렇다고 스스로 근왕(勤王)[85]하겠다고 나설 까닭도 없었다. 지난번 열무식 사건은 그야말로 우발적이었다. 소희의 귀띔에 흑도를 잡으려 뛰어든 것일 뿐 효종의 신변을 지키고자 한 일은 분명 아니었다. 하지만 자신의 동요를 흑도가 눈치채는 것은 싫었다. 그래서 시선을 외면한 채 잠자코 침묵했다.

염일규의 답을 기다리며 눈 한 번 떼지 않던 흑도가 이윽고 몸을

---

[85] 임금이나 왕실을 위하여 충성을 다함.

일으키며 마지막으로 당부했다.

"고집 센 친구 같으니! 솔직히 당장 답을 얻을 수 있다고는 기대하지 않았지. 신중히 생각해보게나, 모두를 위해서."

흑도는 혼잣말하듯 몇 마디를 더 남기고는 혀를 끌끌 차며 짙은 어둠속으로 빠르게 사라졌다. 염일규는 흑도를 뒤쫓지 않았다. 대신 흑도가 앉았던 나무 그루터기에 엉덩이를 붙이고 앉았다.

되씹으면 씹을수록 흑도의 말이 일리가 있었다. 놈의 제안이 거짓 같지는 않았다. 어쩌면 놈이 하려는 일이 정녕 옳을지도 몰랐다. 무엇보다도 형 염일주가 품었던 대업과 흑도가 계획하는 거사는 다르지 않았다. 게다가 염일규는 효종과 아무런 끈끈한 인연이 없었다. 오히려 본의든 아니든 효종은 염일규 가문을 멸문으로 내몬 장본인이었다.

'임금이 누가 되든 나와 무슨 상관이란 말인가?'

아리와 아이만 무사히 돌아온다면 굳이 흑도와 맞설 이유가 없었다. 더군다나 효종을 위해서라면 흑도와 다툴 까닭이 아예 없었다. 흑도의 말대로 어리석게 놈과 고집스레 다투다가 혹여 자신이 잘못되기라도 하는 날에는 도망친 관비인 아리와 아이의 앞날을 보장할 수 있는 길이 없었다.

머리가 복잡해지고 마음이 어지러웠다. 불현듯 흡혈 갈증이 거세게 일어났다. 심신을 뜻대로 통제하지 못할 때마다 도지곤 하는 마성 탓이었다. 마침 가늘게 신음하는 소희가 눈에 꽂혔다. 모로 쓰러

져 있는 그녀의 허연 목덜미가 문득 탐스럽게 느껴졌다. 참지 못할
욕구가 목구멍으로 울컥 치밀어 올랐다. 기실 소희 따위를 해쳐봐
야 피붙이 하나 없는 애사당의 죽음을 따질 이는 없을 터였다. 먹잇
감이 깨어나기 전에 그냥 목덜미만 깨물면 되는 일이었다.

갈등하는 사이 소희가 천천히 눈을 떴다.

"어, 오라버니."

염일규는 정신이 퍼뜩 되돌아왔다. 소희가 조금만 늦게 깨어났더
라면 해쳤을지도 모를 일이었다. 그런 생각을 하자 얼굴이 불에 덴
듯 화끈거렸다. 너무도 부끄럽고 수치스러워 소희 얼굴을 차마 똑
바로 쳐다볼 수가 없었다. 아주 잠시였지만 자신이 그간 그토록 경
멸해 마지않던 흑도와 다름없는 괴물이 됐던 셈이다. 이런 상태라
면 언제든 이성을 잃고 소희에게 달려들 위험이 있었다.

염일규는 얼른 자신의 팔뚝을 칼로 긋고 흐르는 피를 빨았다. 타
는 것 같던 갈증이 조금이나마 수그러들었다. 소희는 계속 낑낑대
며 입마개를 어서 벗겨달라고 칭얼댔다. 염일규가 양손을 결박하던
끈을 풀고 입마개를 벗겨주자 그제야 소희의 말문이 터졌다.

"오라버니 뭐 했어?"

"뭘?"

"방금 무슨 짓이냐고? 왜 자기 팔을 칼로 베고 그래?"

"별일 아니다."

염일규가 대충 얼버무리려 했지만 소희는 집요했다. 팔뚝의 상처

를 직접 봐야겠다며 성화가 여간이 아니었다. 옥신각신하는 사이 상처가 감쪽같이 아물어버려 염일규는 소희의 추궁에서 간신히 발뺌할 수 있었다.

"외, 나 그놈 손에 정말 죽는 줄 알았거든. 근데 그놈은 이디 갔어? 도망갔나? 오라버니가 쫓은 거야?"

"그래, 멀리 달아나더구나."

소희는 경기가 일어나 한 걸음도 못 걷겠다며 엄살을 부렸다.

"그래서 어찌하란 게냐?"

"오라버니가 업어줘."

"허어, 참."

대답은 미적지근했지만 결국 염일규는 못 이기는 척 소희를 업었다. 봉곳한 젖가슴이 염일규의 등을 살포시 눌렀다.

아기처럼 업힌 소희는 기력이 달린다고 찡얼거리면서도 염일규의 귓가에 쉼 없이 조잘거렸다. 그녀의 입술이 귓불에 닿을 듯 말듯 아슬아슬했다.

"오라버니, 우리 그냥 도망가 살면 안 돼?"

"잘못한 것도 없는데 왜 도망간단 말이냐?"

"몰라, 그냥 다 무서워. 나 잡아갔던 놈도 무섭고 오라버니도 뭔가 무서운 일에 말려든 것 같고. 그냥 우리 둘이 아무도 모르는 데 가서 살자."

"안 돼. 그럴 수는 없구나."

"안 되긴 뭐가 안 돼? 오라버니 나한테 장가온다고 약조했잖아."

소희는 의외로 진지했다. 하지만 이 녀석, 아까만 해도 염일규에게 피를 빨려 목숨을 잃을 뻔했음을 전혀 몰라 하는 소리다. 염일규는 소희에게 쓴웃음을 지어 보일 수밖에 없었다. 그리고 그에게는 아리가 있었다. 만일 아리가 이미 죽은 사람이라면 한 번쯤은 흔들렸을지도 모르겠지만 이제 살아 있음을 안 이상 그리할 수는 없었다. 소희의 진심은 모른 척 흘려보낼 수밖에 없었다.

그나저나 흑도의 약속이 무엇보다 신경 쓰였다. 과연 놈이 진정으로 한 말일까. 아니면 염일규를 얽기 위해 덫을 놓은 것일까. 갑작스러운 호의인지라 도무지 어느 쪽인지 감 잡기가 힘들었다. 조바심이 가슴을 꽉 조이고 들었다. 놈을 그냥 보내준 것이 뒤늦게 후회됐다. 붙잡아 더 캐물었어야 했다. 아무튼 염일규는 놈의 말이 진정이라고 믿고 싶었다.

상념에 흠뻑 젖어 있는 사이 소희가 조용해졌다. 그녀의 가지런한 숨소리만이 염일규의 귀를 간간이 간지럽혔다.

훈련도감에서는 모처럼 성찬이 열리고 있었다. 이완이 하멜을 비롯한 홍모이들을 모두 불러 음식과 술을 융숭히 대접하는 자리였다. 홍모이들은 처음엔 사뭇 어리둥절한 눈치였다. 그러나 눈앞에 펼쳐진 진수성찬을 마다할 리는 없었다. 주린 배를 채우느라 이내 모두들 정신없이 먹어댔다.

"그간 수고들 많았네."

개량형 홍이포가 거의 완성 단계에 들어선 데 대한 격려와 칭찬이었다. 이완은 과하다 싶도록 홍모이들을 추켜세웠다. 심지어 관기들까지 몇 명 동원해 연회의 흥을 돋우고 술시중을 들도록 했다. 결국 오랜만에 술과 계집을 구경하게 된 홍모이들은 잔뜩 신이 나두어 시간 만에 죄 얼큰하게 취해버렸다.

이윽고 술이 거나해진 홍모이들이 하나둘씩 관기들의 치마폭에 싸여 연회장을 떠났다. 남은 건 이완과 그가 말벗 삼아 붙들고 있던 하멜뿐이었다. 기실 홍모이들 가운데 오직 하멜만이 연회 내내 긴장의 끈을 풀지 않고 술을 삼가며 이완의 눈치를 살피던 터였다. 지난번 효종의 행차 때도 없었던 성찬을 갑자기 베푸는 까닭이 납득되지 않았다. 궁금증은 하멜에게 던지는 이완의 질문으로 실마리가 풀렸다.

이완은 하멜을 기다리던 관기를 밖으로 물리고는 하멜이 더 가까이 당겨앉도록 했다. 그리고 목소리를 한껏 낮춰 조용히 물었다.

"일전에 얘기한 흡혈하는 양귀에 관해 더 알고 싶구나."

"고지인 말씀입니까?"

"맞다. 너희들로 하여금 배를 버리게 한 양귀 말이다. 한번 양귀가 되면 다시 사람으로 돌아올 방도는 없는 것이냐?"

"설마 이고르 그놈이 아직 살아 있는 겁니까?"

"놈이라면 죽었다. 하나⋯."

이완은 말을 멈추며 이야기를 아꼈다. 대신 하멜의 설명을 듣고자 했다.

"너희들이 고지인이라 부르는 양귀가 어찌하여 생겨나게 됐는지 그 연원과 치료법에 대해서 아는 대로 고해보아라."

이완이 기대 가득한 얼굴로 하멜의 눈을 응시하자 하멜이 당황하며 망설였다.

"혹 너희들에게까지 해가 미칠까 봐 걱정되느냐? 아무 걱정 말거라. 너희 홍모이들과 양귀를 함께 엮어 처분하는 일은 결코 없을 터이니."

이완이 몇 차례나 안전을 장담하며 안심시켰다.

"믿겠습니다. 장군께 아는 것을 모두 말씀드리겠습니다."

하멜은 잔에 남아 있던 술을 단숨에 목구멍으로 털어 넣고 그때부터 도저히 믿기 힘든 이야기들을 하나하나 풀어놓기 시작했다.

다치지도 죽지도 않는다는 고지인에 관해서는 양이들이 사는 구라파에서도 그 연원이 정확히 밝혀진 바 없었다. 다만 기리사독(基利斯督)[86]과 관련한 전설이 떠돌 뿐이었다. 요약하자면 일천육백여 년 전 천주(天主)의 아들인 야소(耶蘇)[87]가 십자가에 못 박혔을 때 대서국(大西國)[88] 병사의 날카로운 창끝에 옆구리를 찔렸는데, 그때 쏟

---

86 '그리스도'를 한자식으로 쓴 것.

87 '예수'를 한자식으로 쓴 것.

88 이탈리아. 당시의 로마.

아지던 야소의 성혈을 온몸에 뒤집어쓴 병사는 천주의 노여움을 사고지인이라는 천형(天刑)을 받게 되었다는 내용이었다.

천주의 저주는 무섭고 질겼다. 대서국 병사로부터 마치 전염병처럼 사방으로 번졌고, 세월이 흐르고 세대를 거듭하면서 고지인의 숫자는 빠르게 늘어났다. 이에 대서국 법왕이 비밀리에 결사단을 조직해 고지인들을 잡아 참수하는 등 그들의 준동(蠢動)[89]을 애써 막아보려 했지만 그런 시도는 여러모로 역부족이었다. 그나마 다행인 것은 급작스레 수가 불어난 고지인들이 언제부터인가 갑자기 저들 간에 죽고 죽이는 혈투를 벌이더니 숫자가 점차 자연스레 줄어들었다는 사실이다. 여기까지가 하멜이 알고 있는 전부였다. 그런데 이완은 한 가지 이해되지 않는 점이 있었다.

"너희 천주의 노여움에서 비롯된 저주라면 응당 지극한 정성으로 제사를 올려 용서를 비는 게 옳지 않느냐? 지성으로 천주께 빌면 저주가 풀릴 것도 같은데, 네 생각은 어떠하냐?"

이완의 물음에 하멜이 고개를 가로저었다.

"글쎄요. 아마 시도해봤으나 소용없었겠지요. 오직 놈들의 목을 잘라 박멸하는 것만이 방법이라고 알고 있습니다. 그런데 이고르가 죽어 없는 마당에 그건 왜 물으십니까?"

"별일 아닐세."

---

[89] 벌레 따위가 꿈적거린다는 뜻으로, 불순한 세력이나 보잘것없는 무리가 법석을 부리는 것.

기다리던 관기와 함께 하멜을 숙소로 돌려보내고도 이완은 원하던 답을 듣지 못해 무척 가슴이 답답했다. 효종의 안위를 책임지는 이완으로서는 흑도를 비롯한 역도들을 처단한 뒤의 상황까지 미리 염두에 두어야 했다. 결론부터 말하자면 고지인이 되어버린 염일규의 존재는 후에 분명 문제가 될 수 있었다. 염일규와 효종의 관계는 누가 보더라도 편치 못했으며, 그의 형이 벌였던 지난 일들까지 들추어본다면 논박할 여지조차 없었다. 따라서 염일규의 처리에 대해 이완은 사전에 계획을 세워둬야만 했다.

보통 사람으로 되돌릴 수 없다면 아무리 벗의 동생이라 하더라도 그냥 놔둘 수는 없는 법이었다. 염일규 스스로도 흡혈 갈증을 언제까지고 억누를 수는 없다고 실토하지 않았던가. 만일 사사로운 정에 끌려 염일규를 살려뒀다가 조선 땅에 양귀들이 창궐하게 된다면 병란만큼이나 큰 화가 될 것이 틀림없었다. 양쪽간에 결정을 내려야 했다.

조미는 밤잠을 물린 채 흑도가 돌아오기를 초조하게 기다렸다. 염일규와 만난 결과가 궁금했기 때문이었다.

이윽고 흑도가 밤늦게 모습을 나타냈다. 평소 조바심을 드러내지 않는 조미였지만 이날만은 달랐다. 흑도의 인사를 받는 둥 마는 둥 염일규와 만난 일부터 채근했다. 그러나 흑도는 질문과 상관없는 이야기부터 꺼냈다.

"광에 가둔 란이부터 꺼내주세요."

"도련님, 그 계집은 잊으세요. 대사를 그르친 년입니다."

"란이 탓이 아닙니다. 제 재주가 모자랐던 탓이지요."

"하나….”

"숙모님!"

혹도가 갑자기 언성을 높이며 눈을 질끈 감았다. 자신의 인내를 더는 시험하지 말라는 신호였다. 그의 성품을 잘 아는 조미가 얼른 꼬리를 내렸다.

"알겠습니다. 도련님 뜻이라면 그리하지요. 하나 란이는 입단속을 잘 시켜야 합니다."

조미는 행랑채에서 잠자던 중노미를 불러 조란을 당장 꺼내주라고 일렀다. 앞으로 다시는 함부로 입을 가벼이 놀리지 않겠다는 각서를 받아놓으란 명도 덧붙였다.

"대답은 얻으셨습니까?"

중노미를 내보내고 혹도 앞에 다시 앉은 조미가 단도직입적으로 물었다.

"쉽게 얻을 답이 아닙니다."

"반드시 끌어들여야 합니다. 일전 노량진에서의 일로 궐의 경비가 더욱 삼엄해졌어요."

"염일규, 그자의 힘과 함께한다면 어렵지 않을 겁니다. 범궐하여 바로 치고 들어갈 수 있습니다."

"그러게 말입니다. 그자가 우리의 뜻대로 움직여줄까요?"

"두고 봐야죠. 일단 숙모님께서는 내일 날 밝는 대로 염일규의 처와 아이를 은련사로 보내주십시오. 꼭 후하게 대접하고 말끔히 옷 입혀 보내셔야 합니다."

"걱정 마세요, 도련님. 그래야 그자도 생각을 다시 할 게 아닙니까?"

조미가 빙긋이 미소 지었다. 상의를 모두 끝마치자 흑도는 조미에게 가볍게 예를 표한 뒤 그녀의 처소에서 물러나왔다.

댓돌에서 내려서 몇 걸음 떼자 그간 참았던 피곤이 한꺼번에 몰려들었다. 문득 조란의 얼굴이 보고 싶었다. 광에 갇혔던 노고를 달래주며 오늘 밤은 그녀 곁에 누워 꿀잠을 청해볼까 싶었다. 발걸음은 저절로 조란의 처소 쪽으로 옮겨갔다.

새벽 동이 트기도 전에 염일규는 잠에서 깼다. 인시(寅時)부터 시작한 타종과 염불 탓이 아니라 아리를 보내주겠다는 흑도의 약속 때문에 밤새 신경이 곤두선 탓이었다. 아리를 다시 만난다는 기쁨과 흑도가 파약(破約)할 수도 있다는 불안이 꿈속에서 쉼 없이 교차했다.

소희는 납치당한 기억이 자꾸만 떠올라 무서워 죽겠다며 한사코 염일규 옆을 떠나지 않으려 했다. 그러다가 어느새 그의 옆에 슬며시 눕더니 잠에 곯아떨어져버렸다. 심한 악몽에 시달리는지 밤새 소금 맞은 지렁이처럼 몸을 뒤척여댔고 염일규가 잠을 깬 새벽녘이 돼서야 비로소 숙면에 빠진 듯했다.

염일규는 소희가 깨지 않도록 인기척을 죽여가며 조용히 이부자리를 빠져나왔다. 요사채를 나서서 일주문 앞까지 곧장 빠른 속도로 걸어갔다. 어스름이 채 가시지 않은 새벽이었고 아리가 나타나기에는 무척이나 이르지만 심장이 요동치고 입술이 바짝바짝 말라 도무지 방에 가만 앉아 기다릴 수가 없었다.

동이 트고 시간이 흐를수록 초조함이 차츰차츰 정도를 더해갔다. 염일규는 도저히 참지 못하고 일주문 주위를 어지럽도록 배회했다.

해가 중천에 뜨는 오시(吾時) 무렵에야 일주문 너머로 가마를 들쳐 메고 길을 오르는 가마꾼들 모습이 어렴풋이 보이기 시작했다. 아리와 아이가 타고 있는 가마인가 싶어 뛰쳐 나서려던 염일규는 멈칫 걸음을 세우고는 이내 실망하고 말았다. 가마가 유옥교(有屋轎)였기 때문이었다. 덮개가 있는 유옥교는 본시 사대부가의 여인네에게만 사용이 허락된 터라 아리가 타고 있을 리가 없었다.

이윽고 가마는 일주문까지 이르러 염일규를 그대로 지나치는가 싶더니 문득 멈춰 섰다.

"염 종사관 나리십니까?"

가마꾼들을 인도하던 사내가 염일규를 쳐다보며 대뜸 물었다. 종사관이라, 참으로 오랜만에 들어보는 호칭이었다. 그러나 염일규는 여전히 수배자의 신분이었다. 그런데 대체 누구기에 자신을 종사관이라 부른단 말인가. 자신의 과거 신분을 아는 자의 갑작스런 등장에 염일규는 본능적으로 긴장했다.

"그렇소만."

염일규가 경계 서린 눈빛으로 그렇다고 답하자 사내는 선두의 가마꾼에게 턱짓을 해 보였고 가마꾼은 곧 유옥교의 창호 문을 조용히 두드렸다. 창호 문이 스르륵 열리면서 고운 손이 드러났다. 눈에 몹시 익은 여인의 섬섬옥수였다. 동시에 갓난아기가 옹알거리는 소리도 함께 흘러나왔다.

염일규는 순식간에 온몸이 얼음처럼 굳어버렸다. 제자리에 그대로 선 채 꼼짝도 할 수 없었다. 차마 가마 앞문을 열어볼 엄두는 낼 생각도 못했다. 마침내 흑도가 약조를 지킨 것이었다.

염일규가 가만히 있자 가마꾼이 대신 가마의 앞문을 열었다. 아이를 품에 안은 여인이 허리를 일으키며 나왔다. 정말 아리였다. 그 얼마나 보고팠던 아내인가. 염일규의 두 눈에서 눈물이 샘솟았다.

"살아 있었구나. 살아 있었어."

"다시는 나리를 못 뵐 줄 알았습니다, 흑흑."

재회의 벅찬 기쁨에 아리의 눈에서도 뜨겁고 굵은 눈물 줄기가 흘러내렸다. 염일규가 아리를 와락 부둥켜안았다. 두 사람, 아니, 아기까지 세 사람은 주위 시선에도 불구하고 한동안 도통 떨어질 줄을 몰랐다.

요사채로 자리를 옮겨 가까이 마주 앉은 염일규와 아리는 눈앞에 있는 서로의 모습이 아직도 믿기지 않는지 서로의 얼굴을 거듭해 어루만졌다.

"도무지 이게 꿈인지 생신지 모르겠구나. 그래, 아이의 이름은 지었느냐?"

"아니요, 아버지가 이름 지어줄 날을 기다리고 있었답니다."

눈두덩이 퉁퉁 붓도록 눈물짓던 아리가 희미하게 웃으며 고개를 가로저었다. 태어난 지 수 주가 지났지만 별다른 아명조차 없이 그저 아기라고만 부른다고 했다. 염일규는 아기의 항렬을 짚어보았다. '재(材)' 자 돌림이었다.

"재인(材仁)이라고 지으면 어떠냐, 염재인?"

"사내아이인 만큼 더욱 우직하고 힘찬 이름이 좋겠으나 그 이름도 마음에 듭니다. 나리의 뜻을 따르겠어요."

한편 쫓겨나듯 요사채 밖으로 밀려난 소희는 입이 잔뜩 튀어나와 있었다. 염일규 내외가 모처럼 다시 만난 기쁨에 겨워하는 동안 소희는 단단히 뿔이 나 은련사 이곳저곳을 돌아다니며 애꿎은 데 심통을 부려댔다. 중들이 빨래하고 널어놓은 옷들을 흙바닥에 집어 던지는가 하면 공양간(供養間) 뒤편에 쌓아놓은 장작더미를 무너트렸고, 심지어 대웅전 부처님 전에 사시(捨施)[90] 공양으로 올린 밥그릇을 들어엎기까지 했다.

그러나 아무리 행패를 부려대도 도무지 분이 풀리지 않았다. 여

---

90 시주.

태까지 염일규가 제 서방이라고 여겨왔던 소희였다. 그런데 어느 날 갑자기 아내라는 여자가 갓난아이까지 품에 안고 등장하더니 그 것도 모자라 염일규와 함께 머물던 요사채마저 빼앗고 자신을 밖으로 밀어낸 것이다. 더욱 기가 막힌 것은 여태 그 여자를 찾는답시고 그 험한 발품을 어느 한번 마다하지 않고 내리 팔아왔던 자신의 한심한 꼬락서니였다.

"뭐야, 결국 저 꼴을 보려고 이 술집 저 술집 그토록 찾아다녔던 거야, 내가?"

소희는 절간 기둥에 머리를 쾅쾅 찧어대며 자학했다. 분하고 서러운 마음에 저도 모르게 왈칵 눈물이 쏟아져 내렸다. 간밤만 해도 염일규 옆자리에서 잘 수 있었는데 오늘 밤부터는 본처가 그 자리를 꿰찰 게 뻔했다. 서로 끌어안고 얼굴을 부비대리라 상상하니 목이 메고 가슴이 답답했다. 부글부글 질투심이 끓어올랐으며 분한 눈물이 콸콸 쏟아졌다. 차라리 이번 참에 확 머리 깎고 비구니가 돼 버릴까 싶었다.

그때였다. 절 입구 쪽이 꽤나 소란스러웠다. 얼른 달려가 바깥 상황을 살펴본 소희는 화들짝 놀랐다. 의금부 도사가 군사를 이끌고 은련사 경내로 막 들이닥치는 중이었다. 효종을 습격한 자객 놈을 기둥서방 삼던 어느 기생 계집이 삼각산 은련사에서 부적을 써 갔다는 이야기가 의금부 정보망에 걸려들었기 때문이었다. 그래서 은련사 승려들은 물론 절간에 머무는 모든 이들을 죄 잡아들이란 급명이 떨어진 것이다. 소희는 곧장 요사채로 달려가 방 안에 뛰어들었다.

"오라버니, 서둘러 몸을 피해야 해!"

"대체 무슨 일인데 그리 호들갑이냐?"

"의금부 나장들이 잔뜩 몰려왔어. 뭔지 몰라도 잡혔다가는 정말 큰일 날 것 같으니까 어서! 언니도 뭐해? 어서 피해야 한다니까."

눈앞의 여인이 마음에 들 리 없건만 지금은 이런저런 사정을 따질 때가 아니었다. 소희는 저도 모르게 언니라고 부르며 아리의 손을 밖으로 잡아끌었다. 염일규와 아리 역시 소희의 재촉에 영문을 따질 겨를이 없었다. 의금부가 어떤 곳인가. 죄가 있든 없든 일단 형틀에 묶어놓고 치도곤(治盜棍)[91]부터 안기는 곳이다. 염일규 혼자 몸이라면 의금부 군사들과 맞붙어볼 법했으나 아리와 함께라면 상황이 달랐다. 연유야 알 수 없었으나 괜하게 얽혀 아리와 생이별을 맞는 위험을 무릅쓸 필요는 없었다. 일단 마찰을 피하고 몸을 사려야 했다.

아리는 출산한 지 얼마 지나지 않은지라 거동이 아직 불편했다. 아리는 염일규가 부축하고 갓난아이는 소희가 등에 업었다. 그들은 요사채 뒷문을 통해 절간을 빠져나온 뒤 삼각산의 가파른 능선을 타고 위쪽으로 도망쳤다. 다행히 의금부 군사들은 은련사 경내 곳곳에 숨은 승려들을 찾아내 오라를 지우는데 정신이 팔려 이들의

---

91 죄인의 볼기를 치는 곤장.

탈출을 전혀 눈치채지 못했다.

한참을 도망하던 염일규가 문득 걸음을 멈췄다. 그리고 저 아래 까마득한 은련사를 잠시 내려다보았다. 혼란스러웠다. 자신이 머무른다는 것을 어영대장인 이완이 분명 알 터인데 의금부 군사들이 은련사를 덮치도록 방관한 까닭이 좀처럼 짚이지가 않았다. 하지만 고민은 나중으로 미뤄야 했다. 일단 아리와 재인, 그리고 소희를 안전한 곳으로 피신시키는 게 급했다. 그런 뒤에 이완 대장을 찾아가 따지고 혹 오해가 있었다면 해명하고 풀면 될 일이었다.

의금부가 덮친 곳은 은련사뿐만이 아니었다. 같은 시각, 조미의 수연옥에도 의금부 군사 떼가 들이닥쳤다. 그러나 수연옥은 이미 쥐새끼 한 마리 없이 텅 비어 있었다. 기녀를 가장하고 수연옥에서 암약하던 청의 세작들이 이미 모두 도망쳤음을 보고 받은 판의금부사 유혁연은 전에 없이 대노했다. 그리고 결국 허탕만 친 채 빈손으로 돌아온 도사와 나장(羅將)들을 혹독하게 꾸짖었다. 그러던 중 이완이 유혁연을 찾아왔다.

"은련사에도 군사를 보냈소이까?"

"당연하잖소. 흉수와 관련이 있다는 고알이 들어왔기에 그 내막을 소상히 알아볼 필요가 있었소."

"그곳엔 전하의 왕명(王命)[92]을 구한 염일규가 머물고 있소. 어찌 그런 곳이 역도들과 관련될 수 있단 말이오?"

---

92 임금의 목숨.

"하지만 역도 강무웅과 정을 통하던 계집이 자주 드나들던 곳이기도 하오. 더구나 그곳에서 역란(逆亂)의 성취를 기원하는 부적을 써갔다는데 어찌 모른 척 지날 수 있겠소이까?"

유혁연의 따끔한 지저에 이완은 딱히 이를 말이 없었다. 만일 고알이 진실이라면 유혁연의 판단은 반박할 여지 없이 옳았다.

이완은 유혁연의 집무실을 나와 의금부 옥사로 향했다. 염일규의 모습은 보이지 않았고 모두 민머리 승려들뿐이었다. 다행히 염일규는 무사히 몸을 피한 모양이었다. 염일규가 의금부 수사에 얽히면 사안이 복잡해지고 커질 수 있었다. 서인들이 소현세자와 그의 형 염일주와의 관계를 파헤쳐 또 어떤 간계로 조정을 들쑤실지 몰랐다.

이완은 염일규가 곧 연락을 취해오리라 믿고 기다리기로 했다. 훗날 입장이 어떻게 달라질지 몰라도 당분간은 염일규를 품에 안고 있어야 했다. 왜냐하면 만에 하나 혹도 강무웅이 재차 전하를 노린다면 그 막강한 고지인 홍수를 막아설 자는 염일규뿐이기 때문이었다.

삼각산을 가로지르며 염일규는 아홉 달 전을 떠올렸다. 그때도 지금처럼 아리의 손을 잡고 지리산 숲을 이리저리 헤매는 험난한 도망길에 있었다. 돌아보면 운명이 참으로 기구했다. 행복하게 해주겠다고 굳게 약조하며 뭍으로 데리고 나왔건만 어찌하여 그녀로

하여금 연거푸 고생만 겪게 만드는 것일까. 출산으로 몸조리가 필요한 아리를 데리고 지난번처럼 무작정 산속을 헤맬 수는 없었다. 힘든 내색은 아꼈으나 평지 걸음조차 힘든 그녀에게 산등성이를 오르내리는 도망은 도저히 무리였다. 하지만 딱히 방도가 없었다. 아무래도 아랫마을 어딘가에 들러 아리만이라도 부탁해야 할 것 같았다. 그래도 왈가닥인 줄만 알았던 소희가 아기 재인이를 업은 채 한 마디 구시렁거림도 없이 잠자코 뒤따르는 것이 무척이나 대견하고 다행이었다.

"오라버니, 일단 걸립패(乞粒牌)93에 몸을 숨기는 건 어때?"

잠시 호흡을 고르며 그늘 아래서 쉬는데 소희가 문득 제안을 했다.

"깜빡하고 있었는데 얼마 전 저자에서 얼핏 들은 게 있어서 그래. 내가 좀 아는 패거리의 화주(化主)94 오라버니가 광나루 어디쯤에 와 있다 들었거든."

"소희 넌 사당패에서 도망한 몸이 아니더냐? 다시 붙잡히면 어쩌려고?"

"뭐, 잡힐 때 잡혀서 뭇매를 맞더라도 의금부에 끌려가 물고(物故) 나는 것95보다야 낫지 않겠어?"

---

93 유리걸식하며 풍악을 울려주고 돈이나 곡식을 얻는 무리.
94 걸립패의 우두머리.
95 '죽다'를 속되게 이르는 말.

염일규는 썩 내키지 않았다. 걸립패라면 천것 중에서도 천한 것들이었다. 당분간이라지만 그래도 처와 자식을 유리걸식하는 놈들 가운데 두어야 한다는 게 영 마뜩지 않았다. 하나 찬밥 더운밥 가릴 처지가 아니었고 다른 뾰족한 수도 없었다. 은련사 주지가 이미 토설했다면 의금부와 포도청이 염일규 일행을 잡기 위해 도성 안팎을 이 잡듯 찾아다닐 것이 틀림없었다. 근본이 본시 떠돌이들인 데다가 천한 치들이 모여 사람들한테서 몹시 혐원(嫌遠)시 되던 걸립패는 의금부의 추적을 피하기에 매우 적합한 은신처였다. 게다가 광나루 근방이라면 한나절이면 다다를 수 있는 그리 멀지 않은 거리였다.

"자, 이제 다들 나만 따라오면 돼."

마침내 목적지가 걸립패로 정해지자 소희가 의기양양하게 앞장섰다. 어느새 해는 뉘엿뉘엿 저물어가고 주위에는 차츰 어둠이 내려앉고 있었다. 산속에서 밤을 지새우지 않으려면 걸음을 더욱 서둘러야 했다.

걸립패들의 움막 터 가까이에 이르자 고약한 냄새가 염일규 일행을 반겼다. 마침 패거리들은 모닥불 주위에 둘러앉아 어영부영 시간을 때우던 중이었고, 염일규 일행을 발견한 몇 명이 부스스 몸을 일으켰다. 그들은 잔뜩 경계 어린 눈빛으로 이편을 살피며 코앞까지 다가왔다.

"간이 고래만 한 년 같으니라고! 야, 막치 성이 네년 잡으려고 눈깔이 확 뒤집혔는데 버젓이 내 앞에 나타나, 응?"

우두머리인 낙생이 소희와 맞닥뜨리자마자 윽박질렀다.

"그래서 일러바치게? 낙생 오라버니, 무섭게 왜 그래?"

하지만 소희는 전혀 기죽지 않고 도리어 애교스런 웃음과 함께 다짜고짜 낙생의 팔짱을 끼며 너나들이처럼 굴었다.

"이 정신 나간 년아, 막치 성이 네년 몸뚱이에 두 냥이나 걸었어."

낙생은 그런 소희의 붙임성 있는 행동이 내심 썩 흡족했는지 누런 이를 한껏 드러내며 연신 히죽거렸다.

"쳇, 옷고름이라도 풀까? 그러면 입 다물어줄래?"

"어쭈, 요년 봐라. 콩알 반쪽만 한 년이 만질 것도 없는 몸뚱이를 들이밀며 나랑 흥정을 하시자네. 그건 그렇고 꼬랑지에 덕지덕지 붙이고 온 것들은 뭐냐? 보아하니 도포짜리랑 너울짜리[96] 같은데?"

낙생은 염일규와 아리 주위를 빙빙 돌면서 의심스런 눈빛으로 행색을 찬찬히 뜯어보았다. 소희는 몰라도 그녀가 달고 온 불청객들은 믿기 어렵다는 눈치 같았다. 소희가 얼른 꾀를 내 등에 업은 아기를 낙생 앞에 보이며 이리저리 둘러댔다.

"실은 내가 이 도포짜리랑 응응해서 애새끼 하나 싸질렀거든. 근데 알다시피 내가 애를 곱게 키울 년이요? 그러니까 낙생 오라비가

---

96 사대부가 여인을 낮추어 부르는 말.

당분간 우리 여기 머물도록 좀 봐주라."

"이년이 아주 호랑이 풀 뜯어먹는 소리하고 자빠졌네. 딱 봐도 애 어미는 요 너울짜리지, 어떻게 너냐? 도포짜리가 제정신이면 설마 망아지같이 천방지축인 네년하고 떡을 쳤을까? 남의 서방 훔쳐 드셨으면 어디 몰래 찌그러질 일이지. 안 그래? 머리털 죄 뜯겨도 시원찮을 년이 서방 마누라를 꼬랑지에 달고 다녀? 이게 누굴 빙다리 천치로 아나!"

"아, 됐고. 암튼 그렇게 됐다니까!"

"시끄러, 이년아. 아무튼 난 막치 성한테 너 잡아 넘기고 두 냥이라도 챙겨야 쓰겠다. 얘들아!"

낙생의 지시가 떨어지자 걸립패 거사 놈들이 어기적거리며 소희 주위를 둘러쌌다. 갑자기 아리가 앞으로 성큼 나서더니 손가락에 끼고 있던 금반지를 낙생의 눈앞에 내밀었다. 아비의 유일한 유품인 강빈의 반지로, 흑도가 채 가져가지 못하고 그녀 손가락에 남겨두었던 물건이었다.

"신세가 구차하여 차마 소상히 설명드리기 어려움을 부디 혜량(惠諒)[97]해주십시오. 오래 머물지는 않을 터이니 앞으로 잘 부탁드리겠습니다, 낙 호객(豪客)[98]님."

금반지를 받아들자 낙생의 눈빛이 확 달라졌다. 얼핏 봐서도 현

---

97 헤아려 살핀다는 뜻으로 높이는 말.
98 호탕한 기운을 뽐내는 사람.

상금 두 냥에 비할 물건이 아니었다. 요모조모로 꽤나 값나가는 물건이 확실했다. 게다가 너울짜리가 천것인 자신을 '호객'이라고까지 높여 불러주니 낙생의 입매가 찢어졌다.

"허허헛, 본래 신세 구차하고 거시기한 치들이 모인 게 바로 우리라오. 맘 편히 쉬다가 때 되면 편히 가시오. 애들아, 이 양반님네들 계실 움막 하나 골라드려라. 말끔히 청소해놓는 것도 잊지 말고!"

낙생이 큰 소리로 외치자 내내 험상궂던 거사들이 일시에 웃는 낯으로 바뀌었다. 그러고는 일제히 흩어져 염일규 일행이 머물 만한 움막들을 이곳저곳 살펴보기 시작했다.

아리와 반지를 번갈아보며 혼자 배시시 웃던 낙생은 느닷없이 소희의 이마에 딱 소리가 나도록 꿀밤을 먹었다. 턱도 없는 거짓말로 자신을 속이려 한 얄망궂은 짓거리가 꽤나 괘씸한 모양이었다.

소희는 고래고래 소리를 지르며 아프다고 엄살을 부렸다. 그러든 말든 낙생은 이빨로 금반지를 깨물며 자리를 뜨려 했다. 소희가 언제 아팠나 싶게 엄살을 딱 멈추고는 낙생을 뒤쫓아가 막치에게는 제발 이르지 말아달라며 징징거렸다.

"낙생 오라버니, 설마 진짜 이르는 건 아니겠지?"

"글쎄다. 한번 생각해보고."

"생각하고 말고 할 게 어딨어? 불알 두 짝 달고 사내로 태어나 계집년처럼 고자질이나 하며 살 거야, 진짜?"

낙생이 갑자기 소희의 엉덩짝을 빨래 쥐어짜듯 주물렀다.

"어머."

깜짝 놀란 소희가 새된 비명을 내질렀고 낙생은 그녀가 귀엽다는 듯 눈매를 지그시 찡그리며 엉큼한 투로 말했다.

"아따, 고년 엉덩짝 보기보다 제법 차지게 이었네. 좋아, 오늘 밤 네년이 옷고름 시원하게 풀어주면 내 좋은 쪽으로 생각해보지."

낙생의 제안에 소희는 잠시 망설였다. 그런데 뒤에서 지켜보는 염일규와 눈이 딱 마주쳐버렸다. 소희를 재빨리 안색을 바꾸며 낙생의 손을 거칠게 밖으로 쳐냈다.

"야, 이 짐승아, 니 딸같이 어린년 치마를 훌렁 벗겨서 뭔 재미를 보려고?"

마치 염일규도 들으란 듯 소희가 앙칼지게 쏘아붙였다. 그러나 소희의 갑작스러운 변덕에도 낙생은 이미 그럴 줄 알았다는 듯 태연했다.

"어쭈, 요게 고새 말을 바꿔? 하긴 소희 네년 변덕이 어딜 가겠냐, 안 그러냐?"

"실은 오늘 달거리 시작했거든. 그래도 좋으면 상관없고."

"미친년, 정말 가지가지 하네. 달거리 끝나면 사정 절대 안 봐줄 줄 알아!"

낙생은 소희가 갖다댄 핑계를 무시하듯 피식 웃어젖혔다. 그러고는 목젖에 고였던 가래를 막되게 퉤 내뱉고는 저편으로 멀어졌다.

낙생이 자리를 뜨자 소희는 염일규에게 쪼르르 되돌아왔다. 여태

껏 잠자코 보던 염일규가 소리를 낮춰 걱정스레 말했다.

"행여나 발설할까 걱정이구나."

"지들도 뒤가 구리긴 마찬가지야. 실성하지 않고서야 매만 맞을 텐데 포청 그런 데를 무엇하러 가겠어? 포도청의 '포' 자 근처도 갈 일 없으니까 오라버니는 마음 푹 내려놔, 알았지?"

소희가 신이 나서 조잘대는 사이 털북숭이 거사 한 명이 불쑥 끼어들었다.

"그만하고 따라들 오슈."

낙생이 마련해준 움막은 기대보다 정갈했다. 음식 또한 그런대로 먹을 만했다. 더구나 산모인 아리를 배려해선지 찹쌀 미음까지 마련해 넣어주었다. 염일규와 아리는 낙생이란 사내가 거칠고 험한 생김새와는 달리 마음 씀씀이가 제법 따뜻하다고 생각했다. 아울러 당분간 이곳에 몸을 의탁해도 별 무리가 없겠다는 확신이 차츰 들기 시작했다.

이호경식(二虎競食)

　송기문의 사랑채에 모여든 서인 중진들은 하나같이 전전긍긍
했다. 거사가 실패한 뒤라 행여 배후인 자신들의 정체가 탄로 날까
봐 하나같이 얼굴빛들이 사색이었다. 실제로 유혁연의 지휘 아래
의금부가 도성 내외를 들쑤시며 흉수 강무웅과 관련한 자들이라면
모조리 잡아들이고 있었으니 자칫 잘못되면 그들 역시 목을 내놓아
야 할지도 몰랐다.
　"용하다 하지 않았습니까, 운고 어른?"
　"그러게 말입니다. 분명 저희들 앞에서 확실한 자라 장담하셨지
요. 이제 어찌 할 생각이십니까?"
　홍문관 부수찬(副修撰)인 이단상이 볼멘소리로 불만을 토로하자

뒤이어 다른 이들도 너나할 것 없이 맞장구쳤다. 이때껏 어느 누구도 감히 도당의 영수인 송기문에게 맞선 적이 없었다. 이는 도당 초유의 사건이었고, 그만큼 서인들은 다급했다. 그러자 대제학 우병현이 격앙된 분위기를 수습하고자 가장 흥분한 이단상부터 말렸다.

"이보시게! 운고 어른을 책할 일이 아닐세. 제갈량도 모사재인 성사재천(謀事在人 成事在天)[99]이라고 하지 않았는가? 계책에는 문제가 없었네. 생각지도 못한 놈이 끼어들어 틀어졌을 뿐."

이선상은 여전히 붉으락푸르락했고 좌중은 술렁였다. 입을 굳게 다물고 있던 대사헌(大司憲) 송치성이 나직하게 물었다.

"그자가 강빈의 가제 강무웅이라지요?"

"주상 앞에서 자기 입으로 떠들기까지 했으니 틀림없지 않겠습니까?"

"하면 됐습니다, 허허허."

송치성이 무릎을 탁 치며 흡족하게 웃자 좌중의 시선이 모였다.

"생각해보세요, 운고. 조선 땅에서 금상에게 포한(抱恨)[100] 있는 자가 어디 한둘입니까? 하니 이번 사건 역시 소현과 강빈의 잔당들의 소행으로 몰아갑시다. 그러면 만사형통(萬事亨通)일 겝니다."

"그 말인즉슨 꼬리를 자르잔 거지요?"

"아무리 솜씨 좋은 자객이라 한들 장기판 위에 올려놓은 말일

---

99 일을 꾸미는 것은 사람이나 이루어지는 것은 하늘에 달려 있다는 말.
100 한을 품는 것. 또는 그런 한.

뿐, 쓸모가 사라졌으면 응당 도려내야지요. 다만 놈이 미리 눈치채고 변심한다면 큰 낭패일 것이니 우리 쪽에서 먼저 쳐내야 합니다. 놈을 잡아 목을 치고, 또한 주상의 호위 책임을 물어 어영대장 이완도 함께 찍어내는 겁니다."

송치성은 살인멸구(殺人滅口)[101]의 계(計)를 꺼내들었다. 기실 강무웅이란 자는 너무 많은 것을 알기에 이편의 안전을 도모하자면 우선 그의 입부터 봉할 필요가 있었다. 모역의 모든 책임은 소현세자를 따르는 잔당들에게 뒤집어씌우고 이참에 박멸하면 깨끗이 마무리될 일이었다.

다만 문제는 흑도 강무웅을 어떻게 처리하느냐였다. 비록 주상의 암살은 실패했지만 수많은 금군을 홀로 상대하고 마침내 포위망마저 뚫고 살아난 자였다. 그런 자를 처리할 적임자를 대체 어디서 구한단 말인가. 우병현은 이미 염두에 둔 이가 있었다.

"한 명 있지 않습니까?"

"누구 말이오?"

"취타수로 가장하여 강무웅과 맞섰던 자 말입니다."

"염일규란 놈 말이오?"

이호경식(二虎競食)[102]의 계책, 흑도를 처리하기엔 더할 나위 없이 좋은 묘수였다. 그러나 이 역시 쉽지 않은 바였다. 갑자기 연기처럼

---

101 어떤 비밀이나 내막을 잘 아는 증인이나 목격자를 죽여서 그 입을 봉한다는 뜻.
102 두 마리 호랑이를 끌어들여 서로 다투도록 함.

사라져버린 염일규를 찾아내는 게 선결 과제였다. 듣자니 그자는 백척간두(百尺竿頭)[103]에 놓여 있던 주상의 목숨을 구해냈지만 작금은 되레 의금부에 쫓기는 신세로 전락해 어디론가 사라져버렸다고 했다.

한편 장백민에 따르면 홍제원 수연옥을 소굴 삼던 세작 조미와 기녀들은 의금부와 포도청의 추포를 피해 조선과 청의 국경 부근 의주(宜州)까지 몸을 뺀 모양이었다. 여차하면 국경을 넘어 청나라로 피신할 요량 같았다. 흑도 강무웅 역시 조미 일행과 함께 있을 가망이 높았다. 국경을 넘어 튀기 전에 어떤 핑계를 대서라도 놈을 한양으로 끌어들여야 했다.

문제는 염일규였다. 그의 행방은 은련사를 끝으로 오리무중이었다. 대체 어디 가서 그를 찾는단 말인가. 이리저리 생각을 굴려보던 송치성이 문득 실마리를 내놓았다.

"염일규의 장형 되던 이가 어영대장 이완과 각별한 사이였다 들었소이다. 염일규는 의금부 수배를 받는 것이 억울하다며 그나마 끈이 닿는 이완에게 드나들 것이 분명하오. 하니 믿을 만한 사람을 심어 그들의 접촉을 포착해야 할 것이외다."

"찾아내는 것만으로 되겠습니까? 염일규를 설득해야 할 텐데."

누군가의 질문에 이번엔 송기문이 온화한 웃음을 지으며 대신 궁

---

103 백 자나 되는 높은 장대 위에 올라섰다는 뜻으로, 몹시 어렵고 위태로운 지경을 이르는 말.

금증을 풀어주었다.

"혹도 그놈만 도성 안에 불러다 주면 저희들끼리 알아서 서로 물고 뜯을 텐데 뭘 걱정하나. 아니 그런가?"

"운고께선 마치 우제(愚弟)[104]의 속을 모두 읽고 계신 듯합니다, 허허허."

좌중에서 또 질문이 튀어 나왔다.

"석견 이회는 어찌하시겠습니까?"

첩첩산중, 산 너머 산이었다. 주상은 틀림없이 이회를 제거하려고 마음먹었을 것이다. 이회가 죽어버린다면 설사 효종을 제거하는 데 성공하더라도 그 뒤의 상황이 막막해진다. 어떻게든 이회의 목숨은 붙들어놓아야만 했다.

"이렇게 하면 어떻겠소이까? 우리 쪽에서 먼저 이회를 사사하자고 나서는 겁니다. 들불처럼 공론을 일으켜 주상을 몰아치면 오히려 이편의 셈법을 짚느라 허둥지둥할 테지요. 필시 경원군의 사사를 쉽게 결정하지 못할 겁니다."

송치성이 낸 이번 수는 부저추신(釜底抽薪)[105]이었다. 미리 멍석을 깔아줌으로서 정작 일을 행하는 데는 망설이도록 만든다는 계책이다. 즉, 효종의 심리를 거꾸로 이용하는 아주 교활한 수였다. 송치성이 내놓은 묘수에 감탄하던 송기문이 마지막으로 물었다.

---

104 말하는 이가 형으로 대접하는 사람에게 자기를 낮추어 이르는 말.
105 솥 밑 장작을 꺼내 물이 끓는 것을 그치게 한다는 손자의 병법.

"좋소이다. 하면 흑도를 쳐낸 다음은요?"

"누구겠습니까? 응당 주상을 쳐야겠지요."

어찌 됐든 꺾어야 할 최종 목표는 효종이었다. 모든 계책은 오직 그 종착지만을 위한 것이었다. 북벌을 끝내 포기하지 않는 한 효종은 송기문의 서인들과 결코 양립할 수 없었다.

의금부가 덮치기 바로 전날, 야음을 틈타 수연옥을 몰래 빠져나간 조미 일행은 의주까지 단숨에 줄행랑쳤다. 조미는 불편한 거동에 전에 없던 화병마저 갑자기 도지는 바람에 도망길 내내 힘들어했다. 반평생 들여 정성스레 일군 수연옥을 하루아침에 허무하게 포기하자니 너무 억울하고 분했던 탓이었다.

아예 이참에 청 조정을 움직여 조선의 왕을 갈아버리는 게 낫겠다 싶은 생각도 들었다. 이는 오래전부터 조미가 심중 한구석에 두고 있던 생각이기도 했으며 수차에 걸쳐 청 조정에 진언(進言)을 올렸던 바이기도 했다. 그러나 순치제(順治帝)[106]께서는 여태 아무 응답도 없었다. 조미는 조선이 중원의 청을 정벌하겠다고 대놓고 공언하는 마당에 황제께서 줄곧 인내하는 까닭을 도무지 이해할 수 없었다.

조미의 이 같은 생각은 중원의 사정을 모르기에 할 수 있는 좁은

---

[106] 청나라의 3대 황제로 베이징을 도읍으로 정하고 중국을 통일하였으며, 한족(漢族)을 등용하고 유교 정치를 폈다.

식견일 뿐이었다. 북벌을 외치는 조선을 청 조정이 가만 놓아두는 것은 그러고 싶어서가 아니라 그리할 수밖에 없어서였다. 즉, 청조(淸朝)가 처한 국내 상황이 그리 녹록지 않았기 때문이었다.

당시는 양자강 이남에서 명의 부흥 운동이 한창이었다. 운남(雲南)과 복건(福建) 일대에 남명(南明)을 세운 한인(漢人)들은 복건의 토호(土豪)[107] 정성공(鄭成功)[108]을 우두머리 삼아 만주족인 청조에 격렬히 저항하고 있었다. 그들은 양자강 주위 네 개 주(州) 이십여 현(縣)을 손쉽게 장악한 뒤 남경(南京)[109] 인근 백여 리까지 진격해 그 지배 영역을 넓혀갔다. 그리고 이제 곧 남경 공략만을 남겨두고 있었다.

남경은 그야말로 승부의 변곡점이었다. 만일 남경이 함락되면 그간 청조의 눈치를 보며 숨죽이던 중원의 한인들이 멸청복명(滅淸復明)의 기치 아래 일제히 들고일어날 공산이 매우 컸다. 그 경우 수적으로 열세인 청조는 산해관 밖으로 쫓겨나는 최악의 각본까지 각오해야 했다. 따라서 청조는 정예 팔기군(八旗軍)[110]과 녹영(綠營)[111] 등 모든 토벌군 병력을 남쪽으로 급파했고, 그런 긴박한 위기 상황에 몰린 황제로서는 조선의 북벌 움직임 따위에 신경 쓰고 관심을 기울일 여력이 전혀 없었다.

---

107 어느 한 지방에서 오랫동안 살면서 양반을 뗘세할 만큼 세력이 있는 사람.
108 청에 저항하여 명 부흥 운동을 전개한 인물.
109 난징.
110 청나라의 정예 기마 부대.
111 청나라 때 한인을 주체로 하여 편성한 정규군.

당분간 의주에 은거하기로 한 조미는 답답한 심정으로 청 조정의 다음 밀명을 기다렸다. 그러나 그녀의 손에 전해진 것은 청 조정이 보낸 서신이 아니라 한양의 장백민으로부터 날아온 서찰이었다. 다음 거사 계획과 날짜가 정해졌으니 흑도를 급히 한양으로 보내라는 내용이었다.

"당장 떠나겠습니다."

"이번엔 왠지 느낌이 좋지 않습니다, 도련님."

"숙모님, 원수를 갚는 일에 두 번 생각할 것은 없는 법입니다."

"이번만큼은 제발 제 말을 따라주세요. 긴 세월 모진 풍파를 육감 하나로 살아남은 늙은 년이 간곡하게 드리는 말씀입니다."

"거사입니다. 위험하더라도 목숨을 걸어야지요. 이번 참에 염일규, 그자의 대답도 들어야겠습니다. 처자를 돌려보냈으니 그사이 생각이 바뀌었을 수도 있겠지요."

흑도의 한양행을 반대하고 나선 이는 조미뿐이 아니었다. 흑도가 떠난다는 소식을 들은 조란은 이번만은 살아서 돌아오지 못할 거라면서 울고불고 생난리를 쳤다. 사랑하는 사내가 뻔히 죽는 길을 나서려는데 눈물만 찍으며 가만두고 볼 일이 아니었다. 자진하는 시늉을 해서라도 어떻게든 말려야 했다.

"그리 당하고도 정신 못 차렸느냐? 큰일을 도모하는 장부의 앞길을 어찌 계집이 막아서려 하느냐?"

조미가 설득과 협박을 번갈아 해도 조란은 막무가내였다. 의주까지 쫓겨온 것도 결국 조란 네년의 경솔한 행동 탓이 아니냐며 큰소리도 쳐보고, 한편으론 이번 일만 끝나면 흑도와 한 살림 예쁘게 차려주겠다는 감언도 해봤지만 조란의 귀엔 들리지 않는 듯했다.

그런 조란을 지켜보는 흑도는 그녀에게 미안하고 또 미안했다. 조란의 일편단심을 너무나 잘 알면서도 차마 받아주지 못하는 제 처지가 답답하고 원망스러웠다. 하지만 모든 건 흑도가 자처한 일이었다. 굳이 남의 탓을 하자면 흑도로 하여금 고지인이 되는 천형을 무릅쓰도록 만든 조선의 모진 정치 상황 탓이겠지만 지금 와서 따져봐야 무슨 소용이 있겠는가. 그저 부질없는 사변(思辨)일 따름이었다.

아무튼 감상에 젖어 지금껏 살아온 이유를 갑자기 도외시할 수는 없었다. 반드시 한양으로 가야 했고 거사를 이뤄야 했다. 그런데 조미는 이미 지난번 거사를 망친 전력이 있는 조란을 믿지 않았다. 고집 피우도록 그냥 놓아두었다간 또 어떤 큰 사고를 칠지 모른다면서 죽여서라도 조란의 입을 봉해야 한다고 했다. 흑도가 그답지 않게 기겁하며 조미를 만류했다.

"숙모님, 란이는 제가 직접 설득해보겠습니다."

자신을 그토록 사랑해주고 매달리는 조란이기에 흑도가 직접 설득하는 게 옳았다. 이제는 숨겨왔던 모든 사실을 그녀에게 솔직히 털어놓을 때였다.

조란과 단둘이 자리를 만든 흑도는 차분한 어투로 그녀가 알아야 할 이야기들을 빠짐없이 들려주기 시작했다. 효종에 대한 복수를 처음 결심하게 된 동기부터 마침내 고지인이라는 양귀가 되어야만 했던 과정까지, 사이사이 얽힌 시시콜콜한 사연들도 어느 하나 감추지 않고 모두 고백했다.

조란은 반신반의하며 내내 눈을 휘둥그레 떴다. 결국 조란은 흑도의 간곡한 설득에 그의 뜻을 따르기로 마음먹었다. 흑도의 기구한 지난 과거와 사연들을 모두 알게 된 이상 흑도를 마냥 말릴 수만은 없었고, 정녕 이번 거사가 자신이 사랑하는 사내의 절실한 소원이며 필생의 목표라면 정인인 자신도 도우려 노력해야 한다는 쪽으로 생각을 바꿨다. 대신 조란도 한 가지 청을 말했다.

"정히 떠나셔야 한다면 제 안에 오라버니의 흔적을 남겨주세요."

"흔적이라니?"

"오라버니를 꼭 빼닮은 아이를 낳고 싶어요."

조란의 간절한 눈빛에 흑도는 도저히 더 거절할 수 없었다.

조란은 어린 날 일찍이 기녀가 되어 뭇 사내들의 술 시중을 들며 살아왔건만 수청만큼은 한사코 거절했었다. 그녀의 빼어난 미모에 안달 난 한량들이 그 가냘픈 허리를 한번 안아보고자 억만금을 싸 들고 찾아왔어도 코웃음 한 방으로 날려 보냈다. 이유는 간단했다. 비록 짝사랑일지라도 수년간 변치 않고 마음에 간직한 정인 흑도 때문이었다.

한양으로 떠나기 전날 밤 흑도는 조란을 품에 안았다. 물론 조란과 몸을 섞는 것은 그날이 처음도 아니었고 지난 동안에도 종종 있었던 일이지만 그날만큼은 의미가 사뭇 달랐다. 흑도는 조란을 아내로 안았고 조란은 흑도를 지아비로 안았다.

수년 동안 일편단심 한 사내만을 바라보던 여자는 원앙금침에 누워 날이 새면 곧 떠나갈 정인을 몸 안에 받았다. 이윽고 사내가 부르르 몸을 떨었다. 그 순간 여자는 스르르 눈을 감으며 사내가 사내가 남기는 흔적을 자신의 깊은 곳에 소중히 담는 상상을 했다. 그리고 영영 다시는 놓아주지 않을 것처럼 사내를 힘주어 꽉 껴안았고 그의 넓은 등 위에 올린 손가락들을 서로 깍지 끼었다.

취화문(翠華門)[112]을 나선 효종은 부용지(芙蓉池)[113]에 이르자 정자 위로 성큼 올라섰다. 정자 위에서는 창덕궁 금원(禁苑)[114]이 한눈에 들어왔다. 뒤따르던 이완이 나직이 아뢨다.

"전하, 청의 오랑캐들이 남명군(南明軍)에 정신이 팔려 있는 이때가 바로 북벌의 대명(大命)을 내리실 적기라 사료되옵니다."

"과인도 경의 생각과 같소. 이 틈에 빼앗겼던 요동을 반드시 우리가 되찾아야 할 것이오."

"신은 만반의 준비를 마쳤습니다만, 군사를 움직이자면 조정의

---

112 창덕궁 후원 정문.
113 창덕궁에 있던 연못.
114 궁궐 안.

반대가 만만치 않을 것입니다. 전하."

안타깝게도 이완의 지적은 사실이었다. 조정 신료가 일제히 반대하면 왕명이라도 밀어붙이기 곤란한 게 당시의 정치 현실이었다. 신료들은 백성들이 감내해야 할 고통과 핍박을 핑계 삼았지만 북벌을 반대하는 진짜 까닭은 청과의 전쟁을 두려워해서였다. 그들은 전쟁이 일어나면 행여 멸국을 맞아 사대부로서의 기득권을 잃을까 노심초사했다. 평소 입으로는 척화신(斥和臣)[115]의 후예인 양 뻐기면서도 정작 내심은 청의 위력 앞에 벌벌 떠는 꼬락서니들이었으니, 가증스럽기도 하고 한편으로는 한심하기도 했다. 어찌 보면 가련한 존재들이었다.

겁에 질린 자들을 설득해 북벌에 참여하게 하는 것은 불가능에 가까웠다. 따라서 효종은 다른 묘안이 필요했다.

"아직 넘어야 할 산이 많소. 대문을 나서기 전에 댓돌과 앞마당부터 깨끗이 청소하는 게 옳은 순서일 테지."

효종이 지나듯 던진 말에 이완은 순간 귀를 의심했다. 얼른 시선을 들어 살핀 용안에는 모종의 결심이 서려 있었다. 효종은 지금 북벌을 실행에 옮기기에 앞서 자신의 앞길을 방해하는 서인들부터 먼저 찍어내겠다고 선언한 것이다. 바꿔 말해 친위 정변이었다.

이완은 그간 효종이 호련대 선발에 그토록 애를 쓰고 그들을 혹독히 훈련시킨 까닭이 저절로 짐작됐다. 임금은 친위 정변을 위한

---

115 병자호란 때 청과의 화친을 반대하던 신하.

근왕 무력이 절실했던 것이다. 계획은 이미 상세히 짜여 있었다. 특정한 날을 기해 조정 신료 전부가 모이는 자리를 마련하고, 그 장소에 임금의 근왕 병력을 예고 없이 불러들여 서인 신료들을 일거에 체포, 투옥하는 것이다. 그런 뒤 보길도에 유배 가 있는 남인 윤선도(尹善道)를 불러들여 영의정에 앉히고 허목(許穆), 허적(許積)을 이조와 병조 등 주요 판서직에 기용함으로써 북벌을 위한 조각(組閣)[116]을 새로이 하는 것이 효종이 그리는 친위 정변의 청사진이었다. 요컨대 조정에서 서인들을 모조리 쓸어내고 무력으로 인위적인 환국(換局)을 도모하자는 것이다.

"경이 직접 움직일 수 있는 군사는 얼마나 되오?"

"훈련도감과 어영청의 조련된 정예 병력 오천입니다."

부용지의 연꽃에 줄곧 시선을 두던 효종이 문득 몸을 돌려 정색했다.

"아니, 경의 말 한 마디에 죽는 시늉까지 할 수족 같은 군사 말이오."

이완이 잠시 속으로 셈을 해보고는 다시 고했다.

"어림잡아 족히 백여 명은 될 것입니다."

"그 정도면 되겠지. 적당한 날을 잡아 과인에게 알려주시오."

효종이 빠른 걸음으로 정자를 빠져나갔다. 멀어지는 효종의 뒷모습을 두고 고개 숙여 예를 표하는 동안 이완은 몹시 당황스러웠다.

---

116 내각을 조직함.

주군은 결심을 이미 굳힌 게 분명했고 돌이킬 가능성은 전혀 없어 보였다. 정변이 계획대로 성공하면 모르겠으나 실패하는 날엔 폭군 혹은 난군(亂君)[117]으로 몰릴 것이고 비참한 최후까지 각오해야 했다.

이완의 시선이 부용지에 떠 있는 연꽃들로 옮겨갔다. 홍련과 백련이 한데 어울려 평화로운 모습이었으나 한참 만개할 때를 지나 하나둘씩 서서히 지고 있었다.

'홍련은 관세음보살, 백련은 미륵보살을 의미한다지?'

설핏 뇌리를 스치는 말이 있었다.

'화무십일홍(花無十日紅).'[118]

이완은 붉은 꽃이 주군인 효종일지 아니면 서인 도당의 영수 송기문일지 솔직히 자신할 수 없었다. 그러나 자신은 효종의 고굉지신(股肱之臣)[119], 어차피 선택지는 하나였다.

이완은 훈련원 집무실로 돌아와 아까와는 또 다른 이유에서 계속 고심했다. 바로 효종이 내린 밀명 때문이었다. 조정 신료 모두를 모을 자리를 마련하는 것은 말처럼 쉽지 않았다. 임금과 잔뜩 날을 세운 서인들은 이편을 예의 주시하고 있었고, 이렇다 할 마땅한 명분

---

117 나라를 어지럽히는 막된 임금.
118 열흘 동안 붉은 꽃은 없다.
119 다리와 팔같이 중요한 신하.

도 없이 갑자기 연회를 열어 모이라고 하면 눈치 빠른 서인들의 의심만 살 게 자명했다.

연회가 적당치 않다면 차라리 편전 회의 때가 나을 것도 같았다. 그러자면 근왕 병력을 궐 안으로 미리 불러들여야 하는데 호련대 외에 훈련도감이나 어영청 군사는 움직일 구실이 없었다. 물론 우격다짐하듯 궐내로 들일 수는 있었다. 그러나 서인들이 곧 낌새를 챌 것이었고 금군과도 불필요한 충돌을 야기할 수 있었다. 쓸데없이 피를 보지 않으려면 내금위장 정인봉과 사전에 속내를 트고 뜻을 맞춰놔야 했다. 다만 내금위장의 사람됨이 워낙 고지식해 설득하기가 쉽지 않을 것 같았다. 뾰족한 수 없이 궁리가 마냥 제자리걸음만 하던 차에 집무실 밖에서 귀에 익은 인기척이 났다.

"그대가 어인 일인가?"

이완의 집무실에 쳐들어오듯 나타난 사람은 바로 염일규였다.

"대장 대감께서야말로 제게 어찌 이러십니까?"

"밑도 끝도 없이 갑자기 그게 무슨 말인가?"

"의금부 군사들이 은련사를 급습하여 승려들을 모두 잡아가고 저와 처자만 간신히 몸을 피했습니다."

"그래?"

"네, 그랬지요. 흉수를 잡아야 할 의금부가 어찌하여 전하를 구한 저를 노리는 것입니까?"

"오해가 있었다네. 그 일이라면 내 대신 사과하지."

짐짓 시치미 떼던 이완이 그제야 미안한 표정을 지어 보였다. 염일규의 흥분은 조금도 가라앉지 않았다.

"오해가 아니라 의심이겠지요. 죽은 제 형님이 소현세자 저하의 사람이었던 이유로 저까지 의심한 게 틀림없습니다."

"그렇지 않다네. 만약 전하께서 자네를 의심했다면 지난번 곡성에서 참형당할 뻔한 자네 목숨을 살려주셨겠는가?"

"그때는 전하께서 이리될 줄 모르셨기 때문입니다. 분명히 말씀드리겠습니다. 저희 형님께선 봉림대군에게 빼앗긴 보위를 소현세자 저하의 아드님께 되돌리는 것을 운명이며 소임으로 믿으시다가 자진하셨습니다."

"보위를 빼앗기다니, 말을 삼가게!"

이완이 염일규의 경솔함을 큰소리로 나무랐다. 그 서슬에 염일규는 입을 꾹 닫았지만 눈에는 여전히 서운하고 원망하는 빛이 가득했다.

"여러모로 미안하게 됐네. 부디 전하를 탓하지는 말게나."

이완은 의금부 일은 정말 유감이며 본의가 아니라 오해 때문이었다고 거듭해 사과했다. 또한 어가 습격의 배후를 캐자면 예외를 둘 수 없는 불가피한 상황이었다며 염일규의 이해를 구했다.

"그런데 방금 전에 자네 혹 처자와 피신했다고 했나?"

"네, 그리 말씀드렸습니다만."

"드디어 처자를 찾았다는 게야?"

"흑도가 순순히 돌려보내주더군요. 무슨 까닭인지 모르겠지만."

"어쨌든 잘 되었네, 정말 잘 되었어."

흑도의 손에 붙잡혀 있던 염일규의 처와 아기가 무사히 생환했다는 소식을 들은 이완은 마치 자기 일인 양 기뻐하고 축하해주었다. 그러나 일면 드는 불안감을 감추지 못하고 인질을 얌전히 내어준 흑도의 저의를 의심했다.

"하면 강무웅 그놈을 직접 만난 겐가?"

"아닙니다."

염일규는 거짓으로 답했다. 흑도와 나눈 대화를 솔직히 털어놓아봐야 의심만 살 뿐이었다. 이젠 이완을 온전히 믿을 수 없었다. 지난날에는 친형의 벗이었다지만 지금은 임금의 벗이기도 했다. 무심코 뱉은 대답이 어쩌면 자신을 잡아 묶을 올가미가 될 수도 있었다.

이완은 흑도와의 사이가 자못 궁금해 몇 가지 질문을 보냈다.

"혹시 강무웅이 일주에 대한 이야기는 않던가?"

"갑자기 저희 형님 얘기는 왜….."

염일규가 당황하며 되물었다.

"혹시나 해서 물었네. 내 육감에 그놈이 자네 형의 지난 일을 이용할 것만 같아서….."

이완이 떠보듯 말끝을 흐리자 염일규의 얼굴이 붉게 달아올랐다.

"왜 대답을 못하는가?"

"흑도를 만난 일이 없으니 들을 일도 없었겠지요."

"그렇겠지. 그럼 자네 생각은 어떤가? 흑도가 벌이려는 일이 자네 형이 꿈꿨던 일과 같다고 보는가?"

"아까 말씀드렸을 텐데요? 솔직히 전 흑도가 뭘 하려는지 전혀 관심 없습니다. 제 형님 일도 마찬가지였고요."

질문과 답이 오갈수록 분위기는 점차 어색해졌다. 일촉즉발의 답답한 공기가 집무실 안을 가득 채웠다. 이윽고 이완이 화제를 돌렸다.

"참, 잊을 뻔했구먼. 홍모이 상단의 서기였던 하멜이 자네의 병증은 양이들이 믿는 천주가 내린 저주라 했네."

"천주라니요?"

"기리사독의 신(神) 말일세. 천주의 아들 야소가 죽으면서 그 피를 뒤집어쓴 대서국 병사로부터 저주가 시작됐다는군."

염일규가 미간을 찡그리며 이완의 얼굴을 똑바로 쳐다봤다. 도무지 알아듣지 못할 이야기를 장황히 늘어놓는 이완의 의도가 도무지 가늠이 안 됐다. 이완이 헛기침과 함께 말을 잠시 멈췄다. 조바심난 염일규가 닦달하듯 물었다.

"하던 말씀을 계속해보십시오. 제 병증은 고칠 수 있는 것이랍니까?"

"아니, 천주의 저주이니 인간으로 돌아올 방법은 없다고 했네."

눈앞이 아득하고 다리에 힘이 빠지며 무릎이 꺾였다. 예상 못한 건 아니지만 막상 불치의 병증이라 선고받자 엄청난 절망이 가슴을 차갑게 휩쓸고 지나갔다. 이완은 그런 염일규의 모습을 안쓰럽게 지켜보며 마치 자신 탓인 양 진심으로 미안해했다.

염일규는 다시 찾아오겠다는 인사도 없이 훈련원을 허위허위 떠났다. 결코 사람으로 되돌아올 수 없다는 절망에 아무 생각도 판단도 할 수 없었다. 오직 무서운 상상만이 머릿속을 엄습했다. 자신도 모르는 새 끔찍한 흡혈귀로 돌변해 처와 자식을 해칠 것 같아 두려웠다. 진실로 그들을 위한다면 지난날 사나다가 했던 것과 같은 결행을 염일규 역시 언젠가 무릅써야 할지도 몰랐다.

'정녕 그 방도 외에는 없는 것인가?'

무심코 손을 들어 목 주위를 어루만졌다. 괜스레 시큰한 느낌이 들며 목이 잘리는 끔찍한 상상을 했다. 기분이 착잡했다. 어수선한 기분 탓인지 광나루로 돌아오는 내내 누군가 뒤를 밟는 낌새조차 염일규는 전혀 눈치채지 못했다.

살인멸구(殺人滅口)

예로부터 궐에는 비밀이 없다고 했다. 그만큼 입놀림을 삼가고 매사에 언행을 조심해야 했다. 눈과 귀가 도처에 깔린 곳이 궐이라 한번 말이 나면 반드시 어디론가 샜고 언젠가 담장을 넘기 마련이었다.

때문에 내관과 궁녀의 제일 금기(禁忌)는 대전과 중궁에서 나오는 말을 귀에 담아두거나 입에 올리는 행위였다. 들은 말이 있다면 즉시 잊어야 했다. 그럼에도 불구하고 임금이나 중전의 은밀한 말이 밖으로 새는 경우는 적지 않았다. 그리되면 반드시 혐의자를 색출하는 작업이 진행됐고, 범인으로 지목된 자는 쥐도 새도 모르게 죽어 시구문 밖에 버려졌다. 그것이 궐의 보안을 관리 감독하는 내시부 상선(尚膳)이 할 일이었다. 그런데 그 내시부의 상선이란 자가 야심한 시각에 주위 이목을 피해 송기문의 후원에 와 있었다.

"주상이 정녕 그런 말씀을 하셨다?"

"예, 운고 어른. 이완 대장에게 밀명을 내리는 옥음(玉音)[120]을 제 귀로 똑똑히 들었습니다."

"수고했소. 오 상선의 노고는 내 잊지 않을 것이오. 하고 오 상선께서 양자(養子)로 들인 그 아이의 천거는 염려 마시오. 내 장담하리다."

"감사합니다, 운고 어른."

"서둘러 돌아가세요. 상선께서 궐을 이리 오래 비워서야 쓰겠소이까, 허허허."

가벼운 농과 함께 상선을 돌려보낸 송기문은 속내가 다급해졌다. 주상이 이편보다 먼저 칼을 뽑으려 하고 있다니, 계획보다 일정을 앞당겨야 했다. 아니, 염일규를 이용해 흑도를 제거하려던 본래 계획을 아예 뒤집어야 했다. 의주에서 출발한 흑도는 내일 낮쯤이면 한양에 당도할 터였지만 염일규는 아직 흔적조차 찾지 못했다. 흑도를 제거하는 데에만 골몰하다가는 주상에게 일격을 당할 수 있었다. 그때 마침 장백민이 서둘러 후원에 들어섰다.

"운고 어른, 드디어 찾아냈습니다."

"누구를 말이냐?"

"염일규 그놈 말입니다. 어른께서 이르신 대로 과연 이완을 찾아왔

---

120 임금의 음성.

더군요. 그래서 이완과 헤어진 그놈 뒤까지 밟고 오는 길입니다. 광나루 걸립패에 숨어 지내는 걸 소인의 두 눈으로 똑똑히 봤습지요."

"틀림없느냐?"

"뿐만 아닙니다. 계집 둘과 아이까지 주렁주렁 달고 있었습니다."

송기문은 고개를 갸우뚱했다. 염일규의 처와 아이는 조미가 잡아 두고 있는 줄로 알았는데 어찌 된 영문인가. 게다가 옆에 끼고 있는 계집이 하나가 아닌 둘이라니. 하지만 상관없었다. 염일규의 손발을 꽁꽁 묶어둘 올가미가 한 개 더 늘어난 셈이니 결과적으로 잘된 일이었다.

송기문의 입가에 야릇한 미소가 번지며 좋은 꾀가 떠올랐다. 곧장 장백민에게 일을 내렸다.

"당장 가서 놈의 처자와 계집을 붙잡아오너라."

효종의 권유에도 거듭 벼슬을 사양하던 송기문이 무슨 생각에서인지 갑자기 이조판서직의 제수를 수락했다. 아울러 송치성은 병조판서에 올랐다. 이로써 인사권과 군권 등 정권의 태반이 서인들 손에 완전히 넘어갔고, 이를 기회로 서인들은 자당(自黨)의 인물들을 대거 중앙 정치 무대로 출사시켰다.

그러나 효종은 병조판서와 이조판서의 벼슬과 함께 북벌의 중임까지 이들에게 떠넘기는 모양새를 취함으로써 서인들의 셈법을 복잡하게 만들었다. 즉, 정권을 내주었으니 북벌에 동참하라는 조건이 전제된 것이었으니, 결국 서인들은 자신들이 그토록 성토하던 북벌과 군비 확장을 스스로 떠안아야 하는 묘한 입장에 서게 된 것이다. 다른 한편으로 효종과 서인 간의 급작스런 긴장 완화는 양측 모두의 은밀한 필요에 따라 이뤄진 것이기도 했다. 효종은 서인들의 안심을 노렸고, 송기문을 비롯한 서인은 효종의 방심을 바랐다.

지난번에 송기문은 선전포고하듯이 효종에게 정유봉사를 올린 적이 있었다. 그런데 이번에는 효종이 송기문에게 밀서를 보냈다. 형식적으로 북벌 시늉만 하는 송기문에게 정녕 북벌에 동참할지 말지 여부를 묻는 최후통첩이었다.

송기문의 응답은 모호했다. 전국의 십칠만 명에 달하는 승려를 북벌 군사로 차출하자는 등 어이없고 비현실적인 답신에 담긴 진의는 임금에 대한 능욕과 거절이었다. 바로 그 유명한 상영릉문(上寧陵文)이다.

마침내 효종은 요동 출병을 반대하는 서인의 당론이 이전과 달라지지 않았음을 최종적으로 확인했다. 결국 지향하는 노선이 이토록 다르니 양자간의 유혈 대결은 결코 피할 수 없었다. 요는 어느 쪽이 먼저 선제공격을 가하느냐에 달려 있었다. 양편은 각각 준비한 계획을 비밀리에 진행하고 있었다. 얼핏 봐서는 조용하고 평화로운 때였지만 그 고요는 태풍의 눈이었다.

서인들은 최종 거사일을 효종과 숙원 정씨가 동침하는 날로 잡았다. 임금의 후사(後嗣)를 위해 주합루(宙合樓)[121] 종을 울리는 그때야말로 궁궐의 경계가 가장 이완될 때였다. 금군도 그때만큼은 민망한 합방 장소로부터 멀리 떨어져 경계를 섰고, 그 수도 평상시보다 적으니 거사를 치르기에 호기도 그만한 호기가 없을 터였다. 송기문의 설명을 들은 흑도가 비릿한 웃음을 지었다.

"봉림이 용포를 벗고 색정의 열락에 미쳐 있을 때 치자? 하하하, 참으로 모양새 빠지는 죽음이 되겠군."

"사대부로서 내키지는 않으나 놓칠 수 없는 기회다."

"수하는 몇이나 붙여주실 게요?"

"솜씨 좋은 놈 열다섯이다. 자, 받아라. 궐인들이 비밀리에 출궁하는 비밀 통로가 그려져 있을 것이다."

흑도는 지도를 펼쳤다. 비밀 통로의 출입구는 숙원 정씨의 처소로부터 멀지 않은 곳에 나 있었다. 몇 달음이면 도달할 만큼 짧은 거리였다.

"다만 이것만은 명심해라. 범궐과 동시에 흑도 너와 나는 전혀 아는 사이가 아니다."

흑도는 대답 대신 지도를 입안에 넣고 잘근잘근 씹었다. 이미 머릿속에 다 그려 넣었다는 뜻이었다. 지도를 꿀꺽 삼킨 뒤 송기문의 얼굴을 매섭게 쏘아보며 말했다.

---

121 창덕궁 안에 있는 누각.

"운고, 당신 또한 내 누이의 원수요. 누이의 원수를 갚자면 당신 목숨부터 취하는 것이 순서일 테지. 하지만 소현세자 저하의 적통을 보위에 잇자면 당신 힘이 필요하오. 그래서 따르는 것뿐이니 오해는 마시오."

"듣기 참 섬뜩한 말이로구먼."

"약조하시오. 봉림의 목이 떨어지면 내 조카 이회를 조선의 옥좌에 올리겠다고!"

"좋다. 만약 약조를 지키지 못한다면 그다음엔 내 목을 내놓으마. 네가 마음먹으면 늙은이 목숨 하나 취하는 게 뭐 그리 대수겠느냐?"

송기문이 껄껄 웃으며 호기롭게 답했다. 흑도는 그제야 흡족한 미소를 지으며 몸을 일으켰다. 사랑채를 나서려 등을 돌리는데 보탤 말이 남았는지 송기문이 돌연 흑도를 불러 세웠다.

"참, 그리고 염일규란 녀석은 신경 쓸 필요 없다. 옴짝달싹 못하도록 내가 손을 써뒀으니 섣불리 움직이지는 못할 게다."

송기문의 집을 나온 흑도는 새로운 거처인 당고개 주막집으로 향했다. 송기문의 장담대로 염일규의 손과 발만 묶는다면 이번 거사의 성공 가능성은 확실히 높았다. 사실 지난번 어가 행렬 때도 놈만 아니었으면 필시 성공했을 것이다. 안타까웠던 지난 순간들이 뇌리를 스쳤다. 봉림이 머리통에서 피를 뿜으며 땅바닥을 데굴데굴 구를 뻔했는데 아쉬웠다.

"끄윽!"

선홍색 핏빛이 떠오르자 갑자기 타는 듯한 갈증이 목젖을 할퀴었다. 한양으로 오면서부터 줄곧 그를 괴롭히던 갈증이었다. 도중에 걸리는 대로 몇 놈들 목덜미를 물어 해갈하곤 했는데도 금일 송기문과 밀회를 하는 동안 불쑥 솟구쳐 올랐다. 몇 번씩 이를 꽉 깨물며 눌러 참았지만 더는 어려웠다. 생혈의 달짝지근한 맛을 상상하자 유혹적으로 혀끝이 당겼다.

흑도가 당고개 어귀쯤 들어서는데 설핏 어둠 속에 앞서가는 그림자 하나가 눈에 들어왔다. 얼핏 보아 술 취해 배회하는 행인인 듯했다. 마침 잘되었다 싶어 저놈부터 해치울까 생각하는데 행인이 갑자기 방향을 바꿔 흑도 쪽을 향해 걸어오기 시작했다.

마치 불에 달려드는 나방처럼 행인은 죽을 운명인 줄도 모르고 저벅저벅 제 발로 흑도의 바로 앞까지 다가왔다. 그때 이제껏 달을 가리던 구름이 살며시 옆으로 걷혔다. 은은한 월광에 행인의 낯이 밝게 드러났다. 염일규였다.

"자, 자네는?"

"퉤, 비열한 자식!"

깜짝 놀란 흑도의 얼굴에 염일규는 다짜고짜 침부터 뱉었다.

"이 무슨 짓인가?"

"네놈이 정녕 몰라 묻는 게냐?"

"자네와의 약조를 지키지 않았나? 안 그래도 자넬 만나 대답을 듣고자 했네. 한데 이 무슨 패악이냔 말일세."

"허어, 네놈이 이 염일규를 우습게 보고 계속 가지고 놀 셈이로 구나!"

염일규는 화가 단단히 나 있었다. 봉변을 당해 어리둥절한 흑도의 표정조차 가증스럽고 꼴 보기 싫다는 투였다.

"네놈이 순순히 돌려보낼 때부터 내 눈치챘어야 했다. 이리 굴면 내가 네놈 편으로 넘어갈 성싶더냐?"

"대체 무슨 말인지 모르겠군. 자세히 얘기해보게."

"돌려보냈던 처와 아이를 다시 잡아간 이유가 대체 무엇이냐?"

"뭐라?"

상대가 여전히 시미치를 뗀다고 여겼는지 염일규는 품에서 종이 쪼가리를 꺼내 흑도 앞에 내던졌다.

"흥, 모른 척하기는. 이것을 보고도 어디 발뺌해보시지."

흑도가 종이를 주워 들었다.

'경거망동(輕擧妄動)했다가는 처자의 목숨은 없을 줄 알라.'

필적을 감추고자 거칠게 갈겨쓴 협박문이었다. 순간 흑도는 염일규가 옴짝달싹 못하도록 손을 써뒀다는 송기문의 마지막 말이 떠올랐다. 미루어 보건대 행여 염일규가 또다시 거사에 끼어들까 봐 그의 처자를 볼모로 잡아둔 게 분명했다. 흑도는 저도 모르게 피식 웃음이 나왔다. 조선 사대부들의 태두라는 늙은이치고 참으로 간특

한 꾀를 냈구나 싶었다. 흑도의 웃음은 애꿎게도 염일규의 분노에 불을 질렀다.

"그날 네놈을 살려두는 게 아니었다."

말 끝나기 무섭게 염일규가 칼을 뽑아 달려들었고 흑도 역시 검을 마주 뽑았다. 그러나 흑도는 염일규가 퍼붓는 공세들을 그저 막아내기만 할 뿐 한 번도 반격을 가하지 않았다. 아예 공격할 의지를 내비치지 않았다. 수상쩍게 느낀 염일규가 휘두르던 칼을 이내 거두며 한 발짝 뒤로 물러섰다.

"왜 공격을 않느냐? 대체 무슨 꿍꿍이인 게야?"

흑도가 무표정한 얼굴로 검집에 칼을 다시 꽂아넣으며 답했다.

"짐작 가는 바가 있네. 곧 자네 처자를 구해 돌려보내도록 하지."

"구하다니? 흥, 네놈 짓이 아니라고 계속 발뺌할 생각이구나."

"난 아닐세. 내 누이 강빈 마마의 이름을 걸겠네."

"…!"

"거처를 이르게. 내일이라도 당장 만나도록 해줄 테니."

"그 장담, 참말인가?"

염일규가 흑도의 속내를 읽으려 애썼지만 흑도는 얼른 화제를 다른 곳으로 돌렸다.

"참말이고말고. 그보다 일전 내 물음에 대한 답을 듣고 싶네만."

"역도에게 힘을 보태라니. 내 얼씨구나 하며 쉽사리 응할 듯싶더냐?"

"생각이 정히 그러하다면 돌아가신 자네 형님도 결국 역도라 여기는 모양이구먼. 이보게, 염일규, 의금부에 쫓기면서도 아직도 정신을 못 차렸나? 봉림 그자가 대체 자네에게 베푼 은덕이 얼마나 크고 무겁기에 이리 충성하려 고집을 피운단 말인가?"

흑도가 기어코 형 염일주의 일까지 끄집어내자 염일규는 받아칠 말이 궁했다. 흑도는 쐐기를 박으려는 듯 언성을 한껏 높였다.

"내가 하고자 하는 건 반역이 아니라 그른 것을 옳게 바로잡는 일일세."

"그른 것을 바로 잡는다?"

"그렇다네. 단지 부당하게 강탈당한 것을 되찾자는 것뿐이지. 하니 어찌 그러한 나를 두고 역도라 하겠는가? 설령 만보를 양보해 그렇다손 치더라도 대업을 앞에 두고 내 어찌 역도라 불리는 것을 두려워하겠는가?"

흑도의 논리에 막힘이 없어 하마터면 염일규는 고개를 몇 번이고 끄덕일 뻔했다. 정신을 똑바로 차리지 않으면 안 됐다.

"요설(妖說)이 지나치구나. 난 네놈들의 대의가 무엇인지 모른다. 무고한 처자를 유괴하고 인질로 삼는 일에 무슨 대의가 있다는 말이냐?"

염일규의 지적은 충분히 일리가 있었다. 허를 찔린 흑도는 침통한 얼굴로 머리를 숙였다.

"그 점은 할 말이 없네. 정말 미안하네. 내 사과하지."

"네 말의 당위를 증명하려면 나의 처자부터 무사히 돌려보내는 것이 먼저다. 대답은 그 이후에 주도록 하지."

염일규가 광나루 걸립패의 거처를 일러주자 흑도는 고개를 갸웃하고는 바람처럼 사라졌다. 염일규는 이번에도 흑도를 쫓지 않았다. 분노에 겨워 내내 윽박지르긴 했어도 지난번처럼 반드시 약조를 지키리라는 믿음을 흑도에게 가지고 있었다.

'허, 내가 그놈을 믿고 있다니.'

이런 변화는 스스로도 너무 어이가 없어 수긍하기 쉽지 않았다. 호의가 놈의 진심에서 우러난 것이든 아니면 다른 꿍꿍이에서 비롯되었든 염일규는 크게 상관하지 않았다. 지금으로서는 아리와 재인이만 안전할 수 있다면 어느 누구와도 손을 잡고 그를 신뢰할 작정이었다.

아리로부터 들은 이야기도 흑도에 대한 생각을 바꾸는 계기가 되었다. 인질로 잡혀 있는 동안 아리가 겪어야 했던 고생이야 이루 말로 할 수 없었지만 적어도 흑도가 임신한 그녀를 배려하기 위해 여러모로 애썼다는 건 아리에게 누차 전해 들은 바였다. 더구나 흑도가 아리가 소현세자 독살의 주범으로 의심받은 어의 이형익의 딸이란 사실을 안 후에도 그녀를 전혀 핍박하지 않았으며, 오히려 출산에 임박해서는 수연옥 기생들을 겁박(劫迫)하듯 을러 좋은 거처를 마련하고 성심성의껏 출산을 돕도록 했다는 것을 염일규는 이미 들어 잘 알고 있었다. 그러다 어느 시점부터 흑도를 다시 보게 됐고, 흑도가 이루고자 하는 거사의 대의도 일면 납득하는 쪽으로 조금씩 기울어가고 있었다.

반면 이완에 대해서는 생각을 거듭할수록 마음이 불편했다. 지난번 만남에서 자신을 역도와 한패라고 의심하는 것만 같아 내내 부담스럽고 껄끄러웠다. 오늘 밤 흑도와 다시 말을 나눴다는 사실까지 알게 된다면 필시 이완은 의혹을 확신으로 바꿀 것이 틀림없었다.

'모르겠다. 될 대로 되라지.'

갑자기 염일규는 막막한 기분이 되어 두 손으로 얼굴을 감싸고 손 위로 푸우 하고 한숨을 한껏 쏟아냈다.

한편 흑도는 의심 가는 곳을 향해 걸음을 서둘렀다. 그는 염일규의 가족을 납치한 범인으로 송기문의 수하 장백민을 짚고 있었다. 그런데 장백민은 흑도를 시답지 않은 표정으로 맞았다. 자신의 소행임을 인정하면서도 아리와 재인, 그리고 소희를 잡아둔 곳만은 끝내 밝힐 수 없다고 버텼다. 정히 알고 싶다면 송기문의 허락을 받아오라는 게 조건이었다.

당장 장백민을 베고 싶다는 충동이 거세게 일었지만 경거망동은 결코 안 되었다. 조카 이회를 옥좌에 올리자면 적어도 지금으로서는 송기문을 적으로 돌려서는 안 됐고 당분간 그가 시키는 대로 따라야 했다. 일단 물러선 뒤 차라리 염일규를 다시 만나 며칠 말미를 달라 양해를 구하는 편이 훨씬 현명한 선택이었다.

다음 날 늦은 오후, 흑도는 광나루에 자리한 걸립패들의 움막을 찾았다. 아리와 재인을 눈이 빠져라 기다리던 염일규는 빈손으로 나타난 흑도를 크게 실망한 얼굴로 심하게 질책했다.

"가족은 무사하다 들었네. 거사만 끝나면 상봉할 것이니 너무 걱정 말게나."

"거사라 했느냐? 대체 또 무슨 흉계를 꾸미는 게야?"

"듣고 싶나? 듣고 싶다면 말해주지."

"아니, 네놈 말 따윈 더 듣고 싶지 않다. 약조대로 내 처자식을 데려오든지 감금한 장소를 털어놔라. 직접 가서 내 손으로 데리고 올 것이니."

염일규의 표정은 이미 얼음장처럼 싸늘했다.

"마지막으로 묻겠네. 정녕 나를 도울 생각이 조금도 없는가?"

"금일 처자식이 무탈하게 돌아왔다면 난 네놈 일을 방해하지 않을 생각이었다. 누가 임금이 되든 나와 우리 가족과는 상관없는 일이니까. 하나….."

흑도는 순간 본능적으로 불길함을 느꼈다.

"뭔가? 계속해보게."

"칼 든 자보다 붓 든 이들이 훨씬 더 지독하더구먼. 믿을 만한 놈들이 못 되지."

돌연 염일규는 표정을 한껏 누그러트렸고 곧 착잡한 얼굴로 바뀌었다.

"대체 무슨 일이기에? 어서 말해보래도!"

불길한 느낌을 씻어내려는 듯 흑도가 재차 다그쳤다. 염일규는 결코 내키지 않는다는 듯 몸을 천천히 일으켜 움막 한쪽에 놓여 있던 목함을 흑도 앞에 내려놓았다. 보자기에 싼 제법 커다랗고 육중한 목함이었다.

"이게 무엇인가?"

"열어보는 게 좋을지는 모르겠다만, 네놈 처지도 딱하긴 마찬가지더군."

흑도가 그 말의 의미를 가늠하고자 염일규를 뚫어지게 응시하자 염일규는 고개를 돌려 시선을 피했다. 이윽고 흑도가 천천히 보자기를 풀고 목함의 뚜껑을 열었다.

"헉!"

목함 안에 조란의 머리가 들어 있었다. 머리는 목에서 잘려 있었고 부패를 막기 위해 소금물에 잔뜩 절인 상태였다. 눈은 여전히 부릅 뜬 채였으며 젖은 얼굴 위로 공포에 질린 표정이 그대로 굳어 있었다.

"염일규, 네, 네놈 짓이냐?"

"내 의주 다녀올 새가 어디 있었겠느냐? 원한이 네놈의 기녀에게 닿을 턱도 없고."

"하면 이 어찌 된…."

흑도는 말을 잇지 못했다. 아래턱을 덜덜 떨며 조란의 가련한 얼굴을 슬프게 쓰다듬을 뿐이었다.

"이리 된 사정을 흑도 너는 전혀 모를 터이니 내 들은 대로 소상히 일러주지."

염일규는 이완에게 들은 자초지종을 모두 전했다.

미처 국경을 넘지 못하고 의주에 은신하던 조미 일행은 그곳까지 추포에 나선 의금부 군사들 손에 결국 붙잡히고 말았다. 절차대로라면 당연히 한양으로 압송하여 추국을 거쳐야 했지만 어찌 된 일인지 의금부 도사는 그 즉시 임의로 그들을 처형해버렸다. 까닭이야 전혀 짚이지 않는 바가 아니었다. 은밀히 서인 도당의 사주를 받은 의금부 도사가 장차 화근이 될 조미와 조란의 입을 봉하고자 저지른 만행임이 틀림없었다. 꼬리를 자르듯 미리 죽여 입을 닫자는, 이른바 살인멸구였다.

조란의 머리를 전한 이는 이완이었다. 염일규가 흑도와 몰래 교통(交通)하는 것을 감지한 이완은 한양으로 보내온 조란의 수급을 일부러 염일규에게 넘겨서 자연스레 흑도의 손으로 들어가도록 계산했다. 수연옥 행수 조란이 흑도 강무웅과 정인 사이라는 것은 의금부 정보로 이미 인지하고 있었다. 이완은 조란을 처형한 것이 서인들 소행이란 사실을 흑도에게 간접적으로나마 이르고 싶었던 것이다. 그렇게 해서 그간 효종을 향했던 흑도의 칼끝 방향을 서인들 쪽으로 유인하고자 했다.

"남긴 말은 없었다던가?"

흑도의 목소리는 가늘게 떨렸다. 또한 흐느낌을 가까스로 참느라 어깨가 들썩였다.

"달거리가 멈춘 것이 아이가 들어선 것 같다 했다는군. 해서 출산 전까지 참형만은 면하게 해달라 간청했지만 의금부 도사가 들어주지 않았던 모양이다."

"란이를 죽인 자는 어찌 되었나?"

"법 절차를 어기고 자의로 처형했으니 마땅히 벌을 받아야겠지. 하나 사주했던 서인들이 가만있겠나? 곧 어떤 수를 써서라도 빼낼 게 뻔해. 중한 벌을 내리는 척하다가 눈치를 봐서 사면을 상소하겠지. 그놈들은 항상 그리 수작질을 해왔으니까."

"…."

흑도의 시선은 목함에 못 박힌 듯 그대로 굳어 있었다. 조란의 머리가 소금물 안에서 처량하게 흔들렸다. 십 수 년간 가슴속 깊이 지켜오던 흑도의 신념도 함께 요동쳤다. 봉림을 죽여 누이의 원수를 갚겠다는 일념은 이제껏 한 번도 흔들린 적이 없었다. 그러나 처참히 잘린 조란의 머리를 마주한 지금, 한 치의 흔들림도 없이 확고했던 그 필생의 목표가 마치 홍수에 굴복해 힘없이 무너지는 둑처럼 서서히 허물어지려 하고 있었다.

흑도 강무웅이 칼로 겨눠야 할 진짜 적은 송기문을 비롯한 서인들인지도 몰랐다. 물론 강빈의 부친이자 흑도의 아비이기도 한 강석기는 우의정까지 지낸 서인 명문 출신이었고, 국혼물실(國婚勿失)[122]이라는 기치 아래 남인 윤의립(尹毅立)의 딸과 소현세자를 파혼시키고 딸 강빈을 소현세자에게 시집보낼 수 있었다. 그러나 강빈이 시아버지 인조의 수라에 독을 넣은 주모자로 의심받아 사약을 받고 가문이 폐절(廢絶)될 때 서인들은 인조 편에 서서 외면했으며, 강빈의 세 아들이 제주도로 유배될 때도 인조를 지원하며 차남 봉림대군의 왕위 계승을 은근히 지원했다.

서인들의 외면과 배신은 그만한 까닭이 있었다. 소현세자는 심양에 있는 동안 서인과 충돌하는 의견들을 누차 피력해왔고 귀국 이후로도 서인에 맞서 친청적 입장을 뚜렷이 드러냈다. 따라서 집권 서인들로서는 소현 세자가 인조의 뒤를 이을 패가 되는 것이 불안하고 또 못마땅했다.

흑도의 입장에서 보자면 송기문과 서인 도당은 쉽게 말해 배신자들이었다. 배신자는 어떤 경우든 한층 증오스러운 법이다. 때문에 죽여서 포를 뜨더라도 시원찮을 원수는 옥좌를 차지한 봉림이라기보다 차라리 누이 강빈을 배신하고 인조의 편에 붙어 방조한 송기문과 그 졸개들이었다. 다만 봉림의 암살을 이루기 전까지는 그들의 단죄를 당분간 미뤄둬야 한다고 여겼을 뿐이었다. 그러나 막상 조란의 죽음을 맞고 보니 다시 한 번 서인들의 배신에 눈이 뒤집히고 치가 떨렸다.

---

122 왕후는 반드시 서인에서 내야 한다는 것.

"결국 다들 서인의 장난에 놀아난 게야. 네놈 역시 이용당하고 있을 뿐이고."

혼란스러워하는 흑도에게 염일규가 답을 던지듯 말했다. 그러나 흑도는 고개를 가로저었다. 염일규의 말은 반은 맞고 반은 틀렸기 때문이다. 모든 것은 흑도가 자초한 결과였고, 조란의 비참한 최후 또한 자업자득이었다. 따라서 결자해지(結者解之), 꼬인 매듭을 푸는 것 역시 그가 해야 할 일이었다. 목함을 닫으며 흑도가 비장한 어조로 대꾸했다.

"아니, 내가 그들을 이용하는 것이다."

"흑도 네놈이 정녕 미친 게로구나! 두 눈으로 똑똑히 목함 안을 들여다보고도 어찌 그런 말이 나오는가?"

흑도를 나무라는 염일규의 힐난은 맞는 말이었다. 어리석게 더는 송기문의 꼭두각시가 돼서는 안 됐다. 그러나 궐 담을 뛰어넘기로 정한 거사는 당장 내일 밤, 지금 와서 이미 내친 걸음을 되돌릴 수는 없었다. 여전히 궐 안에는 도적놈 봉림이 웅크리고 있다. 그 역시 흑도의 칼이 참살로써 응징해야 마땅한 단죄의 대상이기 때문이었다.

"어차피 도검 따위에 기대 사는 자는 언제나 이런 식으로 당하고 말지. 명심하게, 종국에는 염일규 자네도 예외가 아닐 테니까."

흑도가 목함을 들고 일어서며 혼잣말처럼 뇌까렸다.

"무슨 소리냐?"

"자네 말마따나 붓을 든 놈들을 조심하란 말일세. 나는 내일 밤 창덕궁을 범궐할 거라네. 그리하여 봉림은 물론 놈과 정을 통하는 계집년의 수급까지 모두 함께 취할 것이야."

흑도가 느닷없이 거사 계획을 털어놓자 염일규는 깜짝 놀랐다. 사전에 누설하는 의도가 대체 무엇일까.

"내 이미 너와 함께하지 않겠다고 답을 주었을 텐데. 그런데 그런 내게 미리 역모 계획을 알리는 까닭이 뭐냐? 대체 무슨 잔꾀를 쓰려는 게야?"

"행여 성동격서(聲東擊西)일까 봐 그런가? 그래, 병법서(兵法書) 몇 자는 읽었을 테니 의심하는 건 당연하겠지. 하나 자넬 속이려 꾀를 냈다면 아마 다른 묘수를 썼을 걸세."

"그럼 잔꾀가 아니면 무엇이냐?"

"그냥 알려주고 싶은 마음이 문득 들어 말했다네. 대답이 됐나?"

"만일 지난번처럼 내가 너를 막아선다면?"

"궐에서 맞닥뜨린다면 너와 나 둘 중 하나는 반드시 죽겠지."

흑도가 시선을 피하며 처연하게 대답했다.

"꼭 그래야만 하느냐? 대체 뭣 때문에 고집을 피우는 게야? 원수 타령을 하다 네놈은 불쌍한 네 정인만 잃었다. 하긴 돌아가신 내 형님도 너란 놈과 별반 다르지 않았지. 소현인지 뭔지 죽은 세자 따위에 연연하다가 결국…."

"말조심하게. 소현인지 뭔지라니, 그분은 내겐 매형일세."

208

염일규의 무례가 지나치다 싶었는지 흑도가 말을 끊었다. 그러나 항의하는 목소리에는 힘이 없었다.

"흑도 네놈이 아무리 발버둥 쳐도 어차피 세상은 바꿀 수 없어. 흘러가버린 물줄기를 대체 어떻게 되돌린단 게야? 괜한 피바람만 일으키고 무고한 사람들만 애꿎게 죽어나가지."

"…."

"그래서 네놈 정인도 더욱 가련한 거고."

흑도는 한동안 말이 없었다. 굳은 듯 그 자리에 서서 선 채 팔에 안은 목함을 뚫어지게 쳐다볼 뿐이었다. 그러나 얼굴에는 고뇌의 흔적이 역력했다.

"자네 처자는 거사 전에 자네에게 돌아올 수 있도록 최대한 노력함세."

이야기를 매듭 지은 흑도는 목함을 다시 보자기에 소중하게 싸서는 움막을 떠났다. 염일규는 그를 외곽까지 나가 배웅했다.

염일규는 흑도의 쓸쓸한 뒷모습이 자꾸 마음에 걸렸다. 마치 봐서는 안 될 것을 몰래 훔쳐본 것만 같아 불편했고 혼란스럽기도 했다. 흑도가 불현듯 털어놓은 거사 계획 때문이었다. 사전에 알려준 의도도 아리송했고 대체 막으라는 건지 아니면 피하라는 건지 그 태도 역시 애매했다. 한 가지 확실한 사실은 내일 밤 흑도가 효종의 목숨을 노린다는 것이었다. 그렇다면 이완에게 달려가 빨리 알려야 했지만 걸음이 쉽게 떼어지지 않았다. 만일 계획이 누설되어 거사가 실패로 돌아갈 경우 서인들은 볼모로 잡은 아리와 재인, 소희를 화풀이 삼아 해칠지도 모를 일이기 때문이었다.

어쩌면 강 건너 불 보듯 지켜보는 것이 상책이었다. 임금의 안위를 가족의 안위보다 우선할 까닭은 전혀 없었다. 죽은 형의 과거도 그렇고 의금부에 쫓기는 지금도 그렇고, 또 욕지기를 퍼부어도 시원찮을 임금이 아닌가. 그런 임금을 위해 무엇 때문에 팔 걷고 나서야 한단 말인가. 하지만 목함을 건네며 간절한 눈빛으로 바라보던 이완이 마음 한구석에 걸렸다. 효종은 몰라도 이완에게는 갚아야 할 빚이 많았다. 염일규를 참수형에서 구한 것도, 수군역으로 끌려 가기 직전에 도망갈 길을 열어준 것도 모두 이완이 베푼 은혜였다.

갈등이 일었다. 두 가지 생각이 치열하게 다퉜다. 갖가지 감정이 뒤죽박죽 뒤엉켜 소용돌이쳤다. 그러자 잠자던 흡혈 욕구가 돌연 미친 듯이 치올라왔다. 운기조식을 해봤지만 소용없었다. 이미 혼돈에 빠져버린 마음을 평정으로 되돌리기에는 너무 늦어 있었다.

마침 낙생이 아이를 시켜 조촐한 탁주 한 상을 움막으로 보내왔다. 염일규는 보자마자 허겁지겁 술을 병째 들이켰다. 그래도 갈증은 가라앉지 않았다. 이대로 있다가는 누구라도 해칠 것만 같아서 뛰쳐나와 무작정 인근 산속으로 내달렸다. 그날 밤만큼은 인적 없는 곳으로 찾아들어가 흡혈 갈증이 스스로 진정될 때까지 시간을 보내야 했다.

산속에서 온밤을 꼬박 지새운 염일규는 다음 날 새벽 일찍 이완의 집무실에 모습을 드러냈다. 그리고 흑도에게 들은 범궐 계획을 고스란히 털어놓았다. 생각과 달리 이완은 의외로 담담했다. 모두 예상했던 일이라는 듯했다.

"염일규, 자네도 나를 도와 놈의 범궐을 막아줄 텐가?"

"글쎄요. 거기까진 아직 생각해보지 않았습니다."

"계획을 알려준 건 우리와 함께하기 위해서가 아닌가?"

"대장께선 저를 의심하시지 않습니까? 그럼 전 이만."

용건은 이미 마쳤다는 얼굴로 염일규가 자리에서 몸을 벌떡 일으켰다.

"의심했었지. 그래서 자네한테 미안하고. 자네의 도움 없이 우리만으로는 흑도 그놈을 막지 못하네."

"말씀해보십시오. 제가 왜 이 일에 나서야 하는 겁니까?"

의외로 이완이 솔직하게 인정하자 염일규가 나가려다 말고 정색하며 물었다.

"자네부터 이리 내 앞에 나타난 연유를 말해보게나."

"일전에 대장께서 그 목함을 흑도에게 전하라 하시는 것 같기에 따랐고 오늘은 그 결과를 알려드리러 온 것뿐입니다."

"정녕 그뿐인가? 그것도 이토록 이른 새벽에?"

"…."

염일규는 아무런 대꾸도 하지 못했다. 애초에 거사 계획만 일러주고 빠지리라 단단히 마음먹고 왔건만, 이완이 던지는 질문은 염일규 자신이 의식하지 못했던 내면을 날카롭게 건드렸다.

"도움을 강요하지는 않겠네. 자네 뜻대로 하게. 우린 우리대로 최선을 다해볼 것이니."

이완은 적당한 대답을 찾지 못해 당황해 하는 염일규의 어깨를 부드럽게 짚으며 툴툴 털듯 말했다.

염일규는 가볍게 목례하고 서둘러 이완의 집무실을 빠져나왔다. 의금부의 추포령이 채 거둬지지 않은 터라 훈련원의 어느 이목이 자신을 발견하고 이완을 곤란하게 할지 몰라 나름 염려했기 때문이었다.

아무튼 이완의 말마따나 금일 밤 흑도의 패거리가 창덕궁으로 쳐들어간다면 이완 대장과 훈련도감 군사로서는 분명 무리였다. 어영청과 내금위 정예 군사까지 더한다 해도 고지인인 흑도를 꺾는다고는 장담할 수 없었다. 궁궐 안은 온통 피바다가 될 게 뻔했고, 그 와중에 이완이 목숨을 잃을 확률은 십중팔구였다.

고지인을 막을 자는 고지인 외엔 없었다. 따라서 만일 염일규가 끝내 나서지 않는다면 형의 벗 이완은 흑도의 칼에 죽음을 맞을 것이며, 옥좌의 주인은 새로운 임금으로 바뀔 것이었다. 또 반대의 경우라면 흑도의 칼에서 임금은 지켜내겠지만 대신 처자식과 소희의 목숨이 위태로울 수 있었다. 그야말로 진퇴유곡(進退維谷), 이러지도 저러지도 못할 난감하고 곤란한 상황이었다. 어찌 됐거나 지금으로

서는 거사 전에 염일규의 처자식을 돌려보내겠다는 흑도의 약속을
다시 한 번 믿고 기다려보는 수밖에 없었다. 아리와 재인, 그리고
소희의 안전을 두 눈으로 똑똑히 확인하고 난 후에야 다음 행동을
결정할 수 있을 것같았다.

범궐(犯闕)

창덕궁 범궐을 불과 몇 시진 앞두고 흑도는 송기문을 찾았다. 용건은 송기문의 수하 장백민을 범궐 무리에 넣어달라는 것이었다. 하지만 송기문은 한사코 거절했다. 거사가 무위로 돌아갈 경우 행여 장백민으로 인해 꼬리가 밟힐까 두려워서였다. 그러나 거사가 얼마 남지 않은 지금, 거사의 중심축인 흑도의 청을 마냥 무시할 수는 없었다. 심지어 거사 포기까지 입에 담으며 범궐의 선조건으로 내걸자 마침내 송기문은 두 손을 들고 말았다. 요구 사항은 그뿐만이 아니었다. 염일규의 처자식을 잡아둔 곳도 알려달라고 했다.

"그건 들어줄 수 없다. 너와는 상관없는 일이지 않느냐?"

"계집과 아이를 볼모로 잡다니, 세칭 조선 사대부들의 태산북두

(泰山北斗)[123]께서 쓰시기에는 참으로 치졸한 수법이외다."

"흥, 지난 어가 행차 때를 벌써 잊었느냐? 염일규 그놈만 나타나지 않았어도 주상의 수급은 이미 떨어졌을 터. 그리고 무릇 병불염사(兵不厭詐)라 했다. 군사를 쓰는 일에는 어떤 간사한 속임수도 꺼리지 않는 법."

송기문은 완강히 버티며 끝내 대답하지 않았고, 이번엔 흑도 쪽이 물러설 차례였다. 그만큼 송기문은 거사의 성공에 목말랐고, 만에 하나 염일규가 거사에 끼어들어 일을 그르칠까 노심초사했다. 염일규의 손발을 묶는 일이라면 그보다 더한 일도 기꺼이 무릅쓸 각오가 되어 있었다.

공교롭게도 흑도가 듣고자 했던 대답은 전혀 엉뚱한 데서 튀어나왔다. 송기문의 사랑채를 막 나서려는데 마침 어느 늙은 여종이 마당을 가로질러 지나갔다. 여종은 어울리지도 않는 백동 떨잠을 손바닥에 올려놓고는 이리저리 돌려가며 흐뭇하게 살펴보고 있었다.

흑도는 그 떨잠이 왠지 몹시 눈에 익었다. 문득 뇌리를 스치는 기억이 있었다. 일전에 은련사를 나와 배회하던 소희를 납치했을 때 그녀 머리에 꽂혀 있던 것과 같은 모양새였고 색깔도 똑같았다. 저자에서 파는 흔한 방물이랄 수도 있지만 떨잠의 칠보 나비 장식에 붙은 용수철 하나가 흉하게 기역 자로 푹 꺾인 걸 보면 소희의 물건이 틀림없었다.

---

123 태산과 북두칠성을 이르는 말로, 세상 사람들로부터 존경받는 사람.

소희는 잡혀 있는 와중에도 그 떨잠을 내보이며 염일규한테서 정표로 받은 것이라고 줄곧 뽐내곤 했었다. 당장 풀어주지 않으면 염일규 오라버니가 가만있지 않을 거라고 내내 의기양양했었다. 그러다가도 떨잠의 망가진 부분을 마주할 때마다 금세 속상한 얼굴로 변하던 그녀였다. 그런 탓에 소희의 떨잠은 흑도의 기억 속에 그 모양과 색깔이 아주 생생하게 남아 있었다.

따라서 앞뒤 상황을 미루어 보건대 십중팔구 장백민이 아리와 소희를 잡아 가둘 때 늙은 종년이 떨잠을 가로챈 게 분명했다.

흑도는 다짜고짜 늙은 여종을 외진 곳으로 끌고 가 떨잠을 손에 넣은 경위를 다그쳤다. 역시 짐작대로였다. 그녀는 그날 오후 모처에 감금된 아리와 재인, 소희에게 밥을 주러 갔었고, 그때 소희의 떨잠을 보고 탐심이 일어 억지로 빼앗았다고 순순히 이실직고했다.

"그곳이 어디냐? 당장 앞장서렷다!"

"안 됩니다, 나리. 그곳까지 아뢰었다간 이년 죽을 경을 칩니다요."

"네년이 발설했다는 것은 내 비밀로 할 것이다. 하나 계속 고집을 부린다면 당장 이 자리에서 네년 목부터 베겠다. 다시 묻겠다. 어디더냐?"

흑도의 위협은 말로만 그치지 않았다. 스르릉, 칼을 뽑아 그 퍼런 날을 종년 목젖에 가까이 갖다댔다. 그러자 늙은 종년은 서슬에 놀라 왈칵 울음보를 터트리며 아리 일행이 잡혀 있는 장소를 얼른 실토했다.

흑도는 그제야 안색을 부드럽게 바꾸며 바들바들 떠는 종년의 어깨를 가볍게 다독여줬다. 아울러 품에서 엽전 꿰미를 꺼내 떨잠 대신 손바닥에 얹어주었다.

"옜다, 떨잠 값이다. 이는 너 또한 비밀로 지켜야 하는 게다. 알겠느냐?"

늙은 종년은 온통 눈물범벅인 얼굴로 흑도 앞에 넙죽 엎드리고는 큰절을 올렸다. 흑도는 절을 받는 둥 마는 둥 그 자리를 떴고, 종년은 흑도의 모습이 완전히 사라지도록 그대로 엎드린 채 땅에서 일어나지 않았다.

종년이 알려준 곳은 송기문의 집에서 지근거리인 반촌(泮村)이었다. 아리 일행은 그곳의 반인(泮人)들이 꾸리는 어느 고깃간 창고에 감금돼 있다고 했다.

반촌은 관례적으로 치외법권을 인정받는 곳이었다. 그런 이유로 범법자, 무뢰배들이 법망을 피해 몸을 숨기는 일이 빈번했다. 따라서 아리 일행을 납치해 몰래 잡아두기에는 그만큼 안성맞춤인 장소가 따로 없었다.

거사 개시로 정한 인경까지는 아직 한 시진가량이 남아 있었다. 흑도는 종년이 일러준 고깃간 창고로 급히 내달렸다. 예상대로 창고 주위는 우락부락한 덩치 큰 백정들이 사방으로 눈을 부라리며 삼엄히 지키고 있었다. 하지만 흑도의 상대로는 어림 반 푼어치도 없었다. 흑도는 곧장 창고 문을 향해 거침없이 돌진했고 백정들은 고기 써는 도끼를 휘두르며 막으려 했지만 일제히 추풍낙엽처럼 우수수 나가떨어졌다.

백정들 모두를 순식간에 제압해버린 흑도는 이어 잠겨 있는 창고 문을 단숨에 부수고 안으로 들어갔다. 과연 아리와 어린 재인, 그리고 소희가 각각 발에 철 차꼬가 채워진 채 창고 안에 갇혀 있었다. 그들은 바깥에서 들리는 소란스런 싸움 소리와 비명에 잔뜩 불안하던 차였고 돌연 창고 문까지 산산이 박살 나자 어찌 할 줄을 몰랐다. 게다가 문을 부수고 들어선 사내가 흑도라니. 아리와 소희는 까무러칠 정도로 기겁했고 드디어 목숨을 거두러 온 것이라 짐작했는지 창고 구석으로 주춤주춤 몸을 피했다.

"죽이려면 더 이상 욕보이지 말고 단숨에 죽여주시오."

마침내 체념한 아리가 먼저 나섰다.

"난 죽기 싫어, 언니!"

소희가 울음을 터트리며 발악했다. 구석에 몸을 파묻듯이 숨긴 소희는 재인이를 품에 꼭 안은 채 사시나무 떨듯 바들바들 떨었다.

"그래요, 목숨은 저 하나 거두는 걸로 해주세요. 대신 내 아이와 소희는 부디 살려주십시오. 제발 부탁합니다."

아리가 간절한 눈빛으로 청했다. 흑도는 아무런 대꾸가 없었다. 흑도의 손에 들린 칼에서는 선홍색 핏방울이 뚝뚝 떨어지고 있었다.

흑도가 갑자기 아리 앞으로 성큼 걸음을 내딛었다. 아리는 이제 끝장이라고 여기며 눈을 질끈 감았다. 슈우웅, 바람 가르는 소리와 거의 동시에 날카로운 쇳소리가 뒤따랐다. 흑도의 칼이 아리의 오른발에 채워져 있던 차꼬를 반으로 동강 낸 것이다.

이어서 흑도는 아리의 왼발과 소희의 양 발에 채워진 나머지 차꼬들도 모두 끊어냈다.

"우릴 구해주는 이유가 뭡니까?"

"약조를 깨기 싫었을 뿐이오."

흑도는 손수 앞장서며 아리 일행의 도망을 재촉했다. 뒤늦게 백정들 몇 명이 더 들이닥쳐 도살 칼을 휘둘렀지만 흑도의 칼에 대번에 깨끗하게 정리됐다. 길목 곳곳에서도 백정들의 공격은 멈추지 않았다. 그럴 때마다 흑도는 아리 일행을 안전하게 호위하면서 반촌에서 빠져나가는 길을 열어주었다.

이윽고 반촌을 나가는 마지막 길목에 이르자 흑도는 걸음을 멈춰 세웠다. 그리고 종년에게서 되찾은 소희의 떨잠을 돌려주며 말했다.

"여기부터는 안심해도 될 것이오. 하나 인경을 칠 때가 다 되었으니 무작정 방향 없이 헤매다가는 순라군(巡邏軍)[124]들에게 잡혀 봉욕을 치를 수 있소. 멀지 않은 주막에 미리 봉노[125]를 빌려놓았소. 금일 밤은 그곳에서 묵고 광나루로 가시오."

---

124 조선 시대에 도둑·화재 따위를 경계하기 위하여 밤에 궁중과 장안 안팎을 순찰하던 군졸.
125 주막집 방.

"참으로 고맙습니다."

"고맙다는 말은 안 들은 것으로 하겠소. 금일 내 검이 염일규의 수급에 자비를 두지 않을 테니 말이오."

"어찌 그런 말씀을 하십니까?"

"피할 수 없는 운명이라면 어쩔 수 없소. 차라리 날 원수로 여기는 편이 마땅할 게요."

흑도는 아리가 미처 뭐라 더 캐물을 새도 없이 짙은 어둠 속으로 사라졌다. 아리의 가슴이 거세게 요동치기 시작했다. 오늘 밤 흑도가 염일규를 죽일 수도 있다는 얘기를 방금 두 귀로 똑똑히 들었다.

"저놈 말이 진짜일까, 언니?"

"글쎄."

대답은 얼버무렸지만 빈말로 여겨지지는 않았다. 그러나 설사 그렇다 하더라도 아리가 당장 할 수 있는 건 아무것도 없었다. 흑도가 어디서 어떻게 염일규를 해칠지 도무지 아는 게 없었다. 그저 어서 광나루로 달려가 아리 일행을 애타게 기다리고 있을 염일규에게 이 사실을 알려야 한다는 생각뿐이었다. 그러나 지금은 그조차도 불가능했다. 곧 통행금지를 알리는 종이 칠 테고 성문이 닫히면 도성을 빠져나갈 수 없었다. 괜히 어영부영 밤거리를 방황하다가는 순라군 손에 붙들릴 게 뻔했다. 따라서 재인이가 종소리에 깨어 시끄럽게 울기 전에 흑도가 정해준 주막으로 서둘러 걸음을 재촉하는 것이 당장 그들이 할 수 있는 최선이었다.

인경을 삼여 각 앞둔 시각, 창덕궁 곳곳에는 때 아닌 긴장감이 감돌았다. 전각 지붕마다 내금위 궁사들이 빼곡히 잠복해 있었고 궐안의 각 지점들에는 훈련도감의 정예병들이 몸을 숨긴 채 곧 닥칠 침입자들을 기다리고 있었다. 아울러 내관과 궁녀들의 궐 밖 출입도 전면 통제됐다. 누가 누구 편인지 모를 상황에서 궐내 방어 동태가 행여 밖의 적에게 노출될까 우려했기 때문이었다.

효종은 예정대로 숙원 정씨의 침소에 들기로 했다. 피한다 하더라도 언제고 이루어질 침입인 데다 그럴 바엔 기왕 범궐의 계획을 알아챈 날 불청객을 일거에 잡아들이는 편이 훨씬 낫다고 판단했다. 물론 동침하는 모양새만 취할 뿐 정사 따위는 치르지 않을 터였다. 대신 온몸에 갑옷을 단단히 두르고 만일의 사태를 대비했다.

그날 밤 경호의 총지휘는 이완이 맡았다. 사실 이완은 염일규가 달려와 도와주기를 속 태우며 기다리고 있었다. 효종 앞에서는 완벽한 호위를 장담했지만 내심 그렇지 못했다. 상대는 창검으로 다치게 할 수도 죽일 수도 없는 불상불사의 흉수로서, 보통의 인간이 그를 상대로 이긴다는 건 도저히 불가능한 일이었다. 오직 염일규만이 흑도와의 대적이 가능했지만 그로부터는 아직 아무런 소식이 없었다.

그 시각 염일규는 홍인문(弘仁門) 밖을 서성이고 있었다. 광나루 움막에 가만 앉아 기다리고 있을 수만은 없어 무의식중에 내친 걸음이 어느덧 성문 앞까지 와 닿은 것이다. 이제 인경을 알리는 종이

치면 도성문이 닫힐 것이었다. 그러나 염일규는 여전히 결심을 미룬 채 망설이고 있었다. 자신이 왜 효종을 보위해야 하는지 납득할 만한 당위를 아직 찾지 못한 탓이었다.

인경이 박두하자 성문 주위는 서둘러 들고 나려는 인파들로 매우 북적였다. 이리 치이고 저리 치이면서도 염일규는 망부석처럼 그 자리에서 꼼짝도 하지 않았다. 아무리 생각해도 그에게 가장 중요한 건 아리와 아들이었다. 애초에 제주섬을 빠져나올 때 기꺼이 종사관직 벼슬을 내던진 것도 사랑하는 아리와 오순도순 행복한 가정을 꾸리기 위함이 아니었던가. 역모니 종통이니 따위는 그가 끼어들 일이 아니었다. 그가 품고 있는 소박한 꿈과는 거리가 멀어도 한참은 멀었다.

마침내 결심이 선 염일규는 등을 돌려 동묘 쪽으로 걸음을 옮겼다.

동묘 앞을 지날 때였다. 염일규의 걸음이 차츰 느려지더니 어느덧 멈춰 서고 말았다. 동묘는 삼국지의 영웅 관우를 무안왕(武安王)으로 모신 사당이다. 관우는 조조의 환대와 회유를 뿌리치고 주군인 유비에게 달려간 의리의 화신이었다. 때문에 뭇사람들은 유비, 제갈량 등 여타 쟁쟁한 인물들을 제치고 그를 성인 반열에 올려놓을 만큼 사랑하고 존경했다.

'의리…'

염일규는 문득 얼굴이 화끈 달아올랐다. 염일규에게도 지켜야 할

의리가 있었다. 탈영병으로 잡혀 참수당할 위기에서 구해주고 전라
좌수영으로 끌려가 수노(水奴)가 될 뻔한 자신을 도망하도록 눈감아
줬던 은인에 대한 의리였다. 그때 염일규는 야반도주하며 굳게 다
짐했었다. 이 빚은 훗날 반드시 갚겠다고.

드디어 인경을 알리는 종소리가 무겁게 울리기 시작했다. 돌아보
니 성문이 스르르 닫히고 있었다. 염일규는 망연한 얼굴로 그 광경
을 바라보기만 했다.

달빛 한 줄기 없이 사위는 몹시 어두웠다. 그야말로 검은 장막이
드리운 듯 칠흑 같은 어둠이었다. 한성부와 포청의 나졸들이 순라
를 돌며 쳐대는 징소리가 멀리까지 울려퍼졌다. 그 시각 창덕궁 동
편 담벼락에는 고양이 걸음으로 다가서는 십여 명의 그림자가 어른
거렸다. 모두 흑의를 입고 복면을 둘렀으며 각자 등에는 검과 창을
메고 있었다. 선두는 흑도였다.

무리는 흑도의 손짓에 따라 누구 하나 숨소리 내지 않고 조용히,
그리고 민첩하게 움직였다. 담벼락을 짚어간 지 얼마나 됐을까, 흑
도는 사람 몸뚱이 하나 간신히 지날 만한 개구멍을 숲에서 찾아
냈다. 맨 먼저 흑도가 구멍을 통과했고, 장백민과 나머지 무리가 그
뒤를 따랐다.

창덕궁 내 정 숙원의 침소는 비밀 통로로부터 오백여 보가량 떨
어져 있었다. 거기까지 당도하자면 세 개의 중문(中門)을 지나야 했

는데 필시 각 문마다 내금위 군사들이 지키고 있을 게 빤했다. 최대한 부딪힘을 피하자면 전각의 지붕을 타는 편이 안전해 보였다. 흑도가 지시를 내리자 무리는 지붕 위로 오르기 위해 가장 나지막한 전각 아래로 이동했다. 발소리조차 전혀 없는, 그야말로 그림자 같은 움직임이었다. 그런데 그때 묵직한 육량전(六兩箭)[126]들이 날아와 흑도 무리의 발 앞에 후두둑 내리꽂혔다.

'매복이다!'

전각 위에서 미리 자리잡고 기다리던 내금위 궁사들이었다. 그들은 흑도 무리를 향해 일제히 화살 비를 쏘아 내렸다. 흑도는 잽싸게 검을 뽑아 날아드는 화살들을 쳐냈지만 동작이 굼뜬 여남은 명은 순식간에 고슴도치가 되어 바닥에 쓰러졌다.

"젠장, 우릴 기다리고 있었나!"

장백민이 신음 같은 한탄을 내뱉으며 툇마루 아래로 얼른 기어들어갔다. 흑도 역시 연이어 쏟아지는 화살 비를 피해 가까운 전각 기둥 뒤로 몸을 숨겼다. 장백민은 겁에 질려 거사의 실패를 단정하는 기색이 역력했다. 벌써부터 살아 달아날 궁리를 서두르는 눈치였다.

"이런 상황에서 돌파는 불가하네. 서둘러 몸을 빼는 게 상책이야."

"어차피 예상했던 바요. 이왕 내놓은 목숨, 죽어도 봉림의 목을 베고 죽을 것이오."

---

126 촉이 무거운 군사용 화살.

"미쳤는가? 이러다 다 죽네."

"흥, 우린 모두 죽음을 각오하고 온 것 아니었소?"

그러는 사이 미처 피하지 못한 무리 두서넛이 더 쓰러졌다. 횃불을 든 수백여 내금위 군사들이 중문을 통해 물밀듯 쏟아져 들어왔다. 선봉은 내금위장 정인봉이었고, 그는 흑도를 발견하고 곧바로 군사들에게 외쳤다.

"역도의 무리다. 몇 안 되는 놈들이니 반드시 사로잡아라!"

일대 격전이 벌어졌다. 기습적인 화살 세례에 무리의 태반을 잃었지만 살아남은 이들은 하나같이 무예가 출중한 자들이었다. 또 겁을 집어먹었다지만 본시 검이라면 나름 자신 있어 하는 장백민도 남아 있었다. 기실 흑도가 등장하기 전만 해도 한양에서 자신의 칼을 받아낼 이는 아마 없을 거라며 종종 호언장담하던 그였다. 아무튼 그들은 흑도를 필두로 완강히 저항했고, 수많은 내금위 군관들이 퍼붓는 일제 공격에도 쉽사리 뒤로 밀리지 않았다. 고함과, 비명, 그리고 창검 부딪치는 소리가 어둠을 갈기갈기 찢었다.

내금위 군사의 머릿수가 어느 정도 줄었다 싶을 즈음 이번엔 이완 직할의 훈련도감 정예병들이 합세했다. 아무래도 중과부적이었다. 그렇게 다시 혈투를 벌이기를 한참, 어느새 관병들에 맞서 살아남은 건 흑도와 장백민, 단둘뿐이었다.

"네놈들이 살 길은 더는 없다. 냉큼 무릎을 꿇고 오라를 받아라!"

이미 승부는 결정 났다는 엄연한 현실을 이완이 상기시켰다. 서슬 퍼런 이완의 호통에 애초부터 살 길을 궁리하던 장백민이 얼른 검을 땅바닥에 내던졌다.

"대체 뭣 하는 짓이오?"

흑도가 장백민을 잡아먹을 듯 노려봤다. 그러나 장백민은 눈을 꾹 감은 채 고개만 연신 가로저을 뿐이었고, 그러는 사이 훈련도감 군사들이 쏜살같이 달려들어 오랏줄로 그를 포박해 무릎을 꿇렸다.

"자, 강무웅 자네는 어쩔 것인가?"

이완이 흑도에게 물었다.

"그만큼 겪었으면 나에 대해 충분히 알 것 아니오? 일국의 어영 대장의 안목으로는 참으로 답답하고 미련한 말씀이시오."

흑도가 범 같은 눈으로 이완을 쏘아봤다. 흑도의 눈빛은 형세가 아직 자신에게 전혀 불리하지 않다고 여기는 듯했다. 외려 다음 먹잇감은 이완 당신이라고 말하고 있었다.

"자네 신통력이라면 잘 알고 있네. 하나 중과부적, 자네가 얼마나 더 버틸 수 있겠나? 수많은 창검과 화살 가운데 어느 하나만 자네 목덜미를 스쳐도 그 신통력은 물거품처럼 사라지고 말 터!"

"멋대로 지껄이시오!"

말 마치기 무섭게 흑도는 공중으로 몸을 풀쩍 날렸다. 허공답보(虛空踏步)[127]로 공중에 발을 몇 번 휘젓더니 곧바로 인근 지붕 위로 날아올랐다. 눈 깜짝할 새 흑도가 코앞까지 접근하자 그곳에 있던

---

[127] 아무것도 없는 허공을 걷거나 달리는 기술.

궁수들이 겁을 집어먹고 지붕 아래로 우르르 뛰어내렸다. 흑도는 그들의 움직임에 전혀 개의치 않고 그 기세 그대로 전각의 지붕들을 잇듯이 갈아타며 숙원 정씨의 처소를 향해 빠르게 내달렸다.

마당에 있던 군사들은 닭 쫓던 개처럼 죄 얼이 빠져버렸다. 흑도가 방금 보여준 믿을 수 없는 광경에 넋 잃고 쳐다만 볼 뿐 감히 뒤쫓을 엄두를 내지 못했다. 그러다 내금위장의 벼락같은 호통을 얻어맞고 나서야 그제야 정신을 차리고 사라진 흑도의 뒤를 바쁘게 쫓기 시작했다.

내금위와 훈련도감 군사들이 모두 흑도를 뒤쫓아간 뒤에도 이완은 그 자리에 남았다. 그리고 누군가 나타나기를 학수고대하는 시선으로 사방을 거듭 둘러보았다.

'정녕 오지 않을 셈인가?'

이완의 얼굴엔 실망하는 기색이 역력했다. 혹시 궐 안 다른 곳에 와 있는 건 아닌가 싶어 이완은 서둘러 짚이는 몇 군데를 더 가보았다. 그러나 그곳에도 기다리는 이의 모습은 없었다.

별운검을 쥔 이완의 손은 어느새 식은땀으로 흥건했다. 비록 범궐의 무리들은 대부분 이미 처치했다지만 흑도는 머릿수로 승부할 상대가 아니었다. 놈은 서너 여(旅)[128]의 부대조차 능히 홀로 감당하고도 남을 괴물이었고, 이완이 기다리는 이가 끝내 나타나지 않는다면 결국 흑도의 손에 효종을 잃을 수밖에 없을 순서였다. 시간

---

[128] 조선시대 125명의 군사 조직 단위.

이 너무도 촉박했다. 흑도가 효종이 있는 정 숙원의 처소로 질풍처럼 쳐들어간 지금, 더 늦기 전에 반드시 그가 와야만 했다.

흑도는 제비가 물을 차듯 전각의 지붕과 지붕 사이를 가뿐히 뛰어 건너 어느새 숙원 정씨의 처소인 호연각(好緣閣) 인근까지 다다랐다. 그 와중에 궁수들이 날리는 화살 비는 상대하기가 여간 만만하지 않았다. 검으로 부지런히 쳐내고 피했으나 이미 여남은 발 이상이 그의 어깨와 허벅지에 깊이 박혀들었고, 그 가운데 몇 개는 짧고 예리한 편전이었다. 흑도는 움직임을 방해하는 화살들을 연신 상처에서 뽑아내야 했지만 목표를 향해 돌진하는 걸음은 한순간도 멈추거나 느려지지 않았다.

마침내 호연각 앞마당이 훤히 내려다보이는 곳까지 다다라 걸음을 우뚝 멈춰 서자 부리나케 뒤쫓아온 내금위와 훈련도감 군사들이 한눈에 들어왔다. 그들은 미처 진을 갖추지 못해 우왕좌왕했고, 그 어수선한 광경에 섞여 용포 아래 갑옷을 껴입은 임금이 허둥지둥 호연각을 빠져나가고 있었다. 내관과 상궁들이 임금 주위에 두터운 인(人)의 장막을 겹겹이 쌓아 움직이는 탓에 도리어 임금의 위치는 더욱 두드러졌고 피신도 무척이나 느렸다. 여러모로 표적 잡기가 너무나 수월했다.

어림잡더라도 흑도와 효종과의 거리는 불과 삼십여 보 이내였다. 단숨에 달려들기에 아주 충분했다. 일단 호연각 지붕 위로 날듯이 건

너간 흑도는 숨도 쉬지 않고 중문을 막 빠져나가는 효종을 향해 비호같이 몸을 날렸다. 흑도의 비공(飛空)은 눈 깜짝할 새보다 빠르고 군동작 하나 없이 매끄러웠다. 살기를 머금은 칼끝이 효종의 목젖을 날카롭게 찌르고 들기 직전이었다.

"쨍!"

흑도의 칼끝은 선명한 금속음과 함께 바로 목젖 앞에서 막혔다. 어디선가 날아든 염일규의 일본도가 흑도의 검을 밖으로 쳐낸 것이다. 그 돌연한 기세에 놀란 흑도는 그만 검을 놓쳐버렸고, 튕겨나간 검은 방향을 잃고 빠르게 날아가 호연각 대들보에 깊숙이 꽂혔다.

"결국 왔군. 혹시 적으로 온 것인가?"

"보다시피."

"내 칼로부터 봉림을 지키고자 함인가?"

"네놈이 먼저 내게 거사일을 알려주지 않았더냐? 난 더 이상의 무고한 죽음을 막고자 할 뿐이다."

"그런가? 그러려면 나부터 꺾어야 할 텐데."

"그야 못할 일도 아니지."

"좋네, 언젠가 내야 할 승부라면 차라리 오늘 마무리 짓도록 함세. 참, 내 검부터 찾아와도 되겠는가?"

흑도가 호연각 대들보에 박힌 자신의 검을 시선으로 가리켰다.

"어림없는 관용을 청하는구나. 내 허락할 성싶으냐?"

염일규는 그조차 허락지 않을 생각이었으나 흑도는 대답을 듣자마자 호연각 쪽으로 벼락같이 몸을 날렸다. 염일규는 그럴 줄 알았다는 듯 재빨리 그 뒤를 쫓았다.

"승부는 공정해야지. 그러자면 무엇보다 손에 익은 검이 제일 필요한 법일세."

염일규보다 한발 빨랐던 흑도가 먼저 검을 손에 틀어쥐고 호연각 지붕 위로 풀쩍 올라가더니 아래의 염일규를 내려다보며 빙긋이 웃었다. 이에 염일규도 몸을 날려 호연각 지붕 위로 날아올랐다.

"기왕지사 이리된 일, 결판을 내보자꾸나."

한편 이완은 한발 늦게 호연각 앞마당에 뛰어들었다. 그는 호연각 지붕 위에서 흑도와 맞선 이가 염일규임을 한눈에 간파하고 일제 사격을 가하려던 궁수진을 서둘러 막았다.

"어영대장, 어찌해 막는 것이오? 우리가 지금 주저할 일이 아니지 않소?"

내금위장 정인봉이 도저히 이해할 수 없다는 표정으로 항의했다.

"경솔하게 화살을 날릴 상황이 아니오. 저 위를 잘 살펴보시오, 강무웅을 막아선 이가 과연 누군지."

"혹 저자는 일전에 철 대금으로 금상 전하를 지킨 자가 아니오?"

"맞소, 염일규 저자만이 전하를 지킬 수 있다오."

"저자가 염일규인가?"

내관들에 둘러싸여 잠자코 상황을 지켜보던 효종이 그제야 입을
열었다.

"그러하옵니다, 전하."

　효종은 눈을 들어 물끄러미 호연각 지붕 위의 염일규를 바라보
았다. 여태 남들이 전하는 이야기만 들어왔을 뿐 염일규를 직접 눈
으로 보는 것은 처음이었다.

"내금위장은 서둘러 전하를 안전한 곳으로 모시도록 하시오. 난
여기 남아 저들의 대결을 계속 감시하겠소."

　이에 내금위장은 휘하 군사를 반으로 쪼개어 한편으로 하여금 임
금을 호위하도록 했으며 효종과 내관들은 삼엄한 호위 아래 빠르게
마당을 빠져나갔다. 호연각 중문을 통과해 완전히 사라질 때까지도
효종은 호연각 지붕 위에서 눈을 떼지 못했다.

"뜻을 한데 모으기에는 너무 늦은 것 같으이. 또 자네와는 이 자
리가 아니더라도 언제고 다시 부딪칠 운명인지도 모르고."

　흑도는 자못 서글픈 미소를 지어 보이며 검을 고쳐 잡았다.

"곧 죽을 놈치고 참 말이 많구나."

　염일규는 코웃음치며 상대를 비웃었다. 하지만 진심까지 그런 건
아니었다. 실은 서로 검을 겨눌 수밖에 없는 이 같은 상황이 너무도
안타까웠다. 그러나 그런 심정을 솔직히 드러낼 수 있는 때도, 장소
도 아니었다. 주위의 시선, 특히 이완의 시선이 무척이나 신경 쓰이

고 마음에 걸렸다.

염일규가 처자식의 위험을 감수하고 흑도를 막고자 궐로 뛰어든 것은 효종의 안위보다 이완에 대한 의리를 지키기 위함이었다. 결과가 어찌 나든 이완의 입장을 곤란하게 해서는 안 됐다. 또 염일규가 흑도와 모종의 사전 교감이 있었고 친밀한 사이일 수 있다는 기미는 이완 외에 결코 다른 사람이 눈치채서는 안 됐다.

잠깐 그런 생각을 하는 찰나 돌연 흑도의 검이 먼저 번뜩였다. 동시에 섬뜩한 전율이 목덜미를 엄습했다. 염일규는 재빨리 몸을 활처럼 뒤로 뉘었다. 그런 다음 그 반동을 이용해 튕기듯 허리를 일으키며 흑도의 가슴팍을 곧바로 찔렀다.

이후 일진일퇴(一進一退)의 치열한 공방이 이어졌다. 검이 어지러이 부딪치는 금속음은 호연각 일대의 어둠을 찢으며 장엄히 울려 퍼졌고, 그때마다 파랗게 튀는 불티가 마치 복사꽃잎 흩날리듯 지붕 아래로 쏟아져 내렸다. 그야말로 용호상박, 숨 가쁘게 공수가 뒤바뀌고 한 치 앞도 내다볼 수 없는 막상막하의 대결이었다.

이완은 군사를 이십여 보 뒤로 물러서도록 명했다. 어차피 둘 중 하나가 죽어야 끝날 싸움이었다. 괜한 개입은 무고한 군졸들만 죽거나 상하게 할 수 있었다. 이완이 내내 긴장하고 있었던 것과는 달리 군졸들은 흡사 구경이라도 난 듯한 얼굴들이었다. 두 호적수의 대결을 그야말로 경이로운 눈으로 바라봤고, 난생처음 보는 화려한 검무에 탄성을 질렀다.

그러기를 일각이 넘었을까, 염일규와 흑도가 보법과 위치를 바꿀 때마다 지붕 위에서 하나둘씩 흘러내려 부서지던 기왓장이 거의 남아 있지 않을 때쯤이었다. 염일규는 흑도를 상대하면서 점차 수상한 낌새를 느끼기 시작했다. 어느 순간부터인가 흑도의 검세(劍勢)는 무디고 공허했으며 각 초식(招式)이 살기가 실리지 않은 시늉뿐이었으니 고의가 아니고서야 이럴 수는 없었다.

"허어, 승부를 내자던 녀석이 고작 광대 놈들 너울춤만 추려는 게냐?"

칼을 맞대고 힘겨루기를 하던 중 염일규가 조소하듯 나무랐지만 흑도는 비아냥거림으로 맞받는 대신 결연한 어조로 상대 귓가에 조용히 일렀다.

"내 조카 석견만은 살려주게."

"뭐라고?"

"그것만 약조해준다면 자네에게 내 목을 내어주겠네."

당황한 염일규가 순간 주춤하자 흑도는 그 빈틈을 타고 횡으로 검을 그었다. 물론 그 역시 염일규가 피하도록 공간을 넉넉히 내주는 거짓 공세였다.

"검의 기세를 잃지말고 계속해 유지하게나. 한 점이라도 흐트러지면 밑에서 보는 이들이 의심할 걸세."

흑도는 일부러 지는 싸움을 하려는 게 분명했다. 여전히 공세의 고삐를 죄는 척했지만 실세(實勢)로 뚫고 쳐들어오는 진수(眞數)란

하나도 없었고 죄 허수들뿐이었다.

"스스로 죽겠다, 그 말이냐?"

"그리해야만 모든 일이 매듭지어지니까."

겉으로는 치열히 공수를 주고받으면서도 두 사람은 대화를 틈틈이 이어나갔다.

"차마 믿기 어렵군."

"자네 말이 옳은지도 모르지. 세상을 되돌리고자 피바람을 일으켜봐야 무고한 사람들만 죽어나가겠지. 이미 지은 죄는 감당할 길이 없으나 오늘 내 피로나마 그 값을 치를 것이네."

흑도는 말을 마치자 검을 돌려 잡고 검의 칼날이 아니라 검의 등으로 염일규를 상대하기 시작했다. 즉, 더 이상 공격은 포기하겠다는 무언의 신호였다. 그러나 염일규는 흑도의 돌변이 도통 이해가 되지 않았다. 누이 강빈의 복수에 그토록 매달리던 놈이 갑자기 한순간 모든 것을 내려놓겠다는 것도 그렇고, 또 그런 결심을 했다는 놈이 범궐까지 무릅쓰며 이 난리를 피우는 것도 도무지 납득하기 어려웠다. 게다가 흑도는 방금 전까지도 수많은 군사들을 칼로 베고 쓰러트렸다. 그런데 느닷없이 태도를 바꾸어 자신의 죽음으로 모든 죗값을 치르겠다니 아무리 생각해도 앞뒤가 전혀 맞는 언행이 아니었다. 따라서 이 같은 의문이 먼저 풀리지 않고서는 흑도의 진정성을 믿기가 어려웠다.

흑도에게 다른 꿍꿍이가 있어 자칫 그 술수에 말려들까 염려한 염일규가 오히려 소극적으로 공세를 이어가자 흑도가 다시 입을 열었다.

"날 의심하고 있구먼그래."

"누굴 바보로 아느냐? 의심하지 않는다면 도리어 이상한 일이다."

"거짓 싸움으로 이리 계속 시간을 끈다면 필시 저 아래 사람들이 눈치채고 말 터. 그리 되면 자네도 나와 한패로 몰리게 되겠지. 어찌할 텐가?"

"…."

"난 자네까지 다치는 건 원치 않는다네. 나의 매형과 누이가 자네 형님께 진 빚을 갚기에도 벅차니까."

순간 두 사내의 눈빛이 마주쳤다. 조용히 미소 짓는 흑도의 눈가는 어느새 이미 촉촉이 젖어 있었다. 녀석은 어떻게든 자신의 진심을 전하려 했다. 문득 사나다가 생전 마지막으로 지어 보였던 미소가 떠올랐다. 사나다는 스스로 목숨을 끊기 직전 아주 희미하고 슬픈 웃음을 마지막 표정에 담았다. 그때 보았던 그 미소가 지금 흑도의 얼굴에서 다시금 읽혔다.

"송기문의 수하 중 우두머리 놈이 이미 이완의 손에 생포되었네. 놈을 캐면 자네들이 알고자 하는 모든 배후가 드러날 걸세. 내 수급과 함께 주는 마지막 선물이라 여기게나."

이제 더는 의심할 게 없었다. 흑도는 이곳에서 최후를 맞을 결심인 게 분명했다. 흑도가 송기문의 꼬리를 던져준 이상 이후의 일 역시 그가 예상하는 대로 흘러갈 게 틀림없었다. 효종을 시해하려던 반도의 세력은 일소될 것이며, 머지않아 송기문 역시 흑도의 길동무가 될 것이었다.

"좋아, 내 너를 마지막으로 믿어보지."

염일규가 숨을 크게 내쉬며 한 마디를 뒤에 덧붙였다.

"세상이 이 지랄만 아니었다면 아마 우린 벗이 되었을 수도."

흑도는 다시 빙그레 웃었다. 처연했던 아까와는 달리 흡족한 미소였다.

"그럼, 잘 가게나."

흑도의 입가에서 그 미소가 사라지기도 전에 염일규의 일본도는 목덜미를 향해 빠르게 날아들었다. 흑도는 피하거나 막지 않았다. 대신 두 눈을 감고자 했지만 일본도는 그 틈마저 주지 않고 목과 몸통 사이를 전광석화로 가르며 지나갔다.

흑도의 손에서 검이 힘없이 바닥에 떨어졌다. 잘린 머리는 지붕을 타고 아래로 굴렀고 중심을 잃은 몸통은 서서히 무릎을 꿇었다. 이어 찬연한 빛줄기가 몸통의 절단면에서 치솟았다. 그와 함께 영기도 분수처럼 뿜어져 나왔다. 영기는 마치 다음 주인을 물색하는 것처럼 공중에서 크게 몇 번 용틀임을 하더니 염일규를 향해 곧바로 달려들어 그의 몸 안으로 스며들었다.

숨죽여 지켜보던 군사들은 염일규의 승리에 환호를 지르며 크게 기뻐했다. 그러나 곧이어 펼쳐진 괴기스러운 광경에 다들 경악하며 벌어진 입을 차마 다물지 못했다. 개중 몇몇은 경기까지 일으켰다. 어안이 벙벙하기는 이완도 마찬가지였다. 그제야 하멜에게서 전해 들은 고지인의 실체를 두 눈으로 똑똑히 확인한 셈이다.

'과연!'

이윽고 염일규가 흑도가 죽으며 뿜어낸 영기를 모두 거둬들이고 지붕 아래로 풀썩 뛰어내렸다. 내금위장은 염일규를 경계하며 군사들로 하여금 그를 둘러싸도록 했다. 역도를 물리친 자라고는 하지만 방금 전 모두의 목전에서 벌인 괴이한 광경은 지켜보던 이에게 공포와 경계심을 불러일으키기 충분했다. 그때 이완이 나섰다.

"기어코 올 줄 알았네. 장한 일을 했네."

이완은 염일규의 공을 치하하며 날선 분위기부터 수습했다. 어영대장이 몸소 가까이 다가가 염일규의 어깨를 두드리는 등 친밀함을 보이자 군사들은 그제야 굳었던 얼굴을 풀며 병장기를 하나둘 물리기 시작했다.

어수선하던 분위기가 어느 정도 바로잡히자 이완은 내금위장에게 역의 진압을 효종에게 대신 아뢰어달라고 부탁했다. 아울러 생포한 장백민을 의금부에 곧바로 넘겨 일련의 모반 사건들에 대해 철저히 문초하도록 조치했다.

"염일규, 이자는 어쩔 셈이오? 전하께도 소상히 아뢰어야 할 텐데."

궐 밖으로 피신한 효종에게 달려가려던 내금위장이 염일규를 슬쩍 턱짓으로 가리키며 걱정스레 물었다.

"일단 내게 맡겨두시오. 내 직접 전하께 모든 자초지종을 말씀 올릴 것이니."

이완은 염일규의 어깨를 재차 다정하게 감싸 안으며 내금위장을 안심시키려했다. 내금위장은 미간을 쉬이 펴지 못했고 여전히 못 미더운 얼굴로 염일규의 아래위를 몇 차례 훑은 뒤 휘하 내금위 군 병들을 이끌고 호연각 마당을 빠져나갔다.

염일규는 어딘지 모르게 느낌이 좋지 않았다. 자신을 흘끗 돌아 본 뒤 중문 너머로 빠르게 사라지는 내금위장의 뒷모습이 왠지 불 길했다. 마치 또 다른 비극이 닥칠 것만 같았다.

기해독대(己亥獨對)

"기이한 일일세."

그날 이완은 새벽녘 궐 인근 모처에서 염일규를 따로 만나 말머리를 이렇게 꺼냈다.

"지난번 범궐에 다친 군사들은 부지기수였으나 정작 흑도의 칼에 목숨을 잃은 자는 단 한 명도 없었네. 녀석의 칼이 모두 급소를 피해 지나간 모양이야. 덕분에 치명상을 입은 자 역시 전혀 없었고."

염일규는 그간 품었던 궁금증이 그제야 스르르 풀리는 느낌이었다. 흑도가 했던 마지막 말이 당시 사정에 맞지 않는다고 여겨왔는데 그게 아니었다. 흑도는 범궐을 시작하는 순간부터 인명을 해치는 일을 피했던 게 틀림없었다. 군사들을 돌파하며 불가피하게 검을 휘두르긴 했지만 그들을 쓰러트리기만 했을 뿐 크게 다치게 하거나 목숨을 빼앗진 않았던 것이다.

"허어!"

저도 모르게 허탈한 웃음이 새어나왔다. 흑도의 진정을 더 빨리 믿어주지 못한 게 미안했고 의심했던 자신이 뒤늦게 부끄러웠다.

"참, 그리고….."

천장을 쳐다보며 한동안 망연해 있던 염일규에게 이완이 머뭇대며 말했다.

"어서 도성을 벗어나게. 될 수 있으면 아예 조선을 떠나는 것도 한 방도일 게야."

"뭐라고요?"

염일규가 정색하며 되물었다.

"말 그대로일세. 처자를 데리고 서둘러 이 땅에서 도망치게나."

"…!"

"물론 서운한 심정은 십분 이해하고도 남네. 하나 결코 밖으로 드러나선 안 될 것을 너무 많은 눈들이 봤네. 자네 정체를 아는 자들도 너무 많고. 더 머물다가는 필시 큰 화가 닥칠 것이네."

이완의 어조는 느렸지만 단호했다. 그러나 두 번씩이나 임금을 구한 공로를 제대로 치하하기는커녕 도망부터 강요하니 사정이 어쨌거나 썩 기분 좋은 일은 아니었다. 처자식이 위험에 빠지는 것도 감수하며 효종에게 내달려왔건만 결국 이런 대접으로 끝나고 말다니 온몸에서 기운이 빠지고 정신이 멍했다.

물론 전혀 예상 못한 바는 아니었다. 목이 잘린 흑도의 영기를 빨아들이는 기괴하고 혐오스러운 행위를 수많은 군사들과 궐인들이 목격했으니 그 파장이 심상치 않게 번지는 것은 당연한 수순이었다. 소문이 궐 안팎을 가리지 않고 일파만파 퍼질 테고, 그렇지 않아도 흉흉한 민심이 더욱 들썩거릴 것이다. 술렁이는 정도가 점차 심해지면 조정으로부터 어떤 예상치 못한 조치가 떨어질지도 모를 일이었다.

이완의 걱정과 충고에는 다른 이유도 있었다. 이완은 범궐 사태의 초점이 흐려질까 봐 염려했다. 조정 공론이 자칫 범궐을 자행한 역도들의 배후 수사에서 고지인과 같은 괴인의 소탕 쪽으로 옮겨갈 공산이 컸다. 특히 송기문이라면 그런 교활한 수를 쓰고도 남을 위인이었으며, 필시 그 틈을 타 혐의에서 빠져나가려 들 것이다.

더군다나 안타깝게도 범궐의 배후를 밝힐 유일한 증인인 장백민은 의금부 옥사에서 쥐도 새도 모르게 살해당했다. 의금부 나장들 태반이 서인들 손아귀에 놀아나는 게 작금의 현실이었으니 옥졸(獄卒) 하나 구워삶아 독을 탄 음식을 옥 안에 들이는 것은 손바닥 뒤집기보다 쉬웠을 것이다. 이는 서인들이 생존을 위해 이미 움직이기 시작했다는 징조이기도 했다.

"생포한 자를 잃고 말다니, 곳곳에 깔린 서인 쥐새끼들 소행이 분명하네."

이완은 아쉬운 표정을 금치 못하며 장탄식했다. 장백민이 죽고 말았으니 범궐 무리와 서인들을 잇는 중요한 다리가 끊어진 셈이었다.

'차라리 처음부터 장백민의 신병을 의금부 대신 이완 휘하의 훈련원 군옥(軍獄)으로 옮겼다면….'

뒤늦게야 후회가 막심했다.

아무튼 결국 염일규는 이완의 충고를 받아들이기로 했다. 애초부터 임금의 치하를 받고자 나섰던 일이 아니었으니 그저 아리와 재인, 그리고 소희만 무탈하게 되찾는다면 그 즉시 한양을 뜨리라. 그러나 이번에도 자신의 개입 탓에 서인들의 범궐이 실패로 돌아간마당이니 혹시 서인들이 가족에게 앙갚음을 하지는 않을까 싶어 노심초사했다. 흑도가 가족들을 무사히 돌려보내겠다고 약조했었지만 그는 그 약조를 지키기도 전에 이 세상을 떠났다.

"어디에 잡아두었는지 정녕 아무 단서도 없는 것인가?"

염일규의 안타까운 사정을 들은 이완이 마치 제 일처럼 걱정하며 물었다.

"전혀요. 어떤 실마리도 손에 쥔 게 없습니다."

"이럴 줄 알았다면 장백민 그놈을 붙잡았을 때 즉시 그것부터 물어볼 것을!"

"제가 염려하는 건 서인 놈들이 증거를 인멸하고자 제 처와 아들을 해코지할까 하는 것입니다. 아무래도 그냥 놓아주면 후에라도 아리가 저들의 얼굴을 알아볼 수도 있을 터이니…."

염일규는 문득 말을 멈추고 차마 더는 잇지 못했다. 뒷일은 상상하기도, 입에 올리기조차도 끔찍한 탓이었다.

"내 얼른 군사들을 풀어 자네 가족을 찾아보겠네. 서인 놈들이 직접 손을 썼다면 도성 안일 터이고, 청부 납치라면 도성 밖 인근 어디쯤이 겠지. 도성 내라면 반촌이겠으며 밖이라면 십중팔구 밤섬(栗島)일 걸세. 그러니 너무 걱정 말게나."

이완은 불안해 어쩔 줄 모르는 염일규가 안쓰러워 다소나마 걱정을 덜어주기 위해 무진 애를 썼다. 군사들에게 수색 명령을 내리기 위해 자리에서 일어섰다.

"잠깐만요."

염일규는 방을 나서는 이완을 붙잡아 세웠다. 상의할 문제가 아직 남아 있었다. 흑도가 죽기 전에 당부했던 이회의 안전이었다.

"반드시 이회를 살려주셔야 합니다."

"이회? 소현세자 저하의 막내 아드님 말인가?"

뜬금없이 석견의 이름이 튀어나오자 이완의 휘둥그레 눈이 커졌다.

"흑도와 약조했습니다. 그자가 자기 목을 내놓는 조건이었지요."

흑도와의 약조 때문이란 대답에 이완은 지난 밤 호연각 지붕 위에서 있었던 흑도와 염일규의 대결이 뇌리에 생생히 되살아났다. 흑도는 어느 순간부터 공격 의지를 꺾은 게 확연하게 드러났고, 유심히 대결을 지켜보던 이완은 이를 수상하게 여겼었다. 그래서 혹시 흑도와 염일규가 짬짜미를 하고서 서로 다투는 척 연극을 벌이는 건 아닌지 의혹을 품고는 가슴을 졸였다. 물론 흑도가 최후를 맞으면서 이완의 의심은 결국 기우로 끝나고 말았지만 대결 중에 흑도가 드러낸 납득하지 못할 태도는 여태까지도 이완이 내심 의아히 여기던 부분이었다. 그런데 석견 이회의 이름을 듣고 나니 그 점을 포함해 다른 의문들까지 한꺼번에 저절로 풀렸다.

요컨대 흑도의 최근의 행적들은 모두 한 지점으로 모였다. 범궐 계획을 미리 귀띔해준 것도, 장백민을 범궐 무리에 끌어들여 생포되도록 꾸민 것도, 또 마침내 염일규의 칼에 스스로 목을 내놓은 것도 모두 조카인 석견 이회를 살리기 위한 흑도 나름의 고육책(苦肉策)이었다.

하지만 이회를 살리는 일은 완전히 다른 차원의 문제였다. 효종은 열무식 이후로 석견 이회에 대해 과민 반응하고 있었다. 섣불리 얘기를 꺼냈다가는 도리어 화만 불러일으킬 수 있었다.

"최선을 다해보지. 하나 장담은 할 수 없네."

"대장께선 금상 전하께서 가장 믿는 분이 아니십니까? 반드시 이회의 목숨을 보존토록 힘써주십시오. 강무웅의 비원이기 이전에 돌아가신 제 형님께서도 저승에서나마 간절히 바라는 바일 겁니다."

염일규는 이완에게 떠안기듯 이회의 안전을 거듭해 부탁했다. 게다가 염일규가 친형 염일주의 일까지 끌어다 대는 바람에 이완은 무척이나 당혹스러웠다.

난감해하는 이완을 남겨두고 염일규가 먼저 자리를 나섰다. 자신의 역할은 끝났다. 어영대장 이완이라면 필시 석견 이회를 살리고 금상 전하의 선처를 받아낼 수 있으리라. 염일규는 그렇게 믿었고, 또 믿고 싶었다.

이제 남은 건 염일규 자신의 문제였다. 저들의 거사가 실패한 이상 가족의 목숨은 장담하기 어려웠다. 이완이 도와준다고는 했지만 훈련원 군사들만 쳐다볼 수는 없는 노릇이었다. 혹시나 싶어 일단 광나루로 향했다.

염일규가 돌아왔다는 소식에 낙생이 급한 걸음으로 뛰어와 맞았다. 그런데 낙생의 얼굴에는 실망한 기색이 역력했다.

"아직 그쪽 처자들은 코빼기도 보지 못했소."

낙생은 괜스레 콧물 훔치는 시늉을 하며 아리 일행이 채 돌아오지 않은 것이 마치 제 탓인 양 염일규에게 미안해했다.

염일규는 낙심해 그만 그 자리에 무릎을 꿇었다. 행방은커녕 생사조차 알 길 없다는 절망과 지난밤 효종의 일에 쓸데없이 끼어들었다는 자책이 엄청난 무게감으로 두 어깨를 내리눌렀다. 금세 눈시울이 뻘겋게 달아올랐지만 터지는 울음은 꾹꾹 눌러 간신히 참았다. 다만 굵게 방울져 무르팍에 연이어 떨어지는 눈물만은 도무지 어쩌지 못했다.

'앞으로 서인이라면 눈에 띄는 대로 모조리 잡아 족쳐 내 처자식의

행방을 알아내리라. 만에 하나 이미 죽었다면 반드시 복수하리라.'

염일규의 눈빛이 파랗게 빛을 발했다. 그리고 비릿한 피가 배어나도록 입술을 질끈 깨물었다. 그 섬뜩한 기운에 낙생은 서너 걸음 뒤로 물러났고, 주위에 우르르 몰려들었던 동패들도 겁에 질려 곧 뿔뿔이 흩어졌다. 염일규는 이미 평소의 그가 아니었다. 흑도의 재림이었다.

아리와 소희가 날 밝는 대로 곧장 광나루로 달려가지 못한 것은 그럴만한 사정이 있었다. 흑도가 마련한 주막에서 무사히 하룻밤을 지낸 두 사람은 다음 날 곧바로 도성을 빠져나가려 했지만 간밤의 범궐 사태와 괴인의 출현으로 사대문(四大門)은 물론 사소문(四小門)까지 도성의 모든 문이 삼엄히 닫혀버렸기 때문이었다. 그래도 꼭 나가야 한다면 수문 군교의 까다로운 검문을 거쳐야 했는데 도망친 관비인 아리와 도성 출입이 금지된 유녀인 소희가 아무런 증빙 없이 무탈하게 통과하기를 바란다는 것은 그야말로 연목구어(緣木求魚)나 다름없었다.

기실 도성 안의 분위기는 전체적으로 어수선하고 소란스러웠다. 흑도를 비롯한 범궐 무리의 모든 수급들이 기다란 나무 기둥에 꿰인 채 남문 앞 저잣거리에 내걸려 있었고, 대낮임에도 순라 군사들이 행인을 상대로 무차별 불심 검문을 해대는 통이었다. 따라서 아리와 소희는 도성 문을 통과하는 건 고사하고 주막 밖으로 걸음조차 내딛지 못했다. 그저 봉놋방에서 얌전히 지내며 흉흉한 분위기가 하루빨리 진정되길 기다리는 수밖에 없었다.

"언니는 족두리는 썼우?"

온종일 방 안에 틀어박혀 있자니 지루하고 심심했는지 소희는 염일규와의 지난 일을 들려달라며 아리를 졸라댔다. 아리는 그런 소희를 귀엽게 여기며 소희가 조르는 대로 이런저런 사연을 하나씩 둘씩 들려주었다. 어느덧 아리의 이야기가 염일규와 부부의 연을 맺게 되는 데에 이르렀을 무렵이었다. 내내 귀를 쫑긋 세우고 듣던 소희가 부러운 듯 입을 헤벌리며 물었다.

"부럽네. 근데 혼례도 안 치렀다면 언니가 나나 마찬가지 처지네, 안 그러우?"

"무슨 말이에요, 그게?"

"언니도 참 눈치 없소. 내가 미쳤다고 아무 까닭 없이 오라버니를 따라다녔겠소?"

여기까지 말을 마친 소희는 손가락으로 머리카락 끝을 비비 꼬며 잠시 뜸을 들였다.

"실은 나도 오라버니를 마음에 품었거든."

맹랑하게 대답하는 소희에게 아리는 뭐라 대꾸해야 할지 적당한 말을 찾지 못했다. 소희는 흑도가 돌려준 떨잠을 보여주며 염일규와의 관계를 떠벌리듯 자랑했다.

"봐봐요, 이게 사실은 오라버니가 정표로 나 준 거요."

"나리께서 정말 그쪽한테 선물한 거란 말이에요?"

"참말이지, 아니믄 내가 언니한테 거짓을 이르겠소? 근데 어쩐다, 언니도 좋은 사람 같아서 오라버니를 확 채갈 수도 없고. 거기다 요 예쁜 재인이까지 있으니, 참."

소희는 요 위에 누인 갓난아기를 보며 저 혼자 묻고 대답했다. 그러면서 자못 심각한 얼굴로 앞으로 어찌 할지 짐짓 고민하는 척 굴었다.

한편 아리는 겉으로 내색하진 않았지만 마음 한구석에 서늘한 기운이 느껴졌다. 소희 말대로 만일 염일규가 떨잠을 사서 정표 삼아 꽂아주었다면 소희를 향한 마음이 전혀 없지는 않았을 게 분명했다. 물론 자기를 이미 죽은 사람이라 여길 만한 지난 사정을 전혀 이해하지 못할 바도 아니었다. 그로 인한 슬픔을 새로운 사람에게 정붙여 조금이나마 달래보려 했거니 싶기도 했다. 그래도 서운함은 쉽게 가시지 않았다.

"고마워요. 나 대신 나리 옆에 있어줘서."

"고맙다고요? 그럼 언니는 오라버니를 양보할 수 있는 거요?"

"글쎄요, 나리의 아이까지 낳았는데 그건 좀⋯."

소희의 예상치 못한 반응과 당돌한 물음에 아리가 어쩔 줄 몰라 대답을 머뭇거렸다.

"에이, 아기야 내가 키우면 되지, 뭐. 내 뱃속으로 낳은 새끼처럼 잘 보살펴 키울 테니까 그런 걱정일랑 마쇼."

"또래 사내들은 싫어요? 그쪽은 나리와 나이 차이도 많이 나는데."

"난 어린 것들은 별로거든. 등에 잘 업어주지도 않을 테고 또 내 투정도 안 받아줄 테고."

"나리께서 등에 업어주기도 했다고요?"

"당연한 거 아니오? 오라버니 등이 얼마나 따뜻한데. 기대면 정말 포근해서 잠도 진짜 잘 온다오, 헤헤."

"그랬군요…."

아리는 정작 자신은 염일규의 등에 단 한 번도 업혀본 기억이 없단 생각이 떠올랐다. 이미 서운한 마음이 한층 더 서늘해졌다. 그러나 당장 아리에겐 무엇보다 염일규에 대한 걱정이 먼저였다. 소희와 이렇듯 철없는 대화를 주고받으면서도 속으로는 어디선가 자신들을 애타게 찾고 있을 염일규를 염려했다. 더군다나 주막을 오가는 여러 사람들의 입에서 역란과 괴인이라는 이야기들이 튀어나올 때마다 아리는 마른 속을 더욱 바짝 태워야 했다.

"치, 언닌 내 말에 전혀 화가 안 나나 보네? 심심해서 일부러 약 올린 건데 도무지 성낼 생각을 안 하시니 너무 시시하잖수."

소희의 투정에 아리는 짧게 미소를 지어 대답을 대신했다. 그랬더니 소희는 괜스레 저 혼자 토라져 입을 요리조리 삐죽대더니 갑자기 방 안은 너무 답답하다며 재인이를 등에 업고 밖으로 튀듯이 나갔다.

"너무 멀리 가진 말아요."

"걱정 붙들어 매요, 언니. 요 주위만 살짝 돌고 올 거니까."

문이 닫히고 이윽고 소희의 기척이 사라지자 아리는 참았던 한숨을 한꺼번에 쏟아냈다. 소희 앞이라 내색하지 못했던 걱정과 초조를 그제야 얼굴 위로 드러낼 수 있었다. 어떻게든 광나루 움막으로 돌아가 자신들의 무사함을 알려야 한다는 마음은 굴뚝같았지만 도무지 방법이 생각나지 않았다. 언제쯤에나 도성 문이 열릴지 몰라 그저 답답할 뿐이었다.

의금부는 유일한 증인이 갑자기 독살당하는 바람에 아무런 토설도 받아내지 못했다. 효종은 이런 상황을 누구보다도 안타까워했다. 배후가 누구인지는 뻔히 짐작이 갔지만 그들을 꼼짝하지 못하도록 범궐과 엮을 증인과 증거가 없었다.

효종은 새로운 증거들을 확보하라고 의금부에 엄명을 내린 뒤 이완을 은밀히 불러들였다. 염일규를 처리하는 문제 때문이었다. 염일규가 소현 형님을 따르던 충직한 호위 무관의 아우라는 사실은 효종이 이미 잘 아는 바였고, 비슷한 운명을 맞은 형을 두었다는 점에서 동질감을 느끼는 것도 솔직한 심정이었다. 일찍이 염일주가 벌인 역모에 염일규까지 연좌시키지 않은 것도 그런 이유 때문이었다. 그리고 시구문 군관 자리를 내주어 호구책으로 삼도록 배려한 것 역시 같은 이유에서였다.

그러나 지난밤 사건과 뒤이은 내금위장의 보고는 그런 효종의 생각을 완전히 바꿔놓았다. 군왕의 목숨을 두 번씩이나 위난(危難)에서 구했다지만 결국 염일규의 정체 또한 강무웅과 마찬가지로 고지인이라는 사실이 명명백백 드러났기 때문이었다. 효종은 그런 사람을 백성 가운데 섞여 살도록 놓아두는 것은 아무래도 위험하다 여겼고, 더욱이 소현 형님 쪽 가문 사람이라면 언제든 반심(叛心)을 품고 달려들지 모를 일이라며 매우 불안해했다. 그런데 염일규가 어영대장과 어느 정도 교분이 있어 보였다는 내금위장의 귀띔을 받고서는 일단 더 상세히 알아보고자 이완을 따로 부른 것이다.

"과인은 경을 믿고 모든 속내를 보였건만 경은 과인에게 그렇지 않은 것 같소."

"전하, 무슨 말씀이시온지?"

"염일규란 자 말이오. 지난밤 과인은 그자가 휘두르던 괴력을 똑똑히 보았소. 열무식 행차 때는 과인이 어가 장막 안에 있어 보지 못했으나 어제는 달랐소. 내 두 눈으로 직접 목도했단 말이오."

효종의 어조는 자못 떨리고 흥분되어 있었다. 염일규의 일만큼은 이완이 그간 자신을 속였다고 생각하는 모양이었다.

"황공하오나 전하, 확실치 않은 말로 어심을 어지럽힐까 하여 차마 말씀드리지 못하였습니다."

이완은 머리를 한껏 조아리며 효종에게 사죄를 올렸다. 이윽고 뒷짐을 진 채 등을 보이던 효종이 몸을 돌려 이완을 쳐다보았다.

"그럼 답해보시오. 염일규란 자는 사람이오, 아니면 귀신이오?"

"둘 다 아니옵니다."

"하면?"

"양귀가 들러붙어 불상불사의 몸을 얻었을 뿐이옵니다."

"불상불사라니?"

"어떠한 도검이나 총포에도 몸을 상하지 않을뿐더러 죽지도 않는 존재입니다. 대신 주기적으로 인간의 생혈을 섭취해야 하는 천형을 지게 되었답니다. 그러지 못하면 죽음보다 더한 극심한 고통을 느껴야 한다 들었습니다."

"허, 그거 참 괴이한 일이로고. 하면 속히 잡아들여 조치를 취해야 하지 않겠소? 경의 말대로라면 무고한 백성을 해칠 것이 명약관화하거늘."

"전하! 염일규는 역도들에게서 두 번이나 전하를 구했사옵니다."

"과인도 잘 아오. 그 공이야 비할 데 없이 크겠지. 하나 그자가 혹여 딴 마음을 품고 강무웅처럼 역적들의 손에 놀아난다면 어찌 되겠소? 그들의 꼭두각시가 되어 과인을 노린다면 그땐 누가 막는단 말이오? 마냥 손 놓고 있어서는 결코 아니 될 일이오."

이완이 걱정한 그대로였다. 효종은 두 번에 걸친 구명에 대해 치하하고 보은하기보다는 혹시나 닥칠 수 있는 자신의 안위 문제부터 먼저 걱정하고 있었다. 이런 반응은 결국 지난밤 염일규가 흑도를 상대로 발휘했던 그 경이로운 능력을 효종이 현장에서 직접 목격한 결과였다. 게다가 목이 잘린 흑도의 몸에서 영기를 빨아들이던 그

끔찍한 광경을 내금위장 정인봉이 효종에게 생생하게 전해 이른 탓도 매우 컸다.

이완의 거듭된 설득에도 효종은 염일규에 대한 생각을 전혀 바꾸려 하지 않았다. 괴력을 지닌 고지인으로부터 두 번이나 습격을 받은 터라 효종이 받은 충격은 이완의 짐작 이상이었다. 따라서 효종이 염일규에 대해 느끼는 감정은 극한의 두려움과 공포, 오직 그것뿐이었다. 이전에 느낀 동질감 따위는 어느새 휘발되어버렸다.

결국 이완은 곧 염일규를 추적해 잡아들이겠다고 답을 올린 뒤 대전에서 물러나올 수밖에 없었다. 그래도 도성을 멀리 떠나라고 이미 말을 해놓았으니 염일규가 그 당부대로 따라주길 바랄 뿐이었다. 만일 조선 땅을 고집하며 머물러 한다면 관군에 끊임없이 쫓겨야 하는 신산한 처지를 자처하는 짓이었다. 그러다 십 수 차례 봉욕(逢辱)을 겪고서 차차 반심이 싹트게 되면 어느 순간 서인들의 꼭두각시로 전락하고 말 것은 정해진 결말이었다. 그것이 바로 이완이 진정 염려하는 바였다.

두 번째 거사마저 실패한 송기문은 이제 발 뺄 궁리에 골몰했다. 그리고 일단 수하 장백민을 죽여 입을 막았으니 당분간 불똥이 튈 염려는 없어 보였다. 그러나 송기문을 향한 효종의 의심은 여전히 거둬지지 않았다. 결정적인 증인을 잃은 효종은 오히려 그 일을 만회하고자 범궐 사건의 수사에 더욱 진력을 다할 것처럼 보였다. 따라서 수사가 본격화되고 그 결과 관련자들이 하나둘씩 수면 위로 드러나면 결국 송기문에게 그 화가 미칠 확률이 매우 높았다. 때문에 미리 꼬리를 잘라 혐의가 번지는 사태를 막아야 함은 물론이거니와 무엇보다도 더 늦기 전에 효종의 시선을 범궐 사건에서 다른 곳으로 돌려야 했다. 수사가 본격화될 가능성을 사전에 차단해야 했다.

이는 서인의 도당 중진들도 같은 생각이었다. 의견 대다수는 창덕궁의 지난 범궐 사건을 군왕 시해를 도모한 중차대한 역모라기보다 강무웅과 염일규 등 요괴한 자들이 벌인 난동 사태로 몰아가는 게 좋겠다는 쪽이었다. 그래서 사라진 괴인을 추포하는 것이 시급한 과제라는 공론을 일으키는 동시에 아울러 경호 책임을 물어 어영대장과 내금위장의 파직 또한 재차 밀어붙이고자 계획했다.

하지만 송기문의 생각은 달랐다. 끝도 없이 효종과 맞서는 칼날 정국을 고집하는 것은 아무래도 어리석은 짓이라고 판단했다. 자칫 불리한 싸움이 될 수도 있었다. 아무리 조선이 사대부의 나라라 한들 상대는 임금이었다.

마침내 송기문은 효종에게 독대(獨對)를 요청했다. 그런데 신하가 먼저 나서서 임금에게 단독 면담을 요청하는 일은 개국 이래 전례가 없는 일이었다. 게다가 임금과의 면대란 반드시 승지와 내관이 입시하고 사관(史官)의 배석 아래 행해져야만 했다. 물론 효종과 이완의 경우처럼 예외가 전혀 없던 건 아니었지만, 그 경우도 승지 유혁연의 양해하에 은밀하게 이뤄졌으며 적어도 공식적이지는 않았다. 아무튼 신하가 이렇듯 당당히 대놓고 임금에게 단독 면담을 요구하는 행위는 참으로 무엄하고 방자한 태도랄 수밖에 없었다. 하지만 송기문이 누구인가. 조선 사대부들의 태산북두이며 한때 효종의 스승이기도 했던 자가 아닌가. 마침내 효종은 이례적으로 노스승의 요청을 받아들였고, 그것이 바로 그 유명한 기해독대(己亥獨對)였다.

효종은 범궐 사건 이후 경호를 이유로 창덕궁에서 경덕궁으로 거처를 옮겼다. 때문에 두 사람의 독대는 경덕궁 흥정당(興政堂)에서 이뤄졌다.

기해년 삼월 열하룻날 아침, 효종은 조회를 마친 뒤 이조판서 송기문을 제외한 모든 조정 신료를 흥정당 밖으로 물렸다. 송기문이 요구한 독대인 만큼 승지와 사관도 예외일 수는 없었다. 무거운 긴장이 흘렀다.

"지난번 범궐 사태에 심려가 크셨겠습니다, 전하."

한동안의 긴 침묵을 깨고 송기문이 가볍게 허리를 굽히며 아뢰었다.

"경께서 꾸민 일입니까?"

대뜸 효종이 먼저 치고 들었다. 순간 송기문은 목덜미에 땀이 배어 흘렀다. 쉰셋의 노회한 스승은 수염을 쓰다듬며 화제를 슬쩍 돌렸다.

"전하께선 이곳을 흥정당이라 이름한 까닭을 아시는지요?"

"경께선 아직 과인의 물음에 답하지 않았습니다."

"흥정(興政)이란 나라 정치를 옳게 일으켜 백성들을 즐겁고 이롭게 하라는 뜻입니다. 그리하여 붙인 이름이 바로 흥정당이지요. 그럼 이제 아셨습니까?"

"여전히 과인을 가르치려 드시는군요. 군왕이 되어 정치를 올바르게 하지 못한다 꾸짖고 싶으신 게지요?"

효종은 마치 어린 제자를 꾸짖는 듯한 송기문의 태도에 안색을 붉히며 되물었다. 그러나 상대는 낯빛 하나 변하지 않았다. 외려 만면에 미소를 가득 머금고 하고자 하는 말을 거침없이 쏟아냈다.

"수신제가치국평천하(修身齊家 治國平天下), 무릇 사대부란 일신을 닦고 집안을 정제(整齊)한 연후에야 나라를 다스리고 천하를 평안토록 하는 것이 마땅한 차례고 순서라 하였습니다. 신은 군왕의 도리 역시 이와 크게 다르지 않다 여기고 있사오며, 황공하오나 대군 시절 전하께도 그리 가르쳤던 것으로 기억하고 있습니다."

"그래서요?"

"그런데 전하께서는 심양에서 치른 지난 곤욕을 잊지 못하시고 재위 십여 년간 복수설치(復讐雪恥)[129]에만 애쓰셨지요. 이렇듯 군왕이 사사로운 원한에 칼을 만지며 헛된 꿈을 꾸는 데만 진력하시니 역심을 품은 불궤한 무리들 역시 칼로서 군왕을 해하고자 헛꿈을

───────────────

129 원수를 갚고 치욕을 씻다.

꾸는 것 아니겠습니까?"

목청을 높여 말을 맺은 송기문은 효종의 얼굴을 뚫어져라 쳐다봤다. 비록 나이를 먹어 늙었으나 여전히 형형함과 매서움을 잃지 않은 눈빛, 그 안에는 북벌에 매달리는 어리석은 제자를 나무라는 스승의 준엄한 질타가 담겨 있었다. 스승은 북벌을 효종의 개인적인 사원(私怨)에서 비롯된 헛된 망상으로 깎아내렸다. 아울러 최근 벌어진 일련의 사태 또한 제자가 군왕 역할을 제대로 하지 못한 탓으로 돌리고 있었다. 결국 이는 북벌 군주를 자부해오던 효종을 향한 모욕이고 통렬한 면박이었다.

애써 태연을 가장했지만 효종은 차츰 미간이 일그러졌다. 송기문의 거침없는 무례에 내심 분노가 일었다. 그러나 경솔하게 반응해선 안 됐다. 북벌을 추진하자면 서인들을 이끄는 송기문의 지지가 절대적으로 필요했고, 그것이 효종이 처한 정치 현실이었다. 때문에 격분을 내비치는 대신 북벌의 논리를 차근차근 갖다 대며 상대를 설득하는 게 보다 현명한 대응이었다.

"경께선 진정 북벌을 과인의 허황된 꿈이라 보십니까? 눈을 돌려 작금의 중원을 한번 보십시오. 양자강 일대를 장악한 남명의 군사들이 이제 곧 남경을 함락한 뒤 연경(燕京)까지 치달을 겁니다. 하니 지금이야말로 북벌에 더할 나위 없이 좋은 천재일우(千載一遇)의 호기가 아니겠습니까?"

효종은 사자후를 토하듯 열변을 쏟았다. 그러나 송기문의 눈에 비친 효종은 여전히 북벌이란 미몽에서 깨어나지 못하는 어리석은 제자일 따름이었다. 답답했지만 그래도 일단은 잠자코 들어주기로 했다.

"게다가 과인은 팔기병과 녹영을 아우른 청의 정예 병력이 남명군 토벌을 위해 남하했다 들었습니다. 하면 요동에 남은 병력이야 필시 오합지졸들일 테고 반드시 무인지경(無人之境)[130]이겠지요. 우리 조선이 나선정벌을 핑계로 만주로 출병한 뒤 길을 바꿔 산해관으로 진격한다면 중원의 의사와 호걸들이 반드시 호응할 터이니, 필시 병자년의 치욕을 갚을 수…."

"전하!"

송기문은 끝내 효종의 말을 다 들어줄 수가 없었다. 흥분을 감추지 못하고 어느새 어조가 높아진 효종의 말허리를 끊었다.

"북벌을 정히 하시겠다면 선결하실 일이 있습니다."

"그것이 무엇입니까? 말씀해주시지요."

"수기형가(修己刑家)입니다."

"몸을 닦고 집안을 다스리라? 또 그 말씀입니까? 대체 그게 북벌과 무슨 상관이라는 말입니까? 경께선 제발 심중에 둔 말씀을 솔직하게 꺼내보세요."

"교동도에 있는 이회를 사사하십시오."

집안을 다스리라. 효종은 그 의미가 무언지 여태 깨닫지 못했다.

---

130 아무것도 거칠 것이 없는 판.

그것은 종통을 위협하는 석견 이회의 존재부터 지우라는 뜻이었다. 그렇게 나라 안을 안정시키고 나면 언젠가 반드시 청의 힘이 약해질 때가 도래할 것이니 그때를 기다려 북벌이든 요동 정벌이든 도모하자는 것이 송기문이 말하는 이른바 수신제가치국평천하였다. 왕가의 종통 시비도 마무리 짓지 못한 마당에 지금처럼 대놓고 군병을 키워 요동을 치겠다는 효종의 생각은 백성을 핍박하고 멸국의 화만 부를 뿐이라고 송기문은 굳게 믿었다.

결국 독대를 허락했던 효종은 절망했다. 기실 이조판서 벼슬을 내리고 병조판서 박서의 죽음 건까지 눈감은 것은 송기문의 양보를 받아낼 수 있다는 기대 때문이었다. 그래서 담판을 통해 북벌에 대한 지지를 이끌어내려 했다. 그러나 효종은 이제 생각을 바꿔야 했다. 송기문은 한 발짝도 물러서지 않았고, 북벌과 관련 없는 이회의 일까지 들먹이며 당면한 사안을 흐리기만 했다.

한편 송기문은 효종이 결코 조카 이회를 죽이지 못할 것임을 꿰뚫고 있었다. 송기문의 셈법에 의하면 아무리 강무웅이 이회를 앞세워 역란을 꾀했더라도 효종이 소현세자에게 지고 있는 마음의 빚은 종통 위협의 공포보다 훨씬 크다고 할 수 있었다. 따라서 인조로부터 유일하게 살아남은 막내 조카의 목숨을 효종이 결코 매몰차게 빼앗지는 못하리라 확신했다. 그렇지 않다면 애초부터 살려두지도 않았을 터였다. 그래서 교활하게도 북벌 지지의 선조건으로 이회의 사사를 내건 것이다.

"이번 범궐 역시 강빈의 혈육인 강무웅이 주도했음이 명명백백합니다. 게다가 그자는 이회를 앞세워 보위를 찬탈하려 했으니 응당 이회에게도 그 죄를 물어야 할 것입니다."

"하나 정작 이회 그 아이는 모르는 일일 수 있잖습니까?"

"전하, 종실의 안위를 우선하셔야 합니다. 이회의 뜻이 무엇이든 만일 살아 있어 종통을 계속 어지럽힌다면 마땅히 사사하여 사직을 지키는 것이 옳을 것입니다. 아울러 역도 강무웅과 함께 어울린 염일규 또한 극형에 처하도록 하십시오. 그자의 괴력과 기괴한 행각은 장차 나라의 큰 걱정이 될 것이 분명하오며 또한 집안 내력을 살피더라도 이번 역모와 하등 관련이 없다 할 수 없을 것입니다."

"염일규를 추포하는 일이라면 과인이 이미 명을 내렸습니다."

"참으로 잘하신 일입니다, 전하."

"하지만 이회의 일은 과인에게도 생각할 시간을 주셔야겠습니다."

송기문과의 기해독대는 효종의 완패였다. 얻은 건 없고 내주어야 할 건 컸다.

낙담한 효종은 독대가 있은 다음 날 이완을 불러 산책에 나섰다. 실은 이회의 일을 상의하기 위해서였다. 이미 사간원과 사헌부에서는 독대 직후 마치 약속이라도 한 듯이 이회의 사사를 주청하는 상소를 앞다투어 올리고 있었다. 필시 송기문과 입을 맞춰 공론을 일으키고자 하는 속내가 빤히 들여다보였다.

효종은 뒤따르는 내관들을 멀찍이 물리고는 나직한 목소리로 이완에 속삭이듯 말했다.

"이회를 죽이라고 하는군."

"전하께선 어쩌시렵니까?"

"그들의 지지 없이 북벌은 가능치가 않아. 하나…."

신음처럼 혼잣말을 내뱉은 효종은 말끝을 흐렸다. 야심차게 준비하던 친위 반정은 이완이 보기에 이미 효종의 심중을 떠난 듯했다. 정변을 일으키고 서인들을 쓸어내자면 그만한 명분이 필요했으나 교활한 송기문은 도무지 그럴 만한 빌미를 내주지 않았다. 수사의 칼끝이 자신에게 향할 만한 일련의 모역 사건들은 모두 군왕의 수기치인(修己治人)이 결핍된 탓으로 돌리고 동시에 불필요한 종통 시비를 걷어낸다는 미명 아래 석견 이회의 사사까지 들고 나왔다. 이런 마당에 효종이 송기문을 상대로 친위 정변을 일으키는 여러모로 마땅치 않았다. 그리고 무엇보다 내세울 만한 대의명분이 없었다. 군왕의 취약한 정통성을 보위한다며 스스로 근왕(勤王)[131]을 자처하는 저들을 대체 무슨 명분으로 내칠 수 있단 말인가. 명분 없이는 전국의 서원과 사대부들을 설득할 수 없었다. 그렇다고 세력이 미약한 남인들로만 효종이 마음 놓고 의지할 충분한 지지 기반을 구축할 수는 없었다. 자칫 연산, 광해와 같은 폭군으로 몰려 역

---

[131] 임금이나 왕실을 위하여 충성을 다함.

위반정(易位反正)[132]이 일어날 좋은 구실만 내줄 수 있었다.

"하면 전하께선 이회 그분께 정녕 손을 대실 생각이십니까?"

침묵하는 효종을 잠자코 지켜보던 이완이 이윽고 걱정스레 물었다.

"이미 과인 역시 마음을 먹고 있던 일이긴 하오. 강무웅이 이회를 내세워 역모를 일으켰으니 응당 회에게도 벌을 내려야 하겠지. 하나 운고의 입에서 그 같은 주청이 나올 줄은 정녕 생각도 못했소."

"전하, 이회만은 살려두셔야 하옵니다."

"어찌하여? 그럴 만한 까닭이 따로 있는 것이오?"

"없습니다. 하나 전하께서 원하시지 않습니까?"

"과인이 원하는 것이라?"

"이회는 하나 남은 전하의 불쌍한 조카분입니다. 그런 분을 사사한 뒤 전하께서 지셔야 할 마음의 짐을 한번 생각해보십시오. 황공하오나 장차 저승에 계신 소현 저하는 또 어찌 뵈실 것입니까? 신은 그것이 두려울 따름입니다."

"아마 감당하기 어려울 테지. 많이 힘들 것이오. 하나 이제는 과인이 진정 원하는 게 무언지 잘 모르겠소. 자신이 없소."

효종의 목소리는 여느 때보다 침울했고 안색이 많이 어두웠다. 조카인 이회를 살리자면 줄기차게 북벌 중지를 외치는 서인의 요구를 일부 들어주는 척해야 했고, 반대로 북벌을 계속해 밀어붙이려

---

132 임금을 바꾸는 정변.

면 이회를 죽여야 했다. 이완은 일단 군기시에서 신무기를 개발하던 하멜 등 홍모이들을 해산하여 외면상 북벌을 중지하는 모양새라도 취해보겠다고 효종 앞에 아뢨다. 개량형 홍이포는 이미 거의 완성 단계로 몇 번의 시험 발사만이 남은 상태였다. 따라서 앞으로의 일은 조선의 장인(匠人)들이 이어서 맡으면 됐다. 이완의 제안에 효종은 조용히 고개를 끄덕여 수긍했다.

다음 날 바로 홍모이들은 전라도 강진으로 유배되었다. 아울러 효종의 북벌 계획에서도 멀어졌다. 한편 송기문은 영의정 정태화(鄭太和) 등을 자기편으로 포섭하고자 바쁘게 움직였다. 조선 정국의 추는 송기문 쪽으로 점차 기울고 있었다.

낙생은 아리와 소희, 재인이가 납치된 뒤로 염일규의 눈치를 살피며 매사 행동거지를 삼갔다. 그의 책임이라고 할 수야 없는 일이었지만 그래도 염일규 앞에서 자꾸 주눅이 드는 건 어쩔 수가 없었다. 불알 찬 사내로서 처자들이 잡혀가는 걸 뻔히 보고도 막지 못했단 자괴감 때문이었다.

그런데 한동안 어깨가 축 처져 지내던 낙생이 웬일로 의기양양해서는 박 씨를 입에 문 제비처럼 염일규의 움막으로 달려왔다. 걸립을 나갔던 패거리들이 아리와 소희를 찾아 함께 돌아왔기 때문이었다.

아리는 그간 성문 단속이 몹시도 엄중해 도저히 도성을 빠져나올 길이 없었다며 용서부터 구했다. 그리고 송구함을 표하기 위해 염일규 앞에 큰절을 올렸다. 그러자 곁에 있던 소희도 얼떨결에 따라 엎드렸다.

"깊은 심려 끼쳐드려 송구하옵니다, 나리."

"어서 일어나거라. 살아 돌아온 것만으로도 난 고맙구나."

염일규는 아리와의 재회가 너무 기쁜 나머지 눈물을 보였다. 그리고 얼른 아리를 일으켜 세웠다.

"어디 다친 데는 없느냐? 불편한 곳은 없고?"

"없습니다, 나리."

나름 정성을 다해 절을 하느라 한참을 엎드려 있던 소희가 뒤늦게 발딱 일어났다. 그러고는 무릎에 묻은 흙을 탈탈 털어내며 입을 삐죽였다.

"오라버닌 날 다시 본 건 하나도 안 기뻐? 눈길 한번 안 주네."

"그럴 리 있겠느냐? 기쁘구나, 정말 기뻐."

그런데 상봉의 기쁨을 채 다 나누기도 전에 갑자기 낙생이 그들 사이에 불쑥 끼어들었다. 낙생은 남문 저잣거리에 흑도와 장백민을 비롯한 범궐 패의 수급들이 모두 효수돼 내걸렸다는 도성 소식을 전하며 매우 다급한 표정으로 염일규를 재촉했다.

"미안하지만 이럴 때가 아니오. 지금 그 짝을 잡겠다고 의금부고 포도청이고 온 데가 난리요."

"나를 말이오?"

"그 짝 성명이 염일규 아니오? 도성 안에 그 짝의 용모파기가 안 붙은 곳이 없소."

염일규는 사실을 확인하듯 아리를 쳐다봤다. 아리는 고개를 주억거리며 시선을 피했다.

"거짓말 아냐. 정말로 오라버니 용모파기가 곳곳에 잔뜩 나붙었어."

소희 역시 돌아가는 주위 낌새가 자못 염려스럽다는 듯 얼굴을 찡그리며 대답했다.

과연 걱정하던 대로였다. 모든 상황은 어이없는 방향으로 빠르게 돌아가고 있었다. 임금과 조정은 염일규를 위험인물로 간주하고 적으로 돌렸다. 그를 잡기 위해 날랜 군관들을 뽑아 추포대를 조직했고 벌써 도성 내외를 샅샅이 뒤지고 있었다. 그렇다면 광나루로 추포대가 들이닥칠 것은 머지않은 일이었다. 물론 염일규가 마음먹고 추포대와 맞선다면 상대하지 못할 것도 없었다. 그러자면 살생이 불가피했다. 게다가 아무리 염일규의 힘과 무예가 뛰어나다 한들 아리와 재인, 소희까지 지켜내며 싸우기는 곤란했다. 자칫 누구 하나 크게 몸이 상할 수도 있었다. 서둘러 조선 땅을 떠나라 권유하던 이완의 말이 떠올랐다.

"그리고 이만 우리 패에서도 나가주셨으면 좋겠소. 괜한 우리 애들까지 관병들 손에 굴비 엮듯 잡혀 들어가게 둘 수는 없는 노릇이니."

"낙생 오라버니! 의리도 없이 정말 이러기야?"

"넌 가만있어. 이건 소희 네년이 나설 일 아니니까. 그리고 너 달거리 끝났어도 여태 눈감아줬다. 그건 아냐?"

거세게 항의하며 싸움닭처럼 달려드는 소희의 이마를 낙생이 검지로 쿡 찍어 눌렀다. 낙생은 아리에게서 받은 금반지를 꺼내 돌려주었다.

"거, 아비가 남긴 유품을 함부로 남한테 줘서야 쓰겠소? 비록 배운 건 없지만 이래 봬도 염치는 지키며 사는 놈이오. 도로 가져가시오."

아리의 손에 반지를 건네준 낙생은 염일규를 쳐다보며 어찌 할 셈인지 대답을 기다렸다. 염일규는 고민스러웠다. 낙생의 일리 있는 말에 뭐라 대꾸할 말이 없었다. 아무튼 이곳에 계속 머물다간 낙생의 걸립패들까지 위험에 빠트리고 다치게 할 우려가 매우 컸다. 추포대가 들이닥치기 전에 이곳을 떠나야 하는 건 당연했지만 어디로 가야 할지 정할 수 없었다.

예전에 사나다가 들려준 이야기가 생각났다. 왜의 오무라 번 나가사키에는 아란타의 상관을 필두로 많은 구라파인들이 들어와 상주했는데 그 가운데는 아란타인 의원도 있고 기리사독 신부도 있다고 했다.

'그곳 양이들의 의학과 약재라면 내 몸을 보통의 인간으로 되돌리는 것도 가능할지 모른다. 또 천주대신(天主大神)이 내린 저주에서 고지인이 비롯되었다면 양이 사제들에게 부탁해 대신 제사를 올려볼 수도 있을 것이다.'

이완이 전한 하멜의 말에 따르면 구라파에서도 고지인을 사람으로 되돌릴 방법을 찾지 못했다지만, 하멜은 일개 상단 서기에 불과한 자였다. 말단 서기의 얕은 안목만 믿고 지레 포기할 필요는 없었다.

'그래, 왜로 가자. 왜의 나가사키로 가는 거다.'

어차피 조선 땅을 벗어나야 한다면, 그리고 사람으로 되돌아갈 가능성이 일말이라도 그곳에 존재한다면 바다를 건너서라도 반드시 가봐야 했다. 게다가 사나다의 유품인 일본도가 있으니 그간의 자초지종을 잘 설명한다면 오무라 번주(藩主)의 도움도 한번 기대해 볼 만하다고 여겼다.

결심이 서자 그날로 염일규는 일행을 이끌고 한강을 건너는 나룻배에 올랐다. 그런데 아리와 소희가 배에 타는 모습을 지켜볼 뿐 정작 염일규 자신은 나루에 남아 승선을 망설이는 기색이었다.

"나리께선 어찌하여 배에 오르지 않으십니까?"

의아해진 아리가 불안한 얼굴로 염일규에게 물었다. 재인이를 등에 업은 소희도 두 눈을 깜빡이며 그 까닭이 몹시 궁금한 표정이었다.

"오라버니, 뭐 해? 어서 타!"

"아무래도 내 할 일이 남아 있는 것 같구나. 먼저 가거라. 곧 따라붙으마."

"오라버니도 참. 그리 데고도 한양에 미련 남을 일이 뭐 더 있어? 그러지 말고 같이 가자, 얼른 타!"

불길한 기분을 떨쳐내려는 듯 소희가 목청껏 염일규를 재촉했다.

그러자 염일규는 잠자코 종이 한 장을 품에서 꺼내 아리에게 건 넸다. 소희가 날름 채서 보려 했지만 까막눈인 그녀가 종이에 쓰인 글자를 알 리 없었다.

"뭐야, 말로 하면 쉬울 걸 뭘 또 글자로 쓴대? 오라버니, 혹시 또 한시 나부랭이 따위는 아니지?"

소희가 삐쭉 토라져 아리에게 종이를 건넸다. 그런데 글을 읽는 아리의 눈이 눈물로 글썽거렸다. 종이에는 부산포(釜山浦)에서 재회 할 장소가 적혀 있었다. 젖은 눈을 들어 응시하는 아리에게 염일규 는 지니고 있던 쇠천 꿰미를 모두 내주었다.

"이것들을 왜 다 제게 주십니까, 나리?"

"노자로 부족함이 없을 것이다. 무사히 가거라."

"약조해주시어요. 반드시 무탈하게 돌아오셔야 합니다. 반드시요."

"염려 말거라. 우리 아들 재인이를 위해서라도 꼭 그리할 것이니."

"오라버니, 정말 우리랑 같이 안 갈 거야?"

"소희야, 내 처와 아이를 잘 부탁한다. 난 너만 믿는구나."

"거 참, 고집하고는. 아무튼 날 믿는다니까 기분은 그리 나쁘지 않네. 암튼 정말 아무 일 없어야 돼, 알았지?"

가볍게 고개를 끄덕인 염일규는 이윽고 뱃사공의 등을 두드려 출발을 지시했다. 나룻배는 물결을 타고 서서히 나루에서 멀어져 갔다. 이어 배 위의 아리와 소희의 모습은 점점 작아졌고, 어느덧 강 한가운데쯤 이르자 나룻배와 함께 흐릿한 점처럼 보였다.

시야에서 그 작은 점마저 완전히 사라지도록 염일규는 흐르는 강물을 하염없이 바라보았다. 그러기를 한참, 마치 못 박힌 듯 꼼짝 않던 그의 발걸음이 문득 도성 쪽으로 움직였다. 한양에는 염일규가 마쳐야 할 일이 아직 남아 있었다.

매우 밤늦은 시간이었다. 인적 대신 어둠만이 깔린 저자 한복판에는 줄을 서듯 장대들이 나란히 서 있었고, 그중 가장 높다란 장대 끝에는 흑도의 잘린 수급이 볼썽사납게 걸려 있었다. 그리고 장대를 타고 밑으로 길게 늘어진 무명천에는 대역 죄인임을 알리는 죄목과 성명이 섬뜩하도록 붉은 글씨로 내리 쓰여 있었다.

어둠이 이미 깊었고 인적도 뜸해 장대들 주변 분위기는 그야말로 소름 끼치도록 으스스했다. 순라를 도는 군병들도 그곳이 기분 나쁜지 징 소리만 크게 울려댈 뿐 멀찍이 지나쳐가 버렸다. 짙은 암흑 속, 소리를 잔뜩 죽인 걸음이 살쾡이의 그것처럼 스르르 움직였다. 그리고 그 걸음은 흑도의 수급이 걸린 장대 쪽으로 천천히 접근해 갔다. 마침내 장대 밑까지 무사히 걸음이 이르자 그제야 염일규는 참았던 숨을 내쉬며 차분하게 가다듬었다.

염일규가 위험을 무릅쓰고 이곳까지 잠입한 까닭은 흑도의 수급을 거둬 양지바른 곳에 묻어주기 위해서였다. 사정만 허락된다면 흑도가 그토록 그리워했던 누이 강빈의 묘 근처에 묻어줄 작정이었다. 능력이 닿지 않아 흑도가 당부한 석견 이회의 목숨은 보장하지 못하더라도 머리뿐인 흑도의 주검은 어떻게든 제 손으로 살펴주고 싶었다. 그것이 한때나마 호적수이자 벗이 될 뻔한 사내에 대한 무인으로서 지켜야 할 올바른 의(義)라고 믿었다. 심지어 사나다는 제 딸을 죽인 원수 놈의 송장조차 잘 수습해 땅에 파묻어주지 않았던가.

염일규는 흑도의 수급이 효수된 장대를 양손으로 움켜쥐었다. 그리고 힘을 주되 요란하지 않도록 조심스럽게 뽑아냈다. 죄목이 적힌 무명천이 바람에 펄럭이더니 땅에 풀썩 떨어졌다. 이어 장대를 눕힌 뒤 흑도의 수급을 준비해온 주머니에 막 넣으려던 찰나였다. 칠흑 같던 어둠 속에서 도깨비불처럼 횃불들이 몰려들었다. 그때까지 숨죽이고 잠복하던 군병들이 일제히 모습을 드러낸 것이다.

"기다리고 있었다."

순식간에 내금위장 정인봉과 그가 이끄는 정예 군교들이 창검을 겨누고 염일규를 포위했다. 그들 뒤로는 셀 수 없이 많은 궁사들이 매섭게 활을 겨누고 들었다. 나아갈 수도 물러서지도 못할 진퇴양난이었다. 여느 때 같다면 이편에 적의가 없음을 알렸겠지만 역도수괴의 수급을 손에 들고 있는 지금은 백 마디 말이 무효해 보였다. 그로써 이미 염일규는 역도들과 한패란 혐의를 스스로 뒤집어쓴 셈이었다.

어쩔 수 없이 염일규는 칼전대에 숨겼던 일본도를 뽑아 방어 자세를 취했다. 숫자를 앞세운 내금위 군교들이 먼저 달려들었다. 그런데 염일규는 치고 들어오는 검들을 쳐내기만 할 뿐 반격을 피했다. 그들을 상대로 무자비한 살상을 벌일 수는 없었기 때문이었다. 그러나 제아무리 출중한 고지인이라도 방어만으로는 힘겹고 버거운 싸움이었다. 내금위 군교들은 염일규의 약점을 이미 숙지하고 있었고, 그래서 악착같이 그의 목덜미만을 노리고 들어왔다. 게다가 워낙 많은 수의 고수들이 그 약점에만 집중 공세를 퍼붓는 까닭에 까닥 집중력이 흐트러졌다가는 순식간에 목이 날아갈 판국이었다.

게다가 수많은 창검이 한꺼번에 찌르고 베는 바람에 염일규의 몸은 채 아물 새도 없이 상흔에 상흔이 더해졌다. 살점이 찢기고 피가 튀었다. 군교들의 창끝과 칼날이 고기를 저미듯 끊임없이 염일규의 살 속을 드나들었다. 그리고 얼굴엔 피땀이 범벅되어 시야를 가렸다. 안간힘을 짜내 땅을 박차고 공중으로 솟구쳐 올라 달려드는 군교들의 창검을 피해 잠시 숨이라도 돌릴라치면 기다렸다는 듯 궁사들의 화살 비가 머리 위로 쏟아졌다.

이대로는 도저히 빠져나갈 방도가 없었다. 이미 서너 차례 절체절명의 순간을 아슬아슬하게 넘긴 염일규는 결국 마음을 바꿔먹었다. 아리와 소희와 재인이를 보내두고 이곳에서 어이없이 개죽음을 맞을 수는 없었다. 살아 나가자면 어쩔 수 없이 상대들 몇 명은 불가피하게 쓰러트려야 했다. 군교들의 기를 꺾기 위해서도 그럴 수밖에 없었다. 그들은 염일규가 반격할 의지가 없다는 것을 일찍이 눈치채고는 더욱 기세등등하여 매섭게 몰아붙이고 있었다.

이윽고 염일규의 일본도에 살기가 실리자 불과 몇 합 만에 선봉에 섰던 내금위 서넛이 바닥에 쓰러졌다. 그 서슬에 다른 군교들의 공세도 멈칫하며 무뎌졌다. 그러는 사이 몸을 빼 달아날 틈이 벌어지기 시작했다. 그러나 문제는 흑도의 수급이었다. 내금위 군교들과 일전을 벌이는 동안 주머니에 담으려 했던 흑도의 수급과 너무 거리가 멀어져버렸다. 게다가 그곳까지 이르는 길목은 내금위장 정인봉이 떡 막고 버티고 있는지라 다시 접근하기가 수월하지 않을 듯했다.

염일규는 조선 검법과 왜의 검법을 어지러이 섞어 쓰면서 수급이 있는 방향으로 길을 터보려 했다. 변화무쌍한 염일규의 검세에 내금위 군교들은 적잖이 당황하는 눈치였다. 단단했던 포위진은 점차 허물어지기 시작했고, 마침내 휘하 군교들로는 역부족이라 판단한 내금위장이 몸소 검을 빼들어 합세했다. 과연 일국의 내금위장다운 뛰어난 무예 솜씨였다. 그러나 그것도 잠시, 그조차 염일규의 맞상대로는 어림없었다. 일본도의 칼날은 내금위장의 팔죽지를 훑듯이 베며 그가 쥐었던 검을 떨어트린 뒤 곧바로 가슴팍 한가운데를 찌르고 들어갔다. 그때 갑자기 귀에 익은 큰 외침이 들렸다.

"그만 멈춰라!"

어느새 소식을 듣고 달려온 이완이었다. 순간 염일규는 정인봉을 찌르려던 칼끝을 얼른 옆으로 틀었다.

"제발 그만 멈추게. 내금위장을 죽인다면 자넨 씻을 수 없는 죄인이 되고 마네."

"저도 원치 않습니다. 하나 저는 이미 조선에서 버림받지 않았습니까? 제가 살자면 어쩔 수 없이…."

갑자기 목덜미가 시큰했다. 말을 채 마칠 수 없었다. 소리 없이 날아든 편전들이 염일규의 목을 연이어 관통했기 때문이었다. 목이 꿰뚫린 몸은 이내 중심을 잃고 좌우로 휘청거리기 시작했다. 재차 곧바로 수십 발의 편전이 그의 목덜미를 향해 발사됐다. 이번에도 모조리 명중이었고 목과 가슴 주위에 숭숭 바람구멍을 냈다.

손아귀에 힘이 빠지며 쥐었던 일본도가 스르르 미끄러져 땅에 떨어졌다. 내금위장 정인봉은 그 틈을 놓치지 않았다. 얼른 검을 집어 들고는 재빨리 횡으로 그었다. 다음 순간 주인을 잃은 염일규의 수급이 하늘 한가운데로 높이 날아올랐다.

에필로그

효종은 이회를 사사하는 대신 오히려 교동도 유배에서 풀어주
었다. 아울러 경안군(慶安君)에 봉하여 복권시켰으며 도성 안에 들
어와 살도록 배려해주었다. 은밀히 숨겨두는 것보다 목전에 두고
지켜보는 것이 이회를 내세운 역모를 막기가 한층 용이하다고 여긴
탓이었다.

그런데 기해독대 이후 두 달, 그리고 흑도의 범궐 사태가 일어난
지 불과 한 달하고도 보름도 지나지 않은 때, 효종은 돌연 급서하고
말았다. 어처구니없게도 머리에 난 작은 종기가 병인(病因)이었다.
직접적으로는 그 종기에 섣불리 침을 놓은 것이 화를 불렀다. 종기
의 나쁜 피를 빼고자 놓았던 침이 혈락(血絡)을 범하는 바람에 피가

멈추지 않고 계속해 흘러내렸고, 의원들이 황급히 출혈 부위에 지혈제를 바르고 탕약을 올렸지만 효종은 끝내 숨을 거뒀다.

그리고 바로 이틀 뒤 해당 침의(鍼醫)를 비롯한 약방 어의들이 급서의 책임을 지고 모두 교수형에 처해졌다.

이후 일각에선 효종의 시해 의혹이 불거져 나왔다. 부기를 진단한 어의는 실은 맥도 제대로 짚을 줄 모르는 돌팔이였으며 침을 놓은 침의마저 심한 수전증이 있었다는 소문이 궐 안팎에 파다하게 돌았다. 수전증을 지닌 자를 내의원에 둔 것은 물론, 또 그런 침의로 하여금 옥체에 침술을 행하도록 허한 것은 이미 그 자체로서 어불성설이었다. 설사 침이 출혈의 원인을 제공했다 하더라도 과연 사망에 이르게 할 수 있는지 또한 다른 큰 의문이었다.

그러나 온통 의혹투성이인 효종의 사인을 두고 조정에서 따지고 나서는 이는 없었다. 의당 나서야 할 사헌부와 사간원은 입을 꾹 다물었고, 의정부 및 육조는 효종의 장례 절차에만 의논을 집중했다. 그들은 효종의 급서와 관련한 모든 책임을 내의원에게 돌렸고, 변명할 새조차 없이 관련 의원들을 신속하게 처형함으로써 진실을 밝힐 입들을 모두 봉해버렸다.

이렇듯 짙은 의혹을 남긴 채 효종은 세상을 떠났다. 그리고 진실은 끝내 밝혀지지 않았다. 아울러 효종이 오매불망 살아생전 염원하던 조선의 요동 정벌 역시 그의 죽음과 함께 흙 속에 깊이 묻히고 말았다.

2016년 4월의 여의도, 그리고 또 한 번의 끝맺음

　드라마를 연출하는 것 외에 세상과 소통하기 위해 찾아낸 길은 바로 글쓰기였다. 처음 수줍게 내놓은 작품이 2012년 대한민국 스토리 공모대전 수상작 〈북의〉이고, 이 이야기를 소설로 써서 출간한 책이 『소설 북의』다. 3년이 지난 지금, 처음보다 더욱 두려운 마음을 안고 『고지인』을 세상에 선보인다.

　고지인의 초고를 완성했던 때는 2013년 5월이었다. 물론 아이디어를 처음 떠올리고 스토리의 대략적인 원형을 구상한 시기는 훨씬 더 거슬러 올라간다. 2003년인가, 그해는 마침 하멜이 제주도에 표착한 지 350주년이 되는 해라 다양한 기념행사와 학술 세미나 등이 활발히 진행됐다. 그 무렵부터 나는 서기 1653년에는 희대의 사건일 수밖에 없었던 하멜의 표착을 두고 조선과 서양의 만남이라는 다소 뻔한 설명 외에 꾸며낼 만한 재미있는 이야깃거리가 없을지 나름 즐겁게 고민하기 시작했다.

하멜 일행이 탄 배가 난파된 이유가 심한 풍랑이 아니라 그들이 고의로 배를 버리고 탈출했기 때문이라고 가정하면 어떨까? 배를 버려야만 했던 비밀스러운 까닭이 따로 있었다면 어떨까? 이런 상상을 하자 금방이라도 흥미로운 이야기가 저절로 튀어나올 것만 같았다.

그러자면 하멜의 실제 표착 지점이나 구체적인 표착 경위, 그리고 본토로 옮겨진 뒤의 이동 경로, 주요 행적 등에 관한 역사적 사실을 추적하고 밝히는 일은 일단 접어둬야 했다. 또 당시 실재한 사건들의 내막이나 선후 관계 등은 소설 전개에 도움이 되는 쪽으로 방향을 살짝 틀어야 했다.

솔직히 고백하자면, 본래 초인(超人)들의 이야기를 하고자 한 것은 아니었다. 초인들의 이야기라면 영화 〈어벤져스〉니 〈엑스맨〉이니 할리우드에서 해마다 신물 나게 만들어내는 터라 굳이 나까지 동참할 까닭은 없다고 생각했다. 애초 하고팠던 이야기는 애틋한 사랑 이야기, 다시 말해 로맨스 스토리였다. 벽안(碧眼)의 서양인 일행이 조선에 표착한다. 그 사건 덕분에 한양의 종사관 '염일규'와 제주목 관비 '아리'가 만나 아름다운 인연을 맺은 뒤 사랑에 빠진다. 두 사람은 신분 차이라는 높은 벽뿐 아니라 가문의 원한마저 뛰어넘어 순수하고 가없는 사랑의 여정을 이어간다는 연애 이야기 말이다.

그런데 지면이 모자랐다. 계획한 분량인 한 권에 넘쳐 결국 두 권으로 나눴는데도 머릿속의 이야기를 모두 담아낼 물리적 공간이 충분치 않았다. 무엇보다 스토리의 골격을 이루는 십 수 개의 주요 역사적 사실들을 모른 척 지나갈 수 없었다. 등장하는 많은 인물에 대한 묘사와 설명도 차마 빼놓을 수 없었다. 그러다 보니 정작 남녀 주인공인 염일규와 아리의 사랑을 의욕만큼 충분히 표현하지 못했고 후반으로 갈수록 이야기는 히어로 액션물처럼 흘러버렸다. 그래서 혹시라도 영화 또는 드라마 등의 영상물로 옮겨질 기회가 생긴다면 그때 이 아쉬움을 만회하리라 스스로 단단히 약속하고 마음먹으며 집필을 마무리해야만 했고 마침내 출판사에 최종 원고를 넘길 수 있었다.

끝으로 『고지인』의 출간에 도움을 아끼지 않으신 분들께 진심으로 고맙다는 뜻을 밝히고 싶다. 부족한 필력의 작가에게 늘 아낌없이 격려를 보내주신 출판사 북이십일의 김영곤 사장님께 가장 큰 감사를 드리며, 아울러 원고를 휴일 없이 편집하고 교정하며 수고하신 장선영 팀장님, 김성현 PM, 이상화 PM께도 감사 인사를 전한다. 큰아들과 형의 소설 출간을 학수고대하며 한결같이 응원하고 용기를 북돋워 주신 사랑하는 부모님과 동생, 여러모로 도움을 주신 주변 분들께도 이 자리를 빌려 고맙고 기쁜 마음을 전하고 싶다.

봄이 한창인 4월을 지나고 있다. 벚꽃이 만개해 자태를 한껏 뽐내는 더없이 아름다운 시절이다. 나 또한 꽃봉오리가 터지듯 새로운 이야기 하나를 이제 막 세상 앞에 터트리려고 한다. 내가 피우는 꽃은 언제나 부끄럽고 수줍기만 하다. 그렇지만 어느 꽃보다 곱고 아름다웠으면 좋겠다는 바람을 조심스레 가져본다.

최지영

고지인 ❷

1판 1쇄 인쇄 2016년 4월 8일
1판 1쇄 발행 2016년 4월 15일

지은이 | 최지영
펴낸이 | 김영곤
펴낸곳 | (주)북이십일 아르테
문학출판사업본부장 | 신우섭
미디어믹스팀장 | 장선영
편집 | 김성현 이상화
미디어믹스팀 | 임세은
문학영업마케팅팀장 | 권장규
문학영업마케팅팀 김한성 최소라 엄관식 김선영

출판등록 | 2000년 5월 6일 제406-2003-061호
주소 | (우 10881) 경기도 파주시 회동길 201(문발동)
대표전화 | 031-955-2100 **팩스** | 031-955-2177 **이메일** | book21@book21.co.kr
홈페이지 | www.book21.com **블로그** | arte.kro.kr
페이스북 | facebook.com/21arte **인스타그램** | instagram.com/21_arte

아르테는 (주)북이십일의 문학브랜드입니다.

ISBN 978-89-509-6429-0 04810

책값은 뒤표지에 있습니다.